HEYNE <

Das Buch

»Er wusste, es waren große Worte, aber die fünf Wochen mit Tara hatten ihm eine neue Lebensperspektive eröffnet. Jackson hatte sich stets als Außenseiter gefühlt, und nun hatte er das Gefühl, endlich den Menschen gefunden zu haben, der die Leere, die er sein ganzes Leben in sich getragen hatte, ausfüllte. Tara verstand, womit er in der Vergangenheit gekämpft und worunter er gelitten hatte. Sie hatte es am eigenen Leib erfahren und wusste, wie es war, in der eigenen Familie ein Außenseiter zu sein. Sie beide ergänzten sich perfekt, und dank Tara hatte er das Gefühl, dort zu sein, wo er hingehörte, bei dem Menschen, der für ihn bestimmt war. Das Leben war schön, und er hätte nicht zufriedener sein können, weder privat noch beruflich. Aber in perfekten Momenten wie diesem meldete sich stets Jacksons Unterbewusstsein und erinnerte ihn daran, dass nichts Gutes in seinem Leben je Bestand gehabt hatte. Und die tief sitzende Angst, es könnte auch dieses Mal so sein, hielt ihn noch immer davon ab, Tara zu sagen, was er für sie empfand …«

Die Autorinnen

Carly Phillips, eine New-York-Times- und USA-Today-Bestsellerautorin, hat über 50 zeitgenössische sexy Liebesromane geschrieben, mit heißen Männern, starken Frauen und den emotional fesselnden Geschichten, die ihre Leser inzwischen erwarten und lieben. Carly ist glücklich verheiratet mit ihrer Collegeliebe, hat zwei fast erwachsene Töchter und drei verrückte Hunde, die auf ihrer Facebook Fan Page und ihrer Website zu bewundern sind. Carly liebt die sozialen Medien und kommuniziert ständig mit ihren Lesern.
Erika Wilde lebt mit ihrem Mann und ihren beiden Töchtern in Oregon und erforscht, wenn sie nicht schreibt, den wunderschönen Pazifischen Nordwesten.

CARLY PHILLIPS
ERIKA WILDE

SEXY DIRTY GAME

Roman

Aus dem Amerikanischen
von Katja Hald

WILHELM HEYNE VERLAG
MÜNCHEN

Die Originalausgabe erschien 2016 unter dem Titel *Dirty Sexy Sinner*.

FSC
www.fsc.org
MIX
Papier aus verantwortungsvollen Quellen
FSC® C014496

Verlagsgruppe Random House FSC® N001967

Taschenbucherstausgabe 05/2018

Printed in Germany
Redaktion: Hanne Hammer
Umschlaggestaltung: ZERO Werbeagentur GmbH, München, unter Verwendung von Photo and Design Sara Eirew Photographer
Satz: Greiner & Reichel, Köln
Druck und Bindung: GGP Media GmbH, Pößneck

ISBN 978-3-453-58063-3
www.heyne.de

KAPITEL 1

Jackson Stones bisheriges Leben war eine gottverdammte Lüge. Und nun würde er sich in ein paar Minuten der Wahrheit und damit der Tatsache stellen, dass er drei Brüder hatte, von deren Existenz er bis vor zwei Wochen nichts geahnt hatte. Er hatte den Schock, die Details seiner Geburt und seiner illegalen Adoption zu erfahren, noch immer nicht ganz überwunden. Und ob seine drei Brüder – von denen einer sein Zwillingsbruder war – je von *seiner* Existenz gehört hatten, wusste er auch nicht.

Aber er würde es herausfinden, und letztendlich spielte es auch keine Rolle, ob sie von ihm wussten oder nicht, er musste seine Brüder ganz einfach sehen. Wenn Jackson sich überhaupt etwas von dem Treffen erhoffte, dann eine Art klärenden Abschluss. Die vergangenen zweiunddreißig Jahre hatte er sich in seiner Familie als Außenseiter gefühlt und sich immer wieder gefragt, warum sein Vater – oder der Mann, der ihn großgezogen hatte – stets seinen jüngeren Sohn bevorzugt und jeden von Jacksons Versuchen, Paul Stones Zuneigung und Anerkennung zu gewinnen, unverhohlen ignoriert hatte.

Doch nun, da Jackson endlich die Wahrheit über seine Herkunft kannte, ergab die Ablehnung seines Vaters plötzlich einen Sinn. Unglücklicherweise war seine Kindheit ein einziges Konstrukt aus Lügen gewesen, und nichts war so, wie es schien. Die emotionalen Schäden, die sein Vater ihm in den prägenden Jahren zugefügt hatte, in Kombination mit dem Betrug seiner Exfrau, machten es Jackson auch als Erwachsener noch schwer, irgendjemanden an sich heranzulassen. Die wenigen Menschen, denen er wirklich vertraute, konnte er an einer Hand abzählen, und er bezweifelte, dass sich das irgendwann einmal ändern würde.

Jackson ließ die verspannten Schultern kreisen und verscheuchte die trüben Gedanken. Sein Navi sagte ihm, dass er an seinem Ziel war – dem Kincaid's, einer Bar in einem alles andere als guten Viertel von Chicago –, und Jackson lenkte seinen Porsche auf den Parkplatz hinter dem Gebäude. Neben den wenigen älteren Fahrzeugen, die dort standen, wirkte der glänzende dunkelgraue Sportwagen irgendwie fehl am Platz.

Aus Angst vor Kratzern oder anderen Schäden parkte er in einer der hintersten Reihen, weit weg von allen anderen. Der 911 Carrera war sein Baby. Er hatte ihn sich selbst geschenkt, als er Partner bei Schmidt und Kramer geworden war, dem Architekturbüro, für das er nun schon seit elf Jahren arbeitete. Zugegeben, was den makellosen Zustand des Porsches anging, war er etwas zwanghaft. Aber er hatte sich auch den Arsch abgearbeitet, um sich diesen Luxus leisten zu können, und es machte ihm nichts aus, ein bisschen weiter gehen zu müssen, wenn er damit seinen kostbaren Besitz schützen konnte.

Während er aus dem niedrigen Wagen glitt und sich zu seiner vollen Höhe aufrichtete, aktivierte er die Alarmanlage und warf einen Blick auf die Uhr. Es war halb vier, eine halbe Stunde bevor der Laden öffnete. Jackson hoffte, früh genug zu sein, um Clay, den Besitzer der Bar *und seinen Zwilling*, noch zu erwischen, bevor die ersten Gäste eingelassen wurden.

Als er auf das in die Jahre gekommene Gebäude zuging, ertappte er sich dabei, wie er es aus reiner Gewohnheit mit dem Blick des Architekten in Augenschein nahm. Er arbeitete meist an großstädtischen Entwürfen, Firmengebäuden oder anspruchsvollen, luxuriösen Bauwerken. Die bescheidene Bar seines Bruders, die wahrscheinlich aus den 1980er-Jahren stammte, passte jedoch gut in die Arbeitergegend hier. Der Laden wirkte sauber und gepflegt und hatte offenbar erst vor Kurzem eine neue Holzverkleidung und einen frischen Anstrich erhalten.

Jackson wusste nicht viel über die Kincaid-Brüder. Um etwas in der Hand zu haben, wenn er sich den Männern vorstellte, hatte er einen Privatdetektiv mit der Beschaffung der wichtigsten Informationen beauftragt. Name, Alter, Familienstand und wo sie arbeiteten, mehr hatte er gar nicht wissen wollen. Und auch nicht erfahren. Der Detektiv hatte zwar angeboten, ihm einen detaillierten Bericht über die Hintergründe der drei Männer zu liefern, aber Jackson hatte abgewinkt. Er respektierte ihre Privatsphäre und wollte nicht aufdringlich sein. Im umgekehrten Fall wäre er auch nicht glücklich gewesen, wenn ein nahezu Fremder sein Leben und seine Vergangenheit durchforstet und anhand von Informationen aus dritter Hand Rückschlüsse auf seinen Charakter gezogen hätte.

Er erreichte den Vordereingang der Bar. Auf dem Schild mit den Geschäftszeiten stand zwar, dass diese erst um vier Uhr öffnete, doch Jackson ging davon aus, dass die Angestellten etwas früher kamen. Er zog an dem Metallknauf der Tür, die sich tatsächlich öffnen ließ. Unvermittelt rückte das Treffen mit seinen Brüdern einen Schritt näher, was seine Nervosität noch um eine Stufe steigerte. Unsicher und erwartungsvoll zugleich betrat er den menschenleeren Eingangsbereich.

Jackson war ein selbstbewusster und erfolgreicher Geschäftsmann, dem in der Regel Respekt entgegengebracht wurde, aber in diesem Fall konnte er unmöglich wissen, wie man ihn empfangen würde. Bei der Vorstellung, seine Brüder könnten nichts mit ihm zu tun haben wollen und ihm sofort signalisieren, dass er nicht dazugehörte, krampfte sich sein Magen zusammen.

Scheint ja mein gottverdammtes Schicksal zu sein, dachte er bitter, während er sich bemühte, seine Bedenken abzuschütteln. Er atmete tief durch und folgte den Geräuschen, die aus dem abgedimmten Gastraum drangen. Im Servicebereich entdeckte er eine junge Frau, die gerade ein Tablett mit diversen Garnituren vorbereitete. Als er vor ihr auftauchte, sah sie ihn gedankenverloren an. Offenbar hielt sie ihn für einen Gast.

»Tut mir leid«, sagte sie mit einem entschuldigenden Lächeln und legte einen weiteren Stapel Servietten auf den Tresen, »aber wir öffnen erst um vier …«

Sie ließ den Blick über seinen Armani-Anzug wandern und blieb mit einem irritierten Stirnrunzeln an seinem Gesicht hängen. Jackson war sich ziemlich sicher zu wissen, warum. Clay Kincaid, ihr Boss und sein Zwillingsbruder, war wohl nicht der Typ, der für gewöhnlich Geschäftsanzüge trug. Das und die Ähnlichkeit, die Jackson offenbar mit seinem Bruder hatte, schienen sie aus dem Konzept zu bringen. Sie legte den Kopf schief und musterte seine Gesichtszüge und die kurz geschnittenen Haare. Als sie ihm schließlich direkt in die Augen sah, konnte er das amüsierte Lächeln, das an seinen Mundwinkeln zerrte, nicht mehr unterdrücken.

Als sie erkannte, dass er nicht ihr Arbeitgeber war, verwandelte sich der irritierte Ausdruck auf ihrem Gesicht in echten Schock, und ihre exotischen, faszinierend azurblauen Augen weiteten sich ungläubig. Dann schüttelte sie so heftig den Kopf, dass ihr die dunklen Strähnen ihres seidig glänzenden Haars über die Schultern fegten.

»Du bist gar nicht Clay«, platzte sie heraus.

»Nein«, bestätigte er mit tiefer, rauer Stimme, während sein Blick an einem kleinen Diamantpiercing haften blieb, das in ihrer sinnlichen Oberlippe steckte. »Ich bin Jackson Stone, sein Zwillingsbruder.«

»Sein Zwilling«, wiederholte sie mit von Ehrfurcht gedämpfter Stimme. Sie starrte ihn noch immer an, während sich ihre Ungläubigkeit allmählich in eine erstaunte Neugier verwandelte und in ihren Augen ein Hauch von Faszination zu entdecken war… »Heilige … Scheiße. Clay hat einen Zwillingsbruder, verdammt.«

Er kicherte. Ihre unverblümte Reaktion gefiel ihm. Um

ehrlich zu sein, fand er sie sogar erfrischend. Er war an höfliche, kultivierte Frauen gewöhnt, die ihm gegenüber stets nett, überkorrekt und vorbildlich waren und hinter seinem Rücken die gehässige Zicke herauskehrten. Die Schönheit, die hier vor ihm stand, war dagegen offen und direkt, und er wollte verdammt sein, wenn er diese Kombination nicht extrem sexy fand.

»Das ist ja … verrückt«, sagte sie, immer noch bemüht, seine Erscheinung und die gesamte Situation zu verarbeiten. »Weiß Clay, dass du vorbeikommst?«

An dem vorsichtigen, fast schon beschützenden Unterton in ihrer Stimme erkannte er, wie loyal sie ihrem Boss gegenüber sein musste, und beschloss, ehrlich zu ihr zu sein. »Ich bin mir ziemlich sicher, dass er nicht einmal weiß, dass ich existiere.«

Während er etwas näher an den Tresen herantrat, tauchten in ihren ausdrucksstarken Augen immer mehr Fragen auf, die sie aber nicht stellte. Wofür er ihr sehr dankbar war.

»Ist er zufällig hier?«, fragte Jackson hoffnungsvoll.

»Nein, mittwochs ist nie besonders viel los.« Sie starrte ihn immer noch an. Zwischen ihnen knisterte eine Anziehungskraft, die unbestreitbar gegenseitig war. »Wahrscheinlich ist er zu Hause bei seiner Frau.«

In dem zusammenfassenden Bericht über seine Brüder war auch deren Familienstand ein Thema gewesen, sodass Jackson zumindest grob über ihre jeweiligen Partnerinnen Bescheid wusste. Clay, der Inhaber des Kincaid's, war mit Samantha verheiratet. Mason, dem der Tattooladen Inked gehörte, war der Ehemann von Katrina, und Levi, der jüngste der Brüder und Bulle bei der Chicagoer Polizei, war seit Kurzem mit einer Frau namens Sarah liiert.

»Kann ich ihn irgendwie erreichen?« Jetzt, wo er endlich hier war, wollte er ihre erste Begegnung nicht länger als nötig hinauszögern. Die sprichwörtliche Katze war aus dem Sack, und er wollte keinem der Kincaid-Brüder die Gelegenheit geben, ein Treffen abzulehnen.

Sein Gegenüber biss sich auf die sinnliche Unterlippe, während sie sich seine Bitte offenbar durch den Kopf gehen ließ. Jackson betrachtete ihren verführerischen Mund und stellte sich all die sündigen Dinge vor, die er gerne mit ihm anstellen würde. Doch ihm war instinktiv klar, dass ihre Loyalität gegenüber Clay siegen und sie weder etwas für ihn noch mit ihm tun würde. Nicht bevor Jackson von Clay gutgeheißen worden war. So ärgerlich das auch war, er konnte nicht umhin, sie für ihre Loyalität zu respektieren.

»Du scheinst ein echt netter Kerl zu sein, Jackson«, sagte sie schließlich in ernstem Ton. »Clays Adresse und Telefonnummer werde ich dir trotzdem nicht geben. Aber ich kann zwei Dinge für dich tun. Entweder du gibst mir deine Nummer, und ich gebe sie ihm, oder ich rufe ihn an und frage ihn, ob er in die Bar kommen kann, um dich zu treffen.«

Dankbar, dass sie ihn nicht gleich abblitzen ließ, schob er die Hände in die Hosentaschen und belohnte sie mit einem charmanten Lächeln. »Möglichkeit Nummer zwei, bitte.«

Sie lächelte zurück, zog das Handy aus der Gesäßtasche ihrer Jeans und tippte ein paarmal auf das Display. Während sie sich das Handy ans Ohr hielt, wandte sie sich halb von ihm ab, was ihn angesichts des sexy Anblicks, der sich ihm bot, nicht im Geringsten störte. Solange sie darauf wartete, dass jemand antwortete, ließ er den Blick schamlos am Seitenprofil ihres wie für die Sünde gemachten Körpers hinabgleiten. Genussvoll saugte er den Anblick ihrer vollen, hohen Brüste unter dem Kincaid's-T-Shirt in sich auf, bevor seine Augen zu der scharfen Kurve ihres süßen Pos weiterwanderten, der sich unter der engen Jeans abzeichnete.

Genau an dieser Stelle blieben sie haften, und eine lüsterne Hitze schoss ihm durch die Venen, die seine Körpertemperatur sofort um ein paar Grad ansteigen ließ. Er war ein Mann, der Frauen mit einem knackigen, straffen Hintern zu schätzen wusste. Vor seinem inneren Auge tauchten sofort Bilder auf, wie er ihren Arsch packte und ihre Hüften an seine zog. Oder wie er mit einer Hand auf das weiche, dralle Fleisch klatschte, während sich die andere in ihrem schönen langen Haar zur Faust ballte und er sich hinter ihr in Stellung brachte.

Er versuchte nicht einmal, das Zucken seines Schwanzes zu unterdrücken, als ihm diese schmutzigen Gedanken durch den Kopf gingen, im Gegenteil. Die eindeutigen Reaktionen, die sein Körper auf diese Frau zeigte, gefielen ihm. Es war verdammt lange her, dass eine Frau nicht nur sein Interesse geweckt, sondern auch seinen Schwanz derart erregt hatte. Sie hatte in nur wenigen Minuten beides geschafft. Er war begeistert.

»Hey, hi, ich bin's, Tara«, sagte sie schließlich und versuchte dabei, so locker wie möglich zu klingen. Als sie ihren Boss begrüßte, verriet sie Jackson ganz nebenbei auch gleich ihren Namen. »Nein, alles in Ordnung«, beeilte sie sich, ihn zu beruhigen, und warf Jackson über die Schulter einen verstohlenen Blick zu. »Ich rufe an, weil hier in der Bar jemand ist; der dich gerne sehen möchte … Es soll eine Überraschung sein.«

Das hatte Jackson zwar nicht gesagt, aber er ging davon aus, dass sie Clay nicht unbedingt am Telefon davon in Kenntnis setzen wollte, dass er einen lange verschollenen Zwillingsbruder hatte. Die einfühlsame Art, mit der sie Clay seinen überfallsmäßigen Besuch ankündigte, war noch etwas, für das er ihr dankbar war, und es tat ihm ein wenig leid, dass er sie in diese Situation gebracht hatte.

Während sie Clays Antwort lauschte, sah sie zu Jackson hin und verdrehte die Augen. Er hatte den Eindruck, dass ihr Chef gerade versuchte, etwas mehr aus ihr herauszubekommen. Hinter sich hörte er Leute vorbeigehen, wahrscheinlich Angestellte, die sich für ihre Schicht fertig machten, aber keiner schenkte ihm weitere Beachtung. Von hinten sah er Clay offensichtlich nicht besonders ähnlich, zumindest nicht in diesem teuren Anzug.

»Ich weiß, was ich da rede, klingt ziemlich kryptisch. Vertrau mir einfach, Clay«, versuchte sie ihn zu überzeugen. »Du musst nur in die Bar kommen, dann siehst du es selbst. Und wenn Mason und Levi auch kommen könnten, wäre das sogar noch besser.«

Auch Jackson wäre es am liebsten, seine Brüder gleich alle drei kennenzulernen.

Tara verstummte, während Clay offenbar noch ein paar Sekunden weitersprach. »Okay, danke«, sagte sie schließlich, und in ihrer Stimme klang Erleichterung mit. »Dann bis in einer halben Stunde.«

Sie beendete das Gespräch, indem sie mit dem Finger auf eine Taste tippte, und wendete sich wieder Jackson zu. Sie wirkte unsicher. »Clay klang ein wenig misstrauisch am Telefon.« Sie fuhr sich mit den Fingern durchs Haar und verzog das Gesicht. »Oh Mann, er wird mich umbringen, weil ich ihn nicht gewarnt habe, was ihn erwartet.«

»Es ist besser so«, entgegnete Jackson und hoffte, sie damit zu beruhigen.

Sie nickte verstehend. »Ich weiß. Deshalb habe ich ihm die Neuigkeit, dass er einen Zwillingsbruder hat, ja auch noch vorenthalten.« Sie lachte leise. »Mal ehrlich, wie soll man so etwas am Telefon erklären? Um das zu glauben, muss Clay es selbst sehen. Außerdem wollte ich nicht, dass er in der nächsten halben Stunde durchdreht, weil er sich das Gehirn zermartert, wie es sein kann, dass es dich gibt. Das musst du ihm schon selbst erzählen.«

Ja, damit hatte sie wohl recht, und er musste zugeben, dass es auch ihn einige Zeit gekostet hatte, das zu verdauen und zu akzeptieren. »Danke, Tara.«

Sie bedachte ihn mit einem schiefen Blick. »Falls Clay mich feuert, weil ich ihm nicht gesagt habe, wer du bist, kannst du dich bei mir bedanken, indem du mir ersatzweise einen Job in dem schicken Laden besorgst, in dem du arbeitest.«

Er kicherte. »Okay. Wenn er das tut, mache ich dich zu meiner persönlichen Assistentin. Versprochen.« Noch bevor er den Satz beendet hatte, überkamen ihn schmutzige Fantasien, welche Art von *persönlichen* Dingen sie dann für ihn erledigen könnte, und nichts davon hatte etwas mit dem

Erledigen von Papierkram oder dem Entgegennehmen von Telefonaten zu tun. Nein, in seiner Vorstellung war sie ihm auf ganz andere Weisen zu Diensten.

Nichts ahnend, in welche Richtung seine Gedanken gerade abgedriftet waren, zog Tara eine perfekt geschwungene Augenbraue hoch. »Ich werde Sie beim Wort nehmen, Mr. Stone.«

Bei ihrer lockeren, resoluten Art lösten sich seine verkrampften Schultern, und zum ersten Mal, seit er die Bar betreten hatte, entspannte er ein wenig. Tara war wie eine frische Brise im Vergleich zu den Frauen, mit denen er sich seit seiner Scheidung gelegentlich traf und in deren Gegenwart er sich immer steif und reserviert fühlte. Sie erwartete nichts von ihm, täuschte nichts vor und hatte auch keinen Grund, ihn beeindrucken zu wollen.

Eine kecke Blondine in der gleichen Jeans-und-T-Shirt-Uniform wie Tara ging mit wiegendem Schritt um Jackson herum hinter den Tresen. Sie sah kurz zu ihm auf, ohne jedoch die äußerlichen Unterschiede zwischen ihm und Clay zu bemerken.

»Hi, Clay, was machst du denn hier und noch dazu in einem so schicken Anzug? Will Samantha dich in einen Laden schleppen, der ein wenig eleganter ist als unser Schuppen?«, rief sie ihm scherzend über die Schulter zu, während sie ihre Tasche in einen Schrank stellte.

Taras Augen blitzten vor Freude. »Schau noch mal genauer hin, Amanda. Das ist nicht Clay. Das ist sein Zwillingsbruder, Jackson.«

»Haha«, entgegnete Amanda gut gelaunt und drehte sich

wieder zu ihm um. Offensichtlich hielt sie Taras Bemerkung für einen Witz.

Dann musterte sie ihn etwas eingehender und konzentrierte sich auf sein Gesicht und seinen Haarschnitt. Es war lustig zu beobachten, wie Amandas feste Überzeugung *Natürlich ist das Clay, mein Boss* langsam zerbröselte und ihr klar wurde, dass Tara sie nicht auf den Arm genommen hatte.

Ihr fiel buchstäblich die Kinnlade herunter. Dann machte sie den Mund wieder zu. »Clay hat einen Zwilling? Ich werd verrückt«, rief sie so laut, dass ein paar andere Angestellte ebenfalls neugierig in ihre Richtung sahen.

Tara lachte. »Hab ich dir doch gerade gesagt.«

Die anfängliche Gleichgültigkeit war wie weggeblasen. Amanda betrachtete Jackson noch einmal aus einer neuen ungefilterten Perspektive und bedachte ihn mit einem langen anerkennenden Blick. »Großer Gott, und ich dachte, Clay wäre 'ne heiße Nummer«, murmelte sie kokett.

Das unterschwellig Provokante in ihren Worten entging ihm nicht, reizte ihn aber kein bisschen. Hätte Tara diese Einladung ausgesprochen, hätte er sie allerdings ernsthaft in Erwägung gezogen.

Als würde sie die unangenehme Spannung spüren, die plötzlich in der Luft lag, schob Tara sich vor Amanda und wechselte das Thema. »Warum setzt du dich nicht einfach ans Ende des Tresens, solange du auf die Jungs wartest?«, schlug sie ihm vor.

»Lenke ich dich dort weniger ab?«, fragte er mit einem schwachen Grinsen, während er den geschäftigen Bereich des Tresens, in dem jetzt nach und nach auch die restlichen

Angestellten ihre Schicht antraten, verließ, um sich an den Platz zu setzen, den sie ihm zugewiesen hatte.

Sie schenkte ihm ein zweideutiges Lächeln. »Ja, das auch.«

Er ließ sich auf den letzten gepolsterten Barhocker in der Reihe gleiten, und sie folgte ihm auf der anderen Seite des Tresens. An diesem Ende der Bar war das Licht etwas gedämpfter, was für eine private Atmosphäre sorgte. Zumindest vorerst noch.

Tara legte eine Cocktailserviette vor ihn auf den Tresen. »Kann ich dir etwas zu trinken bringen?«

Er betrachtete die Auswahl hochwertiger Alkoholika auf dem obersten Regal hinter der Bar und war überrascht, die Luxusmarke, nach der er gesucht hatte, tatsächlich zu entdecken. »Ich nehme einen 21-jährigen Bushmills, pur.«

Sie neigte kritisch den Kopf, was seine Aufmerksamkeit erneut auf den kleinen sexy Diamantstecker lenkte, der ihn von ihrer Oberlippe aus anglitzerte. »Der Bushmills wird nur selten verlangt. Die Kundschaft hier aus der Gegend zieht billige, harte Drinks vor. Aber dass ein Typ wie du sich zielsicher für unseren teuersten Whiskey entscheidet, hätte ich mir eigentlich denken können.«

Sie stellte sich auf die Zehenspitzen und reckte sich, um die unverkennbare Flasche herunterzuholen. Sofort wurde sein Blick wie von Geisterhand wieder auf die Rundungen ihres Hinterns gezogen. Fuck, sie war echt heiß. Dieser Anblick, der erstaunlich schnell zu seiner Lieblingsaussicht geworden war, fesselte ihn deutlich länger als beabsichtigt, sodass er die süße – und unwiderstehliche – Stelle im Blick hatte, an der ihre schlanken Oberschenkel zusammenliefen, als sie sich wieder umdrehte. Dass sie ihn auf frischer Tat ertappt hatte, jagte ihm einen heißen Schauder den Rücken hinunter.

Abzustreiten, worauf er gerade gestarrt hatte, war zwecklos. Ohne Reue hob er den Blick und sah ihr ins Gesicht. Okay, sie hatte ihn erwischt, aber das amüsierte Funkeln in ihren faszinierend blauen Augen und die absolut erregende Röte auf ihren Wangen verrieten ihm, dass sie ihm das intensive Studium ihres Hinterteils kein bisschen übel nahm.

Nein, ganz offensichtlich schreckte sie weder vor der Anziehungskraft zurück, die zwischen ihnen schwelte, noch spielte sie die Unnahbare, wie er das von anderen Frauen, mit denen er ausgegangen war, kannte – typisch weibliche Spielchen, die ihn entweder langweilten oder argwöhnisch machten. Mit Tara zu flirten gefiel ihm. Ihm gefiel, dass sie sich gegenseitig nichts vormachten und er, genau wie sie, ganz er selbst sein konnte.

»Wenn ihr von diesem speziellen Whiskey so wenig verkauft, warum habt ihr ihn dann auf der Karte?«, fragte er beiläufig, während sie ihm schnell und geschickt seinen Drink eingoss. Aus Sicht eines Geschäftsmanns erschien ihm das eine Platz- und Geldverschwendung.

»Weil Clay und Mason hier hin und wieder auch gern ihren Lieblingswhiskey trinken, einen 21-jährigen Bushmills.« Sie stellte den Tumbler mit der bernsteinfarbenen Flüssigkeit auf die Serviette vor ihm auf den Tresen. »Das ist der einzige Grund, weshalb wir ihn im Regal haben. Ein Beweis, dass du tatsächlich Clays Zwilling bist.«

Er schmunzelte. »Dann hat dich mein Aussehen allein also noch nicht überzeugt?«

Wieder erklang dieses süße Lachen, nach dem man süchtig werden konnte. »Okay, du bist tatsächlich das Ebenbild deines Bruders, aber davon einmal abgesehen, bin ich mir ziemlich sicher, dass ihr nicht viele Gemeinsamkeiten habt.«

»Das heißt?«

»Nun ja, ich habe Clay zum Beispiel nur einmal in einem Anzug gesehen, und das war auf seiner Hochzeit. Du hingegen siehst aus, als würdest du jeden Tag einen tragen.« Sie musterte sein Gesicht und seinen Haarschnitt. »Ich vermute mal, du wohnst in der Stadt und arbeitest für ein großes Chicagoer Unternehmen. Clay hasst die City und ist ganz bestimmt nicht der Typ, der von neun bis fünf im Büro sitzt. Eure Lebensstile könnten wahrscheinlich nicht unterschiedlicher sein.«

Er hatte nicht das Gefühl, dass sie ihn irgendwie beurteilte, und wenn er ehrlich war, trafen ihre Einschätzungen, die sie allein aufgrund seines Äußeren getroffen hatte, ziemlich genau zu. Aber Jackson war weder mit einem goldenen Löffel im Mund geboren worden, wie sie vielleicht vermutete, noch hatte er auf seinem Weg in eine Zukunft, wie sie sich die meisten Eltern für ihre Kinder wünschten, irgendwelche emotionale Unterstützung gehabt.

Ganz im Gegenteil. Jacksons Ehrgeiz, sich ein erfolgreiches Leben aufzubauen, war von der Wut und Verachtung genährt worden, die er dem Mann gegenüber empfand, den er für seinen Vater gehalten hatte, der ihn aber nie wie einen Sohn behandelt hatte. Er war in dem Glauben aufgewachsen, im Gegensatz zu seinem jüngeren Bruder wertlos und unbedeutend zu sein, hatte aber nie gewusst, *warum* sich sein Vater ihm gegenüber so verhielt, was viele Ängste ausgelöst hatte. Diese Selbstzweifel und das Gefühl, nicht dazuzugehören, sosehr er sich auch bemühte, es seinem Vater recht zu machen, waren eine schmerzhafte Erfahrung gewesen.

Seit Jackson mit achtzehn dann endgültig von Zuhause ausgezogen war, hatte er alle Ziele erreicht, die er sich gesetzt hatte – angefangen mit dem College, für das er den Studienkredit all die Jahre aus eigener Tasche bezahlt hatte, über das Praktikum in einem angesehenen Architekturbüro bis hin zu einer Vollzeitstelle bei Schmidt und Kramer, wo er schließlich Partner geworden war und nun ein sechsstelliges Gehalt und ansehnliche vierteljährliche Boni bezog. Er hatte dieses Geld gut angelegt und inzwischen eine solide siebenstellige Summe auf dem Konto.

Von außen betrachtet sah es so aus, als hätte er verdammt viel erreicht, und im Grunde genommen hatte er das auch. Aber da war diese Leere in ihm, die all seine Erfolge und all das Geld, das er verdiente, nicht füllen konnten. Auch in seiner Ehe hatte er das ultimative Glück, das er sich erhofft hatte, nicht gefunden, im Gegenteil. Inzwischen fragte er sich, ob er es überhaupt jemals finden würde.

Während Jackson gedankenverloren an seinem Whiskey nippte, hatte Tara sich wieder ihren Vorbereitungen zugewandt, und er beobachtete sie dabei, wie sie Gläser stapelte, Schnapsflaschen an ihren Platz stellte und sich alles so zurechtlegte, wie sie es zum Arbeiten brauchte. Von den anderen Angestellten, die in der Bar herumschwirrten, starrten ihn einige unverhohlen an und wirkten leicht schockiert.

Offenbar hatte Amanda, die zweite Kellnerin, die Neuigkeit, dass Clay einen Zwillingsbruder hatte, schon in Umlauf gebracht, und nun wollten ihn alle mit eigenen Augen sehen.

Nach einer Weile kam Tara wieder an sein Ende des Tresens, um nach ihm zu sehen. »Alles in Ordnung bei dir? Möchtest du noch einen Drink?« Er ließ den letzten Schluck Whiskey in seinem Glas kreisen und schüttelte den Kopf. »Nein danke, das reicht.« Der eine Drink hatte genügt, um ihn ein wenig zu entspannen, auch wenn er dem Treffen mit seinen Brüdern noch immer etwas nervös entgegensah. Aber wahrscheinlich gab es nichts, zumindest nichts Legales, das gegen die Anspannung, die er im Magen spürte, half.

Er versuchte, seine Unruhe zu unterdrücken, und sah auf die Uhr. Seit Tara Clay angerufen hatte, waren zwanzig Minuten vergangen, und in der Bar, die erst in zehn Minuten öffnete, waren noch keine Gäste. Tara ging nicht wieder weg und begann stattdessen, an seinem Ende des Tresens Bierflaschen in einen Eiskübel zu stecken. Er dachte, es wäre einen Versuch wert, sie ein wenig auszuhorchen und herauszufinden, was sie ihm über die Brüder Kincaid verraten konnte.

»Wie sind die drei denn so?«, fragte er schnell, bevor er es sich wieder anders überlegte. Er wollte ihr ja keine streng gehüteten Geheimnisse entlocken, sondern nur ein wenig mehr über seine Brüder erfahren, damit er sich in ihrer Gegenwart später etwas sicherer fühlte. Natürlich war ihm klar, dass es ein wenig unfair war, sich über sie zu informieren, noch bevor sie überhaupt von seiner Existenz wussten. Aber da es bei dem anstehenden Zusammentreffen drei gegen einen stand, würde er jeden Vorteil gebrauchen können.

Tara sah voller Mitgefühl zu ihm hoch, als ob sie die Sorge spürte, mit der er dem Treffen mit diesen Männern, über die er absolut nichts wusste, entgegensah. »Na ja, die drei sind wirklich sehr eng«, sagte sie und wischte sich die feuchten Hände an einem weißen Frotteehandtuch ab. »Sie haben es im Leben nicht immer leicht gehabt. Als Kinder haben sie ziemlich viel Scheiß durchmachen müssen. Du darfst also nicht zu viel erwarten. Und nimm es auf gar keinen Fall persönlich, wenn sie anfangs ein wenig misstrauisch sind.«

Er nickte. »Das hatte ich mir schon gedacht.« Auch wenn sie dieselbe Mutter hatten, war Jackson letztendlich ein Fremder für sie, und er erwartete nicht, dass die drei ihn mit offenen Armen empfingen. Dennoch hoffte er, sie würden ihm die Chance geben, sie besser kennenzulernen.

Vom Ende des Tresens aus beobachtete Jackson, wie ein junges Paar die Bar betrat und sich an einen der runden Tische setzte. Es waren die ersten Gäste des Abends, was bedeutete, dass Clay ebenfalls bald auftauchen dürfte. Er trank den letzten Schluck Bushmills und schob das Glas weg.

»Clay kann manchmal ein bisschen ruppig sein«, redete Tara weiter, während sie sich das Handtuch in den Bund ihrer Jeans stopfte, »aber wenn man ihn besser kennt, ist er ein echt toller Typ. Sie haben ihm hier den Spitznamen Saint Clay gegeben, weil er so eine Art Wohltäter ist.«

Neugierig stützte Jackson die Arme auf den Tresen. »Ein Wohltäter?« Sie nahm sein leeres Glas und stellte es in das Spülbecken unter dem Tresen. »Genau. Er gehört zu den Menschen, die anderen wirklich helfen möchten, weil er weiß, wie es ist, wenn man ums Überleben kämpfen muss.

Fast alle, die hier arbeiten, hat er eingestellt, weil sie den Job aus dem einen oder anderen Grund wirklich gebraucht haben.«

Die Dankbarkeit, die sie ihrem Boss gegenüber zum Ausdruck brachte, sprach Bände, deutete aber auch darauf hin, welchen Einfluss Clay in ihrem Leben hatte. »Gilt das auch für dich?«, wollte er wissen.

»Ja, das gilt auch für mich«, gab sie leise zu.

Er fragte sich, woher die Schatten in ihren Augen plötzlich kamen und was sie wohl durchgemacht hatte. Doch bevor er ihre Gefühle näher analysieren konnte, blinzelte sie sie weg.

»Clay ist für mich wie ein Bruder«, versuchte sie, die Loyalität gegenüber ihrem Boss mit einem Schulterzucken zu erklären. »Im Grunde sind alle drei wie eine Familie für mich. Manchmal sind sie zwar fast schon ein wenig zu fürsorglich, aber es ist gut zu wissen, dass sie hinter mir stehen und für mich da sind. Egal, was kommt. Genau diese Art Männer sind sie.«

Jackson war nicht entgangen, dass sie ihre eigene Familie mit keinem Wort erwähnte. »Und Mason? Er hat ein Tattoostudio, richtig?«

»Ja, richtig. Er ist von den dreien der Radaubruder. Ein Frauenheld, der gerne mal 'ne dicke Lippe riskiert.« Sie stellte einen Glaskrug auf die Basisstation eines Mixers und machte sich weiter am Tresen zu schaffen, während sie sprach. »Bis er irgendwann zur Vernunft gekommen ist und begriffen hat, dass seine beste Freundin Katrina die einzige Frau für ihn ist, war er ein echter Ladykiller. Es ist amüsant zu beobachten, wie sanftmütig er geworden ist, seit sie ihn um den Finger gewickelt hat.«

Die Sympathie, die aus Taras Worten sprach, entlockte Jackson ein Lächeln.

»Und dann ist da noch Levi, das genaue Gegenteil seiner Brüder«, fuhr sie etwas lebhafter fort. »Er ist Polizist bei der Chicagoer Polizei und ein eher ruhiger und zurückhaltender Typ. Auf seine Art aber auch echt beeindruckend. Er redet nicht viel, bekommt aber jede gottverdammte Kleinigkeit mit, die um ihn herum passiert.«

Das alles waren interessante Informationen, die Jackson speicherte. Er hatte das Gefühl, dass sie ihm schon sehr bald ziemlich nützlich sein könnten.

»Tara«, erklang eine tiefe männliche Stimme vom anderen Ende der Bar, »wo ist der Typ, der uns treffen wollte?«

Die wunderschöne Barkeeperin auf der anderen Seite des Tresens war so in ihr Gespräch vertieft gewesen – und Jackson auch –, dass sie bei ihrem Namen merklich zusammenzuckte. Noch bevor er den Kopf heben und über Taras Schulter in Richtung des Eingangsbereichs blicken konnte, verrieten ihm ihre großen, geweiteten Augen, wer da gekommen war. *Clay*. Und das Wörtchen *uns*, das er gerade benutzt hatte, ließ darauf schließen, dass er Taras Aufforderung nachgekommen war und auch seine Brüder mitgebracht hatte.

Jackson atmete tief durch, während Tara sich den drei Männern zuwandte, die gespannt waren zu erfahren, wer sie sehen wollte. Indem sie einen kleinen Schritt zur Seite trat, verdeckte sie die Sicht auf Jackson und gab ihm so nicht nur ein wenig Zeit, sich zu sammeln, sondern auch die Möglichkeit, von dem Barhocker zu gleiten und seinem Zwillingsbruder auf Augenhöhe gegenüberzutreten.

»Er ist hier hinten, Jungs«, entgegnete sie mit unverändert ruhiger Stimme, doch die Art, wie ihre Finger das Handtuch umklammerten, das im Bund ihrer Jeans steckte, verriet, wie nervös sie war.

Ein paar Sekunden später hatten die drei Männer das hintere Ende des Tresens erreicht. Als Clay Jacksons Gesicht sah, das Ebenbild seines eigenen, blieb er wie angewurzelt stehen. Und seine Brüder, die die Ähnlichkeit ebenfalls bemerkten, hielten genauso abrupt inne. Verdammt, selbst Jackson war verblüfft, wie ähnlich ihm der Mann sah, der da vor ihm stand. Dabei war *er* gewarnt gewesen.

Sie waren gleich groß und hatten die gleiche muskulöse Statur. Beide hatten dunkelbraunes Haar, wobei Clays ein bisschen länger und nicht ganz so ordentlich geschnitten war wie Jacksons. Und sie hatten dieselbe Augenfarbe, ein dunkles Braun mit goldenen Sprenkeln. Der endgültige Beweis, dass sie sich vor über zweiunddreißig Jahren eine Gebärmutter geteilt hatten, waren jedoch ihre markanten Gesichtszüge – der exakt gleiche Winkel der kantigen Kieferknochen, die kräftige Linie der Nase und die Form der Lippen. Jackson hatte das Gefühl, in den Spiegel zu sehen.

Clay blinzelte und schüttelte verdutzt den Kopf. »Was zum Teufel …« Er war so verwirrt, dass seine tiefe Stimme versagte.

Tara biss sich auf die Unterlippe, während ihr Blick zu Jackson und dann wieder zurück zu ihrem Boss wanderte, der ihn entgeistert anstarrte, als ob sein Gehirn Schwierigkeiten hätte, zu begreifen, was seine Augen sahen.

»Clay, das ist Jackson Stone«, durchbrach Tara die angespannte Stille, die sich auf alle gesenkt hatte. »Dein Zwillingsbruder.«

»Mein *Zwillingsbruder*?«, rief Clay ungläubig, während er Jackson von oben bis unten musterte. Zweifellos steckte er ihn aufgrund seines teuren Anzugs sofort in eine Schublade, bevor er ihn überhaupt richtig kennengelernt hatte. »Großer Gott, wie soll das gehen …«

»Nie im Leben.« Der Bruder mit den von oben bis unten tätowierten Armen – wahrscheinlich Mason – starrte Jackson an, als wäre er ein zweitklassiger Imitator. Der Bruder mit den hellblonden Haaren – eindeutig der Bulle – sagte nichts, beobachtete ihn mit seinen klugen hellgrünen Augen jedoch nicht weniger argwöhnisch.

Clays Schockstarre nutzend, streckte Jackson ihm die Hand entgegen, die dieser zögernd schüttelte. Jackson entging allerdings nicht, dass Clays Blick sich sofort misstrauisch verdunkelte, genau wie Tara ihn vorgewarnt hatte.

»Schön, dich kennenzulernen. Euch alle drei«, sagte er und ließ Clays Hand wieder los. Dann sah er jeden einzelnen der Brüder an, während sich Mason und Levi rechts und links von Clay in Position brachten.

»Wir haben keinen Bruder. Also, wer zum Teufel bist du wirklich?«, fragte der Tätowierte. Seine Haltung war abwehrend und wachsam. »Soll das irgend so ein kranker Witz sein?«

Die Frage war derart absurd, dass Jackson versucht war, laut loszulachen. Aber er wusste, dass Mason einfach nur nach einer Erklärung für das suchte, was er hier sah, und lächelte. »Nein, ich schwöre, das ist kein Witz.«

»Jesus, Clay.« Mason fuhr sich mit den Fingern durch die dunklen Haare, sein Gesicht war noch immer ungläubig. »Er sieht genauso aus wie du.«

»Das liegt wohl daran, dass ich einen gottverdammten Zwilling habe«, entgegnete Clay. Seine kratzige Stimme wurde wieder lauter, während die Wahrheit langsam in sein Bewusstsein sickerte.

»Wie wäre es, wenn wir uns hierfür einen etwas ruhigeren und privateren Ort suchen?«, schlug der andere Bruder, Levi, in sachlichem Ton vor.

»Eine gute Idee. Danke.« In Jackson machte sich Erleichterung breit. Zumindest schmissen sie ihn nicht gleich wieder raus oder weigerten sich anzuhören, was er zu sagen hatte. Natürlich konnten sie sich immer noch dazu entschließen, nichts mit ihm zu tun haben zu wollen, aber er hoffte inständig, zumindest irgendeine Form von Beziehung zu ihnen aufbauen zu können, sobald sie die Wahrheit über seine Vergangenheit erfahren hatten.

Im Moment schienen diese drei Männer jedoch alles andere als entgegenkommend. Andererseits konnte er ihnen kaum vorwerfen, dass sie vorsichtig waren.

Als seine Brüder sich umdrehten und ihm ein Zeichen gaben, ihnen zu folgen, warf Jackson Tara noch einen schnellen Blick zu. Sie hatte das Ganze beobachtet, und ihm war nicht entgangen, dass ihre Augenbrauen sich sorgenvoll zusammengezogen hatten. Um ihre Bedenken zu zerstreuen, schenkte er ihr ein aufmunterndes Lächeln.

»Viel Glück«, flüsterte sie ihm zu.

Ihm wurde warm ums Herz. Zumindest eine hier war auf seiner Seite.

»Danke«, formte er mit den Lippen. Er hatte das starke Gefühl, dass er gegen diese drei Brüder, die wie Pech und Schwefel zusammenzuhalten schienen, jede nur mögliche Unterstützung brauchen würde.

KAPITEL 2

Sobald die vier das kleine Büro im hinteren Bereich der Bar betreten hatten, schloss Clay die Tür, um für etwas Privatsphäre zu sorgen, und deutete auf einen der beiden Sessel im Raum.

»Mach es dir bequem.« Clays Stimme klang geschäftsmäßig. Er umrundete einen alten, verschrammten Holzschreibtisch und setzte sich in den verschlissenen Lederstuhl dahinter.

Jackson ließ sich in einem der Sessel nieder, und obwohl er sich wie vor einem Erschießungskommando vorkam, machte er es sich so gemütlich wie möglich. Levi setzte sich in den zweiten Sessel rechts von ihm, während Mason sich rittlings auf einem Holzstuhl niederließ, den er sich aus der Bar mitgebracht hatte, und mit finsterer Miene die Arme vor sich auf der Lehne überkreuzte.

Im Gegensatz zu Jacksons luxuriösem Privatbüro in der City von Chicago mit seinem sensationellen Blick auf den Michigansee ließ dieser vollgestopfte fensterlose Raum jegliche Eleganz vermissen. Alles an diesen drei Männern sah nach harter Maloche und Arbeiterschicht aus, und plötzlich fühlte er sich in seinem maßgeschneiderten Anzug, der Designerkrawatte und den glänzenden Ferragamo-Slippern vollkommen fehl am Platz.

Scheiße. Vielleicht hätte er seine Geschäftskleidung gegen etwas Legereres eintauschen sollen, bevor er in die Bar gekommen war. Aber nun war es zu spät, und den zusammengekniffenen Augen nach zu urteilen, mit denen Mason ihn von oben bis unten musterte, hatte er sich ohnehin längst sein Urteil über Jackson gebildet.

»Welche Beweise hast du, dass du unser Bruder bist?«, fragte Mason schroff und bestätigte Jackson damit noch einmal, dass er es ihm trotz seiner Ähnlichkeit mit Clay nicht leicht machen würde. »Und was zur Hölle willst du überhaupt von uns?«

»Verdammt noch mal, Mason«, wies Clay ihn scharf zurecht. »Könntest du dein Verhör vielleicht ein wenig freundlicher führen? Du siehst doch, dass er mein Zwilling ist. Was für einen Beweis brauchst du denn noch?«

Mason starrte seinen Bruder böse an und wandte sich dann mit demselben zutiefst misstrauischen Blick wieder Jackson zu. »Ich will wissen, warum er hier ist und was er will.«

»Ich will von keinem von euch etwas«, gab Jackson ebenso schroff zurück. »Ich bin hier, weil ich dachte, dass es euch vielleicht interessiert, dass ihr noch einen Bruder habt.«

Levi seufzte, als ob Masons hitzköpfiges Verhalten nichts Ungewöhnliches wäre. »Hör mal, ich glaube, wir *alle* haben jede Menge Fragen, und ich bin sicher, Jackson wird sie uns beantworten. Was spricht also dagegen, dass wir dieses Gespräch wie zivilisierte Menschen führen?« Er richtete die Frage direkt an seinen leicht reizbaren Bruder.

»Wenn du hier der große Experte bist, der so unglaublich vernünftig und besonnen ist, warum stellst *du* dann nicht die Fragen, Mr. Superbulle?«, entgegnete Mason mit schneidendem Sarkasmus.

Oh ja, definitiv ein Klugscheißer.

Levi grinste und zuckte gleichgültig mit den Schultern. Dann wandte er sich wieder Jackson zu. »Wie lange weißt du schon von uns?« Seine Frage ergab deutlich mehr Sinn als die seines Bruders und war auch weniger angriffslustig.

»Noch nicht sehr lange. Es ist erst ein paar Wochen her, dass ich herausgefunden habe, woher ich eigentlich stamme und dass ich illegal adoptiert worden bin.«

»*Illegal* adoptiert?«, wiederholte Clay und richtete sich in seinem Stuhl auf, während er verwirrt die Stirn runzelte. »Wie das?«

Nun hatte Jackson definitiv die Aufmerksamkeit aller. Drei Augenpaare waren auf ihn gerichtet und sahen ihn erwartungsvoll an. »Meine Tante mütterlicherseits, Becca, zu der ich ein sehr enges Verhältnis habe, hat mir von der Adoption erzählt. Als ich zehn war, ist meine Mutter an Brustkrebs gestorben und hat meiner Tante das Versprechen abgenommen, mir nie die Wahrheit zu sagen. Aber Becca war der Ansicht, dass ich ein Recht darauf habe.«

Er musste nicht erklären, warum seine Tante mit der Wahrheit so lange gewartet hatte oder wie die Schuldgefühle an ihr genagt hatten, bis sie es schließlich nicht mehr ausgehalten hatte. Diese Details spielten im Moment keine Rolle und waren außerdem seine Privatangelegenheit.

Er sah über den Tisch Clay an, seinen Zwillingsbruder, den er nie kennengelernt hatte, und ihre Blicke trafen sich. »Unsere leibliche Mutter hat mich zwei Monate nach meiner Geburt für drei Tausender an Leila verkauft, die Frau, die mich als meine Mutter großgezogen hat.«

Clay klappte der Kiefer herunter. »Sie hat dich *verkauft*?«, fragte er ungläubig. »Für drei gottverdammte Riesen? Heilige Scheiße.«

»Wahrscheinlich brauchte sie mal wieder Geld für Drogen«, bemerkte Levi abgeklärt, konnte aber die Bitterkeit in seiner Stimme nicht ganz unterdrücken. »Ich muss sagen, wirklich überraschen tut mich das nicht.«

Mason nickte verstehend, die Lippen in einer harten Linie aufeinandergepresst. Es war die einzige Gefühlsregung, die darauf hinwies, dass ihn die herzlose Tat ihrer Mutter in irgendeiner Form berührte. »Falls du es nicht ohnehin schon weißt, unsere *Mutter* – ich benutze dieses Wort wirklich ungern – war eine Crackhure im wahrsten Sinne des Wortes.«

Jackson nickte. Das hatte seine Tante ihm schon erzählt – was das Ganze aber nicht besser machte. Vielleicht musste er dankbar sein, dass ihm ein Junkie als Mutter erspart geblieben war, aber dass er seine echten Brüder, von denen einer sein Zwilling war, nie kennengelernt hatte, bedauerte er dennoch. Stattdessen war Jackson mit einem Stiefbruder aufgewachsen, der ein mindestens ebenso großes Arschloch war wie der Mann, der ihn unfreiwillig großgezogen hatte. Sein Ersatzvater, der ihn von Anfang an nicht gewollt hatte,

hatte nicht einen Tag verstreichen lassen, ohne ihm unmissverständlich klarzumachen, dass er unerwünscht war.

»Was ist mit deiner Geburtsurkunde?«, fragte Clay, der ganz offensichtlich versuchte, aus dem Ganzen schlau zu werden.

»Meine Mutter hat eine fälschen lassen, die habe ich bisher benutzt. Doch als meine Tante mir vor ein paar Wochen alles erzählt hat, hat sie mir auch meine echte Geburtsurkunde gegeben.« Jackson zog das Dokument, das er mitgebracht hatte, heraus, faltete es auseinander und reichte es Mason als Erstem. »Hier ist der Beweis, den du haben wolltest.«

Mason versuchte nicht einmal, den Eindruck zu erwecken, dass ihm sein Verhalten leidtat oder gar peinlich war. Stattdessen bedachte er Jackson mit einem arroganten Grinsen, bevor er einen kurzen Blick auf die Urkunde warf und sie dann an Clay weiterreichte.

»Wie hat es deine Mutter geschafft, dass die illegale Adoption nicht aufgeflogen ist?«, wollte Clay wissen, nachdem er die offizielle Bestätigung über Jacksons Geburt begutachtet hatte. »Hat sich nie jemand gefragt, wie sie einfach so ein Baby mit nach Hause bringen konnte?«

»Meine Tante sagt, dass sie jedem erzählt hat, ich sei ganz normal adoptiert worden, und alle haben ihr geglaubt. Warum hätte das auch jemand anzweifeln sollen? Kurz darauf sind meine Eltern dann in eine andere Stadt gezogen, und meine vermeintliche Adoption war kein Thema mehr, bis vor ein paar Wochen.«

Die Erinnerung an das Gespräch mit seiner Tante Becca lag ihm wie ein Stein im Magen. Paul Stone hatte von den unethischen Plänen seiner Frau, ein Baby auf dem Schwarzmarkt zu kaufen, nichts gewusst, bis diese ihn einfach mit nach Hause gebracht hatte. Und da hatte er sich wie in der Falle gefühlt, da er keine andere Wahl gehabt hatte, als bei dem Betrug mitzuspielen, wenn er nicht wollte, dass seine Frau wegen Kindesentführung oder Schlimmerem im Gefängnis landete.

»Wie es unsere echte Mutter geschafft hat, unbemerkt ein neugeborenes Baby zu verkaufen, und welche Lügen sie den Leuten aufgetischt hat, um das Ganze zu vertuschen, werden wir wohl nie erfahren«, bemerkte Levi. »Sie ist tot.« Sein Gesicht war so hart wie der Klang seiner Stimme.

Jackson hatte den Privatdetektiv lediglich um ein paar grundlegende Informationen über seine Brüder gebeten, mehr hatte er gar nicht wissen wollen. Doch als seine Brüder den Tod seiner leiblichen Mutter jetzt so beiläufig erwähnten, war er zutiefst schockiert, obwohl er sie nie kennengelernt hatte.

»Das tut mir leid«, sagte er mechanisch.

»Uns nicht«, entgegnete Mason unverblümt. »Hast du nicht gehört, dass sie eine Crackhure war? Wenn sie nicht gerade unterwegs war, um high zu werden, hat sie irgendeinen Typen gevögelt, um Geld für Drogen zu bekommen, während ihre Kinder zu Hause am Verhungern waren oder gerade von irgendeinem Arschloch, das auf uns aufpassen sollte, misshandelt wurden.« Wieder durchbohrte er Jackson mit seinem vorwurfsvollen Blick. »Du kannst froh sein, dass du keine so beschissene Kindheit hattest wie wir.«

Jackson musste sich auf die Zunge beißen, um nicht zu widersprechen. Diese Männer hatten keine Ahnung, wer er war und was er durchgemacht hatte. Mason beurteilte ihn nur nach seinem Äußeren, was ihn höllisch ärgerte. Der Anzug, den er trug, sagte ihnen weder etwas über den Mann, der er war, noch über seine Kindheit. Natürlich hatte er nicht unter einer drogenabhängigen Mutter oder körperlichen Misshandlungen gelitten, aber die mentale und emotionale Folter, der er durch seinen Vater ausgesetzt gewesen war, war genauso beschissen gewesen.

Es wurde unangenehm still im Raum. Als keiner der Brüder mehr eine Frage stellte, nahm Jackson das als Zeichen, dass sie mit ihrem Verhör fertig waren.

»Ich weiß, dass ihr das alles jetzt erst mal verdauen müsst. Ich habe da einen gewissen Vorsprung. Deshalb gehe ich jetzt wohl besser.« Er stand auf, und als keiner ihn zurückhielt, zog er eine Visitenkarte aus seinem Portemonnaie und legte sie auf Clays Schreibtisch. »Hier sind meine Kontaktdaten. Ruft mich einfach an, wenn ihr noch Fragen habt.« *Oder wenn ihr euren verschollenen Bruder etwas besser kennenlernen wollt*, dachte er noch, behielt es aber für sich.

Als immer noch niemand etwas sagte, spürte Jackson wieder diese tiefe Leere. Wieder war er ein Außenstehender, ein Fremder, der nicht dazugehörte. Er hasste dieses Gefühl, das ihm leider nur allzu vertraut war.

Mit einem Nicken verabschiedete er sich von Clay und den beiden anderen Männern. »War schön, euch drei kennenzulernen«, sagte er und verließ das Büro.

Jetzt waren seine Brüder am Zug. Den nächsten Schritt musste einer von ihnen machen.

* * *

Während Tara die Getränkebestellungen für die wenigen Gäste fertig machte, die in die Bar gekommen waren, behielt sie den Gang zu Clays Büro im Auge. Sie hätte zu gerne gewusst, was hinter der verschlossenen Tür vor sich ging. Nicht nur, wie Clay, Mason und Levi auf die Neuigkeit von der Existenz ihres verschollenen Bruders reagierten, sondern auch, wie es für Jackson lief.

Gegen die Brüder Kincaid hatte man, insbesondere wenn sie etwas oder jemanden als Bedrohung empfanden, nicht gerade die besten Karten. Die drei hatten im Leben viel durchgemacht, was ihr Misstrauen durchaus rechtfertigte, selbst gegenüber einem Mann, der Clay so ähnlich sah, dass eigentlich niemand daran zweifeln konnte, dass er sein Zwilling war.

Sie griff nach einer Flasche Rum, goss einen Doppelten in ein hohes Glas und füllte den Rest mit Cola auf. Dann gab sie noch eine Scheibe Limette dazu, bevor sie das Getränk für Amanda, die es an den Tisch bringen würde, auf ein Tablett stellte. Obwohl Tara Jackson erst vor weniger als einer Stunde kennengelernt und nur knapp dreißig Minuten mit ihm gesprochen hatte, spürte sie, dass er nichts Böses im Schilde führte. Ob die drei Brüder ihm aber tatsächlich eine Chance geben und beschließen würden, dass sie ihm trauen konnten, blieb abzuwarten. Sie hoffte es für ihn, denn sie hatte das Gefühl, dass Jackson mehr wollte, als seine Brüder darüber in Kenntnis zu setzen, dass sie einen verlorenen Bruder hatten. Er schien zu wollen, dass sie Teil seines Lebens wurden.

Nur fünfzehn Minuten nachdem Jackson im Hinterzimmer verschwunden war, kam er auch schon wieder heraus.

Alleine. Als er an der Bar entlang direkt auf sie zukam, trafen sich ihre Blicke, doch sie konnte in seinem Gesicht nicht lesen. Er schien ein Mann zu sein, der sich unter Kontrolle hatte und seine Gefühle nicht zeigte. Genau wie eben, als er noch am Tresen gesessen hatte, nahm ihr unartiger Körper ihn sofort wieder als Mann wahr. Er war einfach umwerfend sexy und mit seinem verführerischen Mund und dem schlanken, muskulösen Körper, den der teure Anzug perfekt zur Geltung brachte, wie für die Sünde gemacht. Selbst seine Art zu gehen war so sinnlich und selbstsicher, dass ein sehr ungezogener Teil ihrer selbst sich unweigerlich fragte, ob er im Schlafzimmer genauso dominant war.

Schon allein der Gedanke ließ ihr Höschen feucht werden.

Als sie sich dessen bewusst wurde, begann ihr Magen zu flattern, und sie trat von einem Fuß auf den anderen. Selbst ihr Herz schlug etwas schneller. Es schien eine Ewigkeit her zu sein, dass sie diese Anziehungskraft, diese unwiderstehliche Versuchung zum letzten Mal gespürt hatte. Angesichts der vielen Männer, die Abend für Abend in diese Bar kamen und sie anbaggerten, war das wirklich bemerkenswert. Mit ein paar dieser Typen war sie auch ausgegangen, doch mit keinem hatte sie mehr als ein oder zwei Dates gehabt. Und keiner von ihnen hatte in ihr je dieses brennende Verlangen geweckt, das sie, ohne die kleinste körperliche Berührung, im Moment verspürte.

Eigentlich hätte ihr ihre Reaktion auf Jackson seltsam vorkommen müssen. Immerhin war er Clays Zwillingsbruder, und bevor dieser Samantha kennengelernt und geheiratet hatte, war sie tatsächlich ein wenig in ihren Boss verliebt gewesen. Doch trotz des identischen Aussehens der beiden war ihr jetzt schon klar, dass die Brüder sich in ihren Persönlichkeiten stark voneinander unterschieden. Der Mann, der gerade vor ihr stehen blieb – und von dem sie nur der Tresen trennte –, war zielstrebig und gebildet. Sehr viel weltmännischer und undurchschaubarer als Clay, der sich durch seine lockere Art und den einfachen Lebensstil, den er für sich gewählt hatte, auszeichnete.

Für Tara, die sich als durchschnittliche Frau sah, die eine Bar in einer besseren Arbeitergegend managte und Drinks ausschenkte, war er eindeutig eine Nummer zu groß. Außerdem trug sie zu viele Schuldgefühle mit sich herum, die manchmal tonnenschwer auf ihrem Gewissen lasteten. Jackson war zweifellos an schöne, exquisite Frauen mit einem eleganten und kultivierten Auftreten gewöhnt. Frauen, die aus respektablen Familien kamen und keine Vergangenheit voll beschämender Geheimnisse hatten. In Taras Leben gab es nichts, was man auch nur im Entferntesten als kultiviert bezeichnen konnte, und das würde es auch nie geben.

Jackson legte den Kopf schief, und seine braunen Augen huschten über ihr Gesicht, bevor sich ihre Blicke wieder trafen. »Ist dir warm?«, fragte er.

Seine seltsame Frage überraschte sie. Sie war das letzte, das sie erwartet hätte, nachdem er wieder aus Clays Büro gekommen war. »Ähm, nein. Warum?«

Um seine Mundwinkel spielte ein freches Lächeln. »Deine Haut ist ein wenig gerötet, vor allem deine Wangen.«

Das liegt daran, dass ich gerade noch über deine Qualitäten im Schlafzimmer nachgedacht habe. Plötzlich kam es Tara so vor, als könnte er ihre Gedanken lesen und wüsste genau, welche Wirkung er auf sie hatte. Sie widerstand dem Reflex, die Handflächen auf ihr gerötetes Gesicht zu legen.

Stattdessen stellte sie ihm eine Gegenfrage, die ihr wichtiger erschien. »Wie ist es gelaufen?«

»Nun ja, wie zu erwarten, schätze ich.« Er zuckte gleichgültig mit den Achseln. Dennoch entging ihr die Enttäuschung nicht, die in seinen Augen aufblitzte, bevor er wieder sein schiefes Grinsen aufsetzte. »Ein ziemlich harter Haufen. Vor allem Mason.«

Sie hatte gewusst, dass die Brüder argwöhnisch und distanziert reagieren würden. Und eigentlich konnte sie es ihnen auch nicht verübeln. Immerhin hatten sie keine Gelegenheit gehabt, die Neuigkeit, dass sie noch einen Bruder hatten, zu verarbeiten. »Gib ihnen ein wenig Zeit. Sie werden ihre Meinung sicher noch ändern.« Jackson sah sie zweifelnd an, sagte aber nichts. Dann zückte er sein Portemonnaie und schob eine Zwanzigdollarnote über den Tresen.

Sie sah das Geld verwirrt an. »Wofür ist das?«

»Für den Bushmills.«

Sie schüttelte schnell den Kopf. »Du musst für deinen Drink nichts bezahlen.«

»Selbstverständlich«, entgegnete er entschieden. »Ich bin hier ein zahlender Gast wie jeder andere auch. Das Letzte, was ich will, ist, dass meine Brüder mich wegen Zechprellerei anzeigen.«

Obwohl er das mit einem Anflug von Humor sagte, schnürte die unterschwellige Andeutung, die darin lag, ihr die Brust zu. Jackson wusste, dass die drei Männer im Büro ihm nicht trauten, geschweige denn, ihn als Familienmitglied betrachteten. Er war noch immer ein Fremder, und ja, ein zahlender Gast.

Zögernd nahm sie das Geld. Sie hasste es, zwischen den leidenschaftlichen Gefühlen für einen Mann, den sie gerade erst kennengelernt hatte, und der Loyalität gegenüber den drei Männern dort hinten im Büro, die einer Familie näherkamen als alles, was sie je gehabt hatte, hin- und hergerissen zu sein. Sie konnte beide Seiten nur allzu gut verstehen und wünschte, das Gespräch wäre für Jackson besser gelaufen.

»Ich hol schnell das Wechselgeld«, sagte sie leise.

»Nein, stimmt so«, hielt er sie zurück, bevor sie zur Kasse gehen konnte. »Und danke für die Unterhaltung vorhin. Ich habe das sehr genossen.« Er zwinkerte ihr scherzhaft zu, aber er klang ehrlich.

Sie lächelte ihn an, und eine wollüstige Wärme durchströmte sie. »Ich hoffe, wir sehen uns wieder.« Obwohl sie das eigentlich für ihn hoffte, hatte ihr Wunsch auch rein egoistische Gründe, was wohl an der Anziehungskraft zwischen ihnen lag, auf die sie eigentlich keinen Gedanken verschwenden, geschweige denn darauf reagieren sollte.

»Das hängt ganz davon ab, ob die drei Männer dort hinten im Büro damit einverstanden sind, wenn ich hier noch einmal auftauche, oder nicht.« Er klang, als ob er eher von Letzterem ausging. »Einen schönen Abend noch, Tara.«

»Das wünsche ich dir auch, Jackson.« Sie sah ihm hinterher und ignorierte den merkwürdigen Anflug von Enttäuschung, der in ihr aufwallte, und warf ihm stattdessen noch einen letzten genießerischen Blick zu, bevor er endgültig verschwunden war. Mit seinen breiten Schultern, den schmalen Hüften und dem selbstbewussten Gang war die Rückseite dieses Mannes genauso heiß und appetitanregend wie der Rest.

Amanda kam in den Tresenbereich, die Augen ebenfalls auf Jacksons Rücken geheftet. »Verdammt, dieses Sahneschnittchen würde ich am liebsten nackt ausziehen und von oben bis unten abschlecken.«

»Ganz sicher nicht mehr, wenn ich es vor dir tue.« Taras Augen weiteten sich vor Schreck, als ihr aufging, dass sie ihre lüsternen Gedanken gerade laut ausgesprochen hatte.

»Meine Güte, Tara«, tadelte Amanda sie lachend. »Habe ich das gerade wirklich aus deinem Mund gehört?«

»Kann schon sein«, murmelte sie und versuchte, die Kellnerin auf andere Gedanken zu bringen. »Was brauchst du?«

»Einen Apple Martini und ein Sam's. Aber du brauchst wohl eher einen anständigen Fick.« Amandas Augen flackerten amüsiert auf. »Du hast noch nie einen Anspruch auf irgendeinen Kerl hier in der Bar geltend gemacht, und dann fängst du ausgerechnet bei Clays Zwillingsbruder damit an? Ich bin beeindruckt.«

Eine Hitzewallung, wie sie vor weniger als fünf Minuten noch Jackson ausgelöst hatte, brachte ihre Wangen erneut zum Glühen. »Ich mache auf niemanden einen Anspruch geltend«, betonte sie, während sie sich eine gekühlte Flasche Bier schnappte. Sie öffnete sie und stellte sie auf Amandas Tablett, bevor sie den fruchtigen Cocktail mixte.

»Ist schon okay. Ich verrate es auch niemandem«, versprach Amanda mit tiefer verschwörerischer Stimme. »Aber nimm dir deine ›Wer zuerst leckt, mahlt zuerst‹-Regel auch zu Herzen und tu's, bevor dir eine andere zuvorkommt.«

Jetzt war es an Tara zu lachen. »So gerne ich ihn auch ablecken würde, wird daraus wohl nichts werden.«

»Und warum zum Teufel nicht?«

»Aus mehreren Gründen.« Sie goss Wodka und Saurer-Apfel-Likör mit etwas Eis in einen Metallshaker und schüttelte das Ganze, bis der Drink kalt und schaumig war. »Erstens habe ich keine Ahnung, ob er noch zu haben ist, und zweitens glaube ich nicht, dass ich sein Typ bin. Ist dir sein schicker Anzug nicht aufgefallen?«, fragte sie sarkastisch. »Der hat wahrscheinlich ein kleines Vermögen gekostet.«

Amanda ließ eine Kirsche in den Apple Martini plumpsen und stellte ihn grinsend neben das Bier auf ihrem Tablett. »Nein, um zu bemerken, was er anhat, war ich wohl zu sehr in meine Fantasien versunken, wie ich ihn ausziehe und ablecke. Hör auf, dir wegen solcher Nebensächlichkeiten Sorgen zu machen. Damit verdirbst du dir jeden Spaß.«

Tara verdrehte nur die Augen. Doch da war noch etwas, etwas nicht ganz Unwesentliches, das ihr tatsächlich Sorgen bereitete, und zwar die Möglichkeit, dass sie Jackson womöglich nie wiedersah. Keiner wusste, ob er zurückkommen würde. Das lag allein in den Händen der Brüder Kincaid, und plötzlich musste sie unbedingt wissen, wie diese mit der Neuigkeit umgingen, dass sie einen ihnen bislang unbekannten Bruder hatten.

»Hey, Amanda«, rief Tara ihrer Kollegin hinterher. »Sind deine Tische für eine Weile versorgt, wenn du die Drinks hier ausgeliefert hast?«

»Ja. Soll ich kurz für dich übernehmen, damit du mal für kleine Mädchen kannst?«

Amanda arbeitete sowohl als Barkeeperin als auch als Bedienung im Kincaid's, je nachdem, was gerade gebraucht wurde. Mittwochabends war immer am wenigsten los, sodass Amanda die Bedienungsschicht übernahm. »Eigentlich will ich mit Clay reden, und das könnte ein bisschen länger dauern als nur ein paar Minuten.«

»Klar, kein Problem. Ich kann die Bar übernehmen, und Gina kann solange meine Tische bedienen.« Gina war die zweite Bedienung und Teilzeitbarkeeperin, die an diesem Abend arbeitete. »Ich bring nur noch schnell die Drinks weg. Dann bin ich da.«

Ein paar Minuten später steuerte Tara Clays Büro an. Dunkle Männerstimmen hallten durch den Gang, und als sie an der Tür war, sah sie, dass sie ein paar Zentimeter offen stand. Sie klopfte leise, um auf sich aufmerksam zu machen, und steckte den Kopf durch die Tür.

»Alles okay bei euch, Jungs?«, fragte sie und schlüpfte hinein.

»Gar nichts ist okay, verdammt.« Mason, der in dem engen Raum auf und ab ging, fuhr sich mit der Hand durchs Haar. Sein Ärger war nicht zu überhören. »Wir haben einen gottverdammten Bruder, von dem wir absolut nichts gewusst haben, ganz zu schweigen von der Tatsache, dass unsere Mutter Clays Zwillingsbruder verkauft hat, um Geld für ihre verdammten Drogen zu bekommen, wie wir gerade erfahren haben.«

Sie sog erschrocken die Luft ein. »Hat Jackson euch das erzählt?«

»Richtig.« Mason presste die Kiefer noch härter aufeinander. Levi und Clay schwiegen vorerst, während ihr Bruder weitertobte. »Wenn ich nicht wüsste, dass dieses jämmerliche Exemplar von einer Mutter tatsächlich dazu fähig war, ihr eigenes Kind zu verkaufen, würde ich es einfach nicht glauben. Die Schlampe hatte kein Gewissen.«

Als Tara die Bedeutung von Masons Worten langsam klar wurde, drehte sich ihr der Kopf. Sie konnte sich kaum vorstellen, wie Jackson sich gefühlt haben musste, als er diese niederschmetternde Wahrheit erfahren hatte. Und schon wieder ertappte sie sich dabei, wie sie Mitleid mit einem Mann hatte, den sie kaum kannte.

»Und dann kommt er in seinem schicken Tausend-Dollar-Anzug einfach hier hereinspaziert, und oh, hey, was glaubt ihr, er ist ein gottverdammter Architekt bei irgendeiner scheiß Superfirma in Chicago …« Während er seine zynischen Kommentare vom Stapel ließ, fuhr Mason mit dem Finger über die glänzende Visitenkarte, die er in der Hand hielt. »Großer Gott, das sieht doch ganz danach aus, als wäre der Typ mit einem goldenen Löffel im Mund aufgewachsen, während wir hier kaum über die Runden gekommen sind.«

»Du weißt doch gar nicht, was für eine Kindheit er hatte. Nur weil er möglicherweise Geld und einen seriösen Job hat, heißt das noch lange nicht, dass er ein schlechter Mensch ist.« Tara machte sich gar nicht erst die Mühe, darauf hinzuweisen, dass auch Clay über eine Million Dollar auf der hohen Kante hatte, was zusammen mit der Bar, die er von dem alten Vorbesitzer geerbt hatte, ein ganz ordentliches

Vermögen war. Ihn beurteilte auch niemand nach seinem Geld oder dem, was ihm in den Schoß gefallen war.

Mason verschränkte die tätowierten Arme vor der breiten Brust. Seine Meinung stand fest. »Ich traue ihm nicht.« Für ihn, der wenig Grund hatte, irgendwelche anderen Menschen in den inneren Kreis der Kincaids aufzunehmen, war die Sache klar.

»Ich schau mal, was ich über Jackson in Erfahrung bringen kann«, warf Levi schließlich ruhig und pragmatisch wie immer ein. »Auf dem Revier schuldet mir noch jemand einen Gefallen. Der soll den Typ mal auf Herz und Nieren überprüfen und herausfinden, ob da noch etwas in seiner Vergangenheit schlummert oder ob es sonst irgendetwas gibt, über das wir uns Sorgen machen müssen.«

»Findest du nicht, damit greifst du zu sehr in seine Privatsphäre ein?«, rutschte es Tara heraus, bevor ihr bewusst wurde, wie voreingenommen die Frage klang.

»Wir haben keine Ahnung, wer er ist.« Clay, der noch immer hinter seinem Schreibtisch saß, lehnte sich im Stuhl zurück und sah Tara direkt an. »Nicht wirklich.«

»Oder was er will«, mischte Mason sich wieder ein.

Sie lachte, doch es klang irgendwie hohl. »Und was, wenn er einfach nur seine drei Brüder kennenlernen möchte, von denen er gleich nach seiner Geburt getrennt wurde?«

Clay warf ihr einen finsteren Blick zu. »Warum verteidigst du ihn?«

Es wurde still im Raum, und drei Augenpaare musterten sie. Für ihren Geschmack etwas *zu* skeptisch. »Ich verteidige ihn doch gar nicht.«

»Doch, tust du«, sagte Mason. Seine Stimme klang schroff, und die Schlitze seiner misstrauischen Augen wurden noch enger. »Hat Jackson dich bearbeitet und dir den Kopf verdreht, solange er auf uns gewartet hat? Bist du deshalb auf seiner Seite?«

»Was?« Sie starrte Mason mit offenem Mund an, unfähig zu glauben, dass er Jackson gerade beschuldigt hatte, ihr eine Gehirnwäsche verpasst zu haben. Verbitterung und Enttäuschung ließen ihre Stimme höher klingen. »Mein Gott, nein. Er hat mir nicht den Kopf verdreht. Er hat sich nach euch erkundigt. Er war ernsthaft an euch interessiert, an euch allen dreien.«

»Und was hast du ihm erzählt?«, wollte Levi wissen.

»Nur ganz allgemeine Dinge, die er auch alleine hätte herausfinden können, wenn er gewollt hätte.« Das war die Wahrheit. Sie hatte nichts Persönliches oder Privates ausgeplaudert.

Clay rieb sich mit einem tiefen Seufzer das unrasierte Kinn. »Falls er noch einmal vorbeikommt, hältst du dich von ihm fern, hörst du? Bis Levi mehr über ihn herausgefunden hat.«

Sie war an Clays Bevormundung gewöhnt und normalerweise für seine Fürsorge dankbar. Doch nichts von alledem, was Jackson in der kurzen Zeit, in der er in der Bar gewesen war, gesagt oder getan hatte, gab Anlass dazu, ihn für gefährlich zu halten. »Also für mich sieht er nicht gerade nach einem Serienkiller aus«, bemerkte sie.

»Woher willst du das wissen?« Mason begann mit ihr zu zanken, als wäre sie seine Schwester.

Sie sah ihn durchdringend an. »Du bist unmöglich. Weißt du das? Wie hält Katrina es nur mit dir aus?« Er grinste, und sie hob abwehrend die Hand. Sie wusste, dass er kurz davor war, irgendetwas Unangemessenes von sich zu geben. »Lass gut sein. Du musst das nicht beantworten.«

Stattdessen sah sie Clay beschwörend an. Er war hier derjenige, der den Charakter anderer Menschen am wenigsten nach deren Aussehen oder einem fünfzehnminütigen Gespräch beurteilte. Sie wusste das, weil er auch ihr eine Chance gegeben hatte, als sie an einem Punkt angekommen war, an dem sie nichts und niemanden mehr gehabt hatte. Damals war sie vollkommen alleine und auf sich selbst gestellt gewesen und hatte wenigstens einen Menschen gebraucht, der an sie glaubte. Und dieser Mensch war Clay gewesen.

»Du bildest dir doch nicht etwa ein Urteil über Jackson, noch bevor du ihn wirklich kennst? Das bist nicht du, Clay. Das ist nicht deine Art.« Es gab einen Grund, weshalb ihn alle Saint Clay nannten, und an diese freundliche und altruistische Seite von ihm appellierte sie jetzt. »Du hast in allen Menschen immer das Gute gesehen. Jedem eine Chance gegeben, sich und seine Integrität unter Beweis zu stellen. Jackson ist dein Zwillingsbruder. Auch er verdient eine Chance.«

Clay nickte, war aber noch nicht ganz überzeugt. »Er ist ein Fremder. Ich versuche nur, meine Familie zu beschützen«, entgegnete er ruhig.

»Das respektiere ich ja.« Und das tat sie wirklich, insbesondere nach allem, was die Brüder durchgemacht hatten. »Ich möchte nur nicht, dass ihr drei das später bereut.«

Sie wusste, dass sie genug gesagt hatte und dass es Zeit

war, wieder zu gehen. »Ich muss zurück an die Bar«, sagte sie und drehte sich um.

»Tara?«

Die Art, wie Clay ihren Namen rief, ließ sie abrupt stehen bleiben und sich noch einmal zu ihm umdrehen. Hatte sie den Mund doch zu weit aufgerissen? War sie womöglich zu weit gegangen? »Ja?«

»Mach Samstag mal den ganzen Tag frei«, sagte Clay. »Amanda kann sich abends um den Laden kümmern.«

Das hatte sie nun überhaupt nicht erwartet. Nachdem sie vor ein paar Wochen endlich mit dem College fertig geworden war und die Zeit hatte, sich auch um die geschäftlichen Angelegenheiten der Bar zu kümmern, hatte Clay sie zur Geschäftsführerin des Kincaid's befördert, und als solche hatte sie an den Wochenenden bisher immer gearbeitet. Amanda konnte sich mithilfe von ein paar Angestellten zwar tatsächlich alleine um die Bar kümmern, dennoch irritierte sie Clays Aufforderung.

Sie sah ihn neugierig von unten herauf an. »Okay. Darf ich fragen warum?«

Voller Sympathie lächelte er sie an. Alle Spuren der Auseinandersetzung über Jackson waren wie weggeblasen. »Weil Samantha, Katrina und Sarah beschlossen haben, bei uns zu Hause eine Grillparty zu veranstalten, mit der wir deinen Collegeabschluss und das bestandene Diplom feiern wollen. Dachtest du wirklich, wir würden ein so wichtiges Ereignis unbeachtet lassen?«

Sie spürte, wie die aufwallenden Gefühle ihr den Hals zuschnürten, und schluckte. Aber gegen die Hitze, die ihr in die Wangen schoss, war sie machtlos. »Ihr müsst das nicht tun. Das ist doch keine große Sache.«

»Und ob das eine große Sache ist. Eine verdammt große Sache sogar«, sagte Mason anerkennend. »Wir sind echt stolz auf dich. Das ständige Hin und Her zwischen Unterricht, Prüfungen und der Bar. Du hast dir wirklich den Arsch abgearbeitet. Außerdem ist es die perfekte Ausrede, um zu trinken, zu feiern und mal wieder so richtig einen draufzumachen.«

»Dagegen ist natürlich nichts einzuwenden«, sagte sie lachend. »Der Plan klingt gut. Danke.«

Eine so nette Überraschung konnten sich nur die Brüder Kincaid ausdenken. Sie bekam fast Gewissensbisse, weil sie sich hinter Jackson gestellt und die drei dazu gedrängt hatte, ihm einen Vertrauensvorschuss zu geben. Aber sosehr sie sich auch einredete, es für die Jungs getan zu haben, konnte sie nicht leugnen, dass sie Jackson Stone wiedersehen wollte.

KAPITEL 3

Unruhig und schlecht gelaunt stand Jackson im Wohnzimmer seiner Lake-Shore-Eigentumswohnung und starrte durch die Glasfront hinaus auf die Myriaden funkelnder Lichter unter ihm, während sich die Dämmerung langsam über die Stadt senkte. Es war eine verflucht harte und lange Arbeitswoche gewesen mit unzähligen Kundenpräsentationen, einem Spatenstich für ein neues Bürogebäude in der Chicagoer City und diversen umwelttechnischen Problemen, die auf seinem Schreibtisch gelandet waren. Er hatte ein Dutzend sich in die Länge ziehender Meetings mit technischen Beratern hinter sich und war an den meisten Abenden noch lange im Büro geblieben, um über strukturelle Probleme zu diskutieren, die bei einem der Milliarden-Projekte seiner Firma gerade für erhebliche Verzögerungen sorgten.

Doch heute war er ausnahmsweise zu einer angemessenen Uhrzeit nach Hause gekommen. Wenn man neun Uhr abends noch als angemessen bezeichnen konnte, dachte er mit einem Anflug von Ironie. Er hatte lange heiß geduscht, sich zum Abendessen einen Rest Spaghetti aufgewärmt, den er noch im Kühlschrank gehabt hatte, und sich während des Essens die Angebote durchgesehen, die er mit nach Hause genommen hatte. Doch hier, in seiner so verdammt ruhigen Wohnung, in der ihn die hektischen Anforderungen der Arbeit nicht mehr permanent ablenkten, quälte ihn jetzt die bittere Erkenntnis, dass er den Kincaids offensichtlich nicht gut genug war, um in den Kreis der Familie aufgenommen zu werden.

Er lehnte sich gegen den Rücken der Ledercouch, die nur etwa einen Meter vor der zimmerhohen Glasfront entfernt stand, und massierte sich die verspannten Schultern und den Nacken. Es war jetzt sieben Tage her, seit er in Clays Bar gewesen war und seine Brüder zum ersten Mal getroffen hatte. Sieben lange Tage, in denen sie sich nicht gemeldet hatten. Ihr Schweigen sagte mehr als tausend Worte und verletzte ihn zutiefst. Es passte ihm ganz und gar nicht, dass ihre Zurückweisung ihm emotional so zusetzte, dass ihre Anerkennung und Akzeptanz ihm so unglaublich viel bedeuteten, weil Paul Stone ihm genau diese so grausam und mutwillig verweigert hatte.

Scheiße. Dabei war er noch nie der Typ gewesen, der vor Selbstmitleid zerfloss. Er war ein Mann der Tat. Er suhlte sich nicht in Dingen, die er ohnehin nicht ändern konnte. Und dennoch würde er sich in die eigene Tasche lügen, wenn er sich nicht eingestand, dass er in seiner Naivität tatsächlich geglaubt hatte, der Kontakt zu den drei Männern, die seine Gene teilten, könnte ihm endlich das Gefühl der Zugehörigkeit geben, das ihm sein Leben lang versagt geblieben war.

Bisher hatte ihm das Treffen mit seinen Brüdern jedoch nur jede Menge Enttäuschungen und Ärger eingebracht.

Die drei, oder zumindest Mason, hatten ihm unmissverständlich zu verstehen gegeben, dass sie an seinen ehrlichen Absichten zweifelten. Sie unterstellten Jackson irgendwelche Hintergedanken, und ihm war klar, dass es nichts gab, was er tun oder sagen konnte, um sie vom Gegenteil zu überzeugen. Der nächste Schritt musste von den Kincaids kommen, doch nach der Konfrontation letzte Woche in Clays Büro würde es wohl eher in der Hölle schneien, als dass einer von ihnen Kontakt zu ihm aufnahm. Tara hingegen … die wunderschöne Barkeeperin war da ganz anders als die drei misstrauischen, abweisenden Männer. Trotz einer erkennbaren Verletzlichkeit war sie warmherzig und offen gewesen, und er hatte sich mühelos und nett mit ihr unterhalten – im Gegensatz zu den Frauen, mit denen er es in seinen Kreisen normalerweise zu tun hatte. Tara hatte ihn aufgrund seines Äußeren nicht sofort in eine Schublade gesteckt und war ihm auch nicht mit irgendwelchen Vorurteilen begegnet.

Stattdessen hatte sie ihm ohne Umschweife das gegeben, was ihm die Brüder Kincaid verweigert hatten … das Gefühl, willkommen zu sein. Ihre offene, vertrauensvolle Art in Kombination mit der Anziehungskraft, die zweifelsfrei zwischen ihnen spürbar gewesen war, waren wohl der Grund, dass ihr Bild jede Nacht, wenn er im Bett lag und einzuschlafen versuchte, vor seinem inneren Auge erschien.

Dabei begann es immer recht harmlos. Er dachte an ihr süßes Lächeln und daran, wie der Diamantstecker in ihrer Lippe das Licht eingefangen hatte, wenn sie in seine Richtung sah. Doch diese keuschen Bilder wichen schnell einer Flut schmutziger und verbotener Fantasien. Der Art von Fantasien, in denen sie mit gespreizten Beinen und ausschließlich zu seinem Vergnügen auf seinem Bett lag, nackt und geil und bettelnd, während sein Mund, seine Finger und sein Schwanz mit der weichen, feuchten Stelle zwischen ihren Beinen unaussprechlich schmutzige Dinge anstellten, bevor er bis zu den Eiern in sie eindrang.

Jackson schloss für einen Moment die Augen und seufzte, als sich sein Schwanz in einer Welle der Lust anspannte. Ein vertrautes Pulsieren setzte ein, aber er wagte nicht, die Hand auf die harte Säule aus Fleisch zu legen, die gegen die weichen Baumwollshorts drückte, die er nach dem Duschen angezogen hatte, weil er befürchtete, dann sofort die Finger um seinen Schwanz zu schließen und sich direkt hier, vor der Glasfront seines Wohnzimmers, einen runterzuholen.

Großer Gott, er brauchte Ablenkung. Er zog in Erwägung, sich seinen Laptop zu nehmen und die technischen Details eines anstehenden Projekts noch einmal durchzugehen, doch sein Gehirn war nicht mehr im Arbeitsmodus. Er könnte Wes Sinclair, seinen besten Freund, anrufen und sich mit ihm im Popped Cherry verabreden, einer trendigen Bar im Zentrum von Chicago, die sie oft frequentierten. Doch für diese Art von Geselligkeit, die in der Regel darauf hinauslief, dass er Frauen, an denen er kein Interesse hatte, vergraulen musste, war er nicht in der Stimmung. Eine dritte Möglichkeit war natürlich die, früh zu Bett zu gehen. Aber Jackson war nicht müde, und, nun ja, er wusste, wie das enden würde …

Eigentlich war ihm klar, wo er gerne wäre. Nämlich an dem Ort, an den er schon die ganze Woche über gerne zurückgekehrt wäre, und das nicht, um seine Brüder wiederzusehen, sondern allein wegen der sexy Barkeeperin, die ihm nicht mehr aus dem Kopf ging.

Scheiße. Er warf einen Blick auf die Uhr an der Wand. Es war fast zehn an einem Mittwochabend. Sonntag bis Donnerstag schloss das Kincaid's bereits um elf – ja, okay, er hatte das nachgeschaut. Schließlich dachte er nicht zum ersten Mal darüber nach, noch einmal dorthin zu gehen. Die angespannte Stimmung, in der er und seine Brüder sich getrennt hatten, hatte ihn bisher zwar davon abgehalten, aber heute Abend war es ihm scheißegal, ob Clay, Mason oder Levi ein Problem damit hatten, wenn er in die Bar kam. Das Kincaid's war eine öffentliche Kneipe und er ein zahlender Gast.

Seine schlechte Laune verflog und machte einer angespannten Vorfreude Platz. Bevor er seinen spontanen Entschluss wieder verwerfen konnte, zog er sich schnell eine Jeans und ein legeres Hemd über und stand, zwanzig Minuten nachdem er seine Wohnung verlassen hatte, vor dem Kincaid's.

Als er eintrat, dröhnte Rockmusik aus den Boxen, doch zu seiner Überraschung war der Laden leer. Keine Gäste weit und breit, und auch die beiden Kellnerinnen von letzter Woche konnte er nirgends entdecken. Aus einem Bereich, in dem sich vermutlich die Küche befand, ertönten Stimmen und Geräusche, aus denen er schloss, dass noch geöffnet, aber einfach nichts los war.

Er sah zur Bar hinüber, und als er Tara entdeckte, die gerade den Tresen abwischte, verzogen sich seine Mundwinkel unweigerlich nach oben. Wahrscheinlich putzte sie bereits für den Feierabend, da sie in einer halben Stunde schlossen. Gedankenverloren trällerte sie mit Bon Jovi »You give Love a Bad Name« mit und bemerkte nicht, dass er nur wenige Zentimeter außerhalb ihres Blickfelds stand. Aber das störte ihn nicht im Geringsten, denn so konnte er unbemerkt beobachten, wie jedes Mal, wenn ihr Arm über den Tresen fuhr, ihre Brüste unter ihrem engen T-Shirt schaukelten. Und wie sie im Rhythmus zu dem Song mit ihrem perfekten Hintern wackelte und die Hüften schwang.

Hitze schoss durch seine Adern, und sein Schwanz zuckte. Oh ja, jetzt fühlte er sich schon *viel* besser – entspannt, gut gelaunt und mit jeder Sekunde erregter. Alle Gedanken an die Arbeit verflogen ebenso wie die an seine Brüder. Allein der Anblick dieser Frau schien den Sturm der Gefühle, der gerade noch in ihm getobt hatte, zu bändigen.

Genau das brauchte er. Er brauchte *sie*. Mit ihrer unbekümmerten Art verschaffte ihm Tara die Ablenkung von seinem Leben, das plötzlich viel zu kompliziert geworden war, die er so dringend brauchte. Und sie machte ihm auch bewusst, wie sehr er es vermisst hatte, in der Nähe einer Frau sein zu *wollen* – nur um des reinen Vergnügens willen. Ohne Druck und Erwartungen.

Tara schmetterte die Schlusszeilen des Songs mit, und als sie dabei in seine Richtung sah, zuckte sie zusammen und hielt abrupt mit dem Tresenwischen inne. Zu seiner großen Enttäuschung, denn es bedeutete, dass ihre Titten nicht weiter auf und ab hüpften und sie ihre Hüften auch nicht mehr in einer Art und Weise schwang, bei der er bildlich vor sich sah, wie sie rittlings auf seinem Schwanz saß und wie ihr kreisendes Becken einen aufreizenden Lapdance auf ihm vollführte.

Ihre strahlend blauen Augen wurden vor Überraschung kreisrund, als sie ihn erkannte, bevor sich echte Freude in ihnen zeigte. »Jackson«, hauchte sie, und er war sich ziemlich sicher, dass ihr die Luft nicht wegen des Singens und Tanzens wegblieb.

»Du hast mich erkannt«, scherzte er, während er auf seiner Seite des Tresens zu ihr ging. Die Tatsache, dass sie ihn dieses Mal nicht für seinen Zwillingsbruder gehalten hatte, bestätigte Jackson, dass sie zumindest in ein paar Dingen wohl doch nicht identisch waren.

Ein verschmitztes Lächeln erschien auf ihren vollen, nach einem Kuss schreienden Lippen. »Natürlich weiß ich, wer du bist. Clay hat mir noch nie auf den Arsch gestarrt. Und er hat mich auch noch nie angesehen, als wollte er …« Etwas zu spät bemerkte sie, dass sie um ein Haar zu viel gesagt hätte, und verstummte. Ihre weiche schimmernde Haut wurde puterrot.

Nur keine falsche Scham, Süße. Dass sie schüchtern wurde, war das Letzte, was Jackson wollte. Daher wagte er es, ihren Satz selbst zu beenden. »Als wollte er schlimme, schmutzige Dinge mit dir tun?« Es war ein Test, wie weit sie beim Flirten gehen würde.

Tara schluckte hörbar, sah ihm aber weiter fest in die Augen. »Ähm, ja. Genau das.« Sie klang verlegen, empfand seine unverblümte Äußerung, die nur zusammenfasste, wie sehr er sich zu ihr hingezogen fühlte, aber offensichtlich nicht als verletzend.

»Schuldig im Sinne der Anklage«, scherzte er und ließ sich ihr gegenüber auf einen Barhocker gleiten. »In beiden Fällen.« Es war nicht abzustreiten, dass er auf ihren aufreizenden Hintern gestarrt hatte. Und er wollte definitiv schlimme Dinge mit ihr tun.

Ihr entschlüpfte ein Lachen, das so einladend war wie sie selbst. »Immerhin bist du ehrlich.«

»Bin ich immer«, sagte er wahrheitsgemäß. Nachdem man ihn sein Leben lang in so vielen Dingen angelogen hatte, war ihm Ehrlichkeit stets das Wichtigste – das galt für andere, aber auch für ihn.

»Clay ist nicht hier, falls du ihn suchst.« Offenbar nahm sie an, er sei der Grund seines Besuchs.

Er lächelte. »Damit hatte ich auch nicht gerechnet.«

»Oh.« Sie legte den Kopf schief und sah ihn mit einem hinreißend neugierigen Blick an. »Was führt dich dann hierher?«

Er sah ihr tief in die Augen, fesselte ihren Blick. »Du.«

Sie wirkte erschrocken, fühlte sich aber unübersehbar geschmeichelt. »Wieso ich?«

»Ich dachte, das *Wieso* hätten wir gerade geklärt«, sagte er lachend und verschränkte die Hände vor sich auf dem Tresen. Er war nicht der Typ, der gerne Spielchen spielte, und beschloss, die Sache direkt anzugehen. Sie sollte wissen, wie sehr er an ihr interessiert war. »Aber falls dir meine Bewunderung für deinen sexy Hintern und meine Anspielungen, dass wir, wenn ich Glück habe, vielleicht wirklich unartige Dinge zusammen tun könnten, entgangen sein sollten, noch einmal zum Mitschreiben: Ich finde dich äußerst attraktiv und dachte eigentlich, das beruhe auf Gegenseitigkeit.«

»Damit hattest du recht. Hast du recht«, fügte sie schnell hinzu und änderte die Vergangenheitsform ins Präsens. »Ich dachte nur, du bist vielleicht hier, um dich mit einem der Jungs zu treffen.«

Er schüttelte den Kopf. »Leider scheinen sie kein Interesse daran zu haben, mich wiederzusehen.« Es laut auszusprechen war wie ein Schlag in die Magengrube. »Da ich seit letzter Woche von keinem der drei ein Wort gehört habe, nehme ich an, ich gelte hier als Persona non grata. Aber hey, das Risiko, dass sie mich hochkant wieder hinauswerfen, falls einer von ihnen zufällig hier sein sollte, bist du auf jeden Fall wert.«

Er hatte gehofft, die Bemerkung würde sie zum Lachen bringen, aber das tat sie nicht. Stattdessen verhärteten sich die Züge um ihren Mund zu einer enttäuschten Linie. »Es tut mir leid, dass die Jungs dir gegenüber so stur und kurzsichtig sind.«

»Das muss es nicht.« Er zuckte abwehrend mit den Schultern. Er wollte sich mit ihr nicht über die ablehnende Haltung seiner Brüder unterhalten. »Es ist, wie es ist.« Mit jedem Tag der verstrich, erschien ihm die Möglichkeit, dass sich an der Situation noch etwas ändern könnte, unwahrscheinlicher.

»Ja, ein gutes Motto«, sagte sie, und plötzlich funkelte Anerkennung in ihren Augen. »Damit habe ich schon einige harte Phasen in meinem Leben überstanden.«

Er wollte mehr über diese schwierigen Zeiten wissen,

wollte wissen, woher diese toughe Einstellung kam, obwohl sie doch sonst so nett und einfühlsam war. Er fand diese Kombination reizvoll und anziehend. Am liebsten hätte er die faszinierenden Schichten ihrer Persönlichkeit Stück für Stück abgetragen und alle darunterliegenden Geheimnisse aufgedeckt.

»Möchtest du einen Drink?«, wollte sie wissen und zog mit der Frage seine Aufmerksamkeit wieder auf sich. »Bushmills pur?«

»Heute nicht.« Es war schon spät, und er wollte nicht, dass der Alkohol ihm die Sinne vernebelte. Nicht, solange er in ihrer Nähe war. »Ich nehme ein Mineralwasser mit Limette.«

Während sie das Wasser einschenkte, zog er sein Portemonnaie hervor, nahm eine Zehn-Dollar-Note heraus, und als sie seine Bestellung vor ihn auf eine Cocktailserviette stellte, schob er ihr den Schein über den Tresen hin.

»Behalt den Rest«, sagte er.

»Ist das dein Ernst?« Mit vor der Brust verschränkten Armen sah sie das Geld verärgert an, nahm es aber nicht an sich. »Großer Gott, das ist ein Mineralwasser.«

»Ich weiß, was das ist.« Er drückte den Saft der Limette in das perlende Wasser und warf den Schnitz danach ins Glas. »Aber darum geht es nicht.«

Um was es ging, hatte er schon letzte Woche klargestellt, als er für seinen Drink ebenfalls bezahlt hatte. Diesen Streit würde sie nicht gewinnen.

Und das wusste sie auch. Mit einem genervten Seufzer nahm sie den Schein. »Du bist offensichtlich genauso starrköpfig wie deine Brüder.«

»Liegt wohl in den Genen.« Er biss sich auf die Innenseite der Wange und versuchte, nicht zu lachen, als er bemerkte, wie süß sie aussah, wenn sie leicht angesäuert war. Süß *und* scharf, verbesserte er sich, als sein Blick an ihren gespitzten Lippen hängen blieb, die sofort lüsterne Gedanken an ihre weiche Mundhöhle und all die Dinge, mit denen er sie schänden wollte, hervorriefen.

Als sie sich umdrehte, um das Geld in die Kasse zu legen, wanderte sein Blick, wie zu erwarten, sofort wieder zu ihrem perfekt gerundeten Hinterteil. Jesus, er war ein solcher Perversling. Damit sie ihn nicht gleich noch einmal bei seinen anzüglichen Blicken ertappte, konzentrierte er sich darauf, die Augen oberhalb ihres Busens zu lassen, als sie sich wieder zu ihm umdrehte.

»Um wie viel Uhr bist du heute hier fertig?«, fragte er und trank einen Schluck von seinem Limettenwasser.

Sie begann, in einem kleinen Waschbecken hinter der Bar Gläser abzuspülen. »Ich muss den Laden heute alleine zumachen. Es war so wenig los, dass ich die Bedienungen nach Hause geschickt habe. Die Jungs in der Küche sind mit dem Putzen so gegen halb zwölf fertig. Dann schließe ich ab.«

»Hast du danach schon was vor?«

»Um zwölf? Mitten in der Nacht?« Lachend trocknete sie ein Martiniglas ab. »Das Einzige, was ich noch vorhabe, ist, mit einem Buch in mein warmes, weiches Bett zu kriechen und zu lesen, bis mir die Augen zufallen.«

Sofort kamen ihm wieder zügellose Gedanken. Er stellte sich vor, wie sie nackt mit gespreizten Beinen in seinem Bett lag, die cremig weiße Haut in starkem Kontrast zu seiner dunkelblauen Steppdecke, das üppige schwarze Haar auf seinem weißen Kissen ausgebreitet. Sobald er sie auch nur in die Nähe seines Betts gebracht hätte, wären Schlafen oder Lesen sicher das Letzte, was sie tun würden.

Nicht dass sie heute schon Sex haben würden. Aber natürlich hatte er sich vorgestellt, wie es wäre, sie zu vögeln – jede Nacht, um genau zu sein –, und seine Fantasien hatten ihm jedes Mal einen schmerzhaft harten Schwanz beschert. So hart, wie er sich auch jetzt anfühlte.

Jackson rutschte auf dem Barhocker hin und her, um seinen Penis, der gegen den Reißverschluss seiner Jeans drückte, nicht mit der Hand zurechtzuschieben. Froh, dass sie seinen Schritt nicht sehen konnte – und seine mangelhafte Körperkontrolle bestimmt bemerkt hätte –, brachte er das Gespräch schnell wieder auf ein anderes Thema.

»Ich weiß, dass ich dir etwas von deinem kostbaren Schönheitsschlaf raube, aber ein Stück die Straße runter gibt es einen Donutladen, der rund um die Uhr auf hat. Hättest du Lust, mit mir auf einen Kaffee dorthin zu gehen, wenn du hier fertig bist?«

Jede andere Frau, mit der er in letzter Zeit ausgegangen war, hätte bei dem Vorschlag, eine in ihren Augen derart unangemessene Lokalität aufzusuchen, die Nase gerümpft, geschweige denn, ihn in eine so heruntergekommene Gegend Chicagos begleitet. Aber Taras Augen leuchteten bei seiner Einladung auf.

Sie klimperte neckisch mit den Wimpern. »Fragen Sie mich gerade, ob ich mit Ihnen ausgehen möchte, Mr. Stone?«

»Ja, das tue ich.« Er war erleichtert, dass sie ihn nicht direkt abblitzen ließ und über sein Angebot zumindest nachzudenken schien. »Ich hätte dich ja gerne in ein teureres Restaurant ausgeführt, aber um diese Zeit hat leider nicht mehr viel offen.«

»Da hast du Glück. Ich habe nämlich eine große Schwäche für Donuts. Sie gehören zu den wenigen Dingen, denen ich nicht widerstehen kann«, sagte sie, während sie in einem Behälter aufgereihte Schnapsflaschen sortierte. »Und Angelo macht die besten Apfelkrapfen der Stadt. Oh mein Gott, allein bei dem Gedanken läuft mir das Wasser im Mund zusammen.«

Ihre Begeisterung entlockte ihm ein Grinsen. »Heißt das Ja?«

»Und ob das Ja heißt!«, sagte sie und lachte.

Nun, da er sich etwas mehr Zeit mit Tara gesichert hatte, ließ er sie den Tresen sauber machen und bemühte sich, sie nicht mehr zu stören, damit sie so schnell wie möglich fertig wurde. Punkt elf schloss sie den Haupteingang ab, nahm das Geld aus der Kasse und brachte es ins Büro. Während sie weg war, kam ein junger Kerl aus dem hinteren Bereich der Bar und begann, die Stühle auf die Tische zu stellen.

Dann wischte er den Boden, behielt Jackson dabei aber ständig im Auge. Ganz offensichtlich hatte er bereits von ihm gehört und war sich nicht sicher, ob er ihm trauen konnte. Das hing ganz davon ab, welche Informationen über sein Zusammentreffen mit den Brüdern Kincaid aus der Gerüchteküche bis zu ihm durchgedrungen waren. Jackson war sich sicher, dass er inzwischen der Staatsfeind Nummer eins war, falls er Mason glaubte.

»Das ist Elijah«, sagte Tara, die gerade aus dem Büro zurückkam, was immer sie dort gemacht hatte. Ihr war aufgefallen, dass er den jungen Mann beobachtete. »Er ist ein toller Junge. Clay hat ihn aufgegriffen, als er den Müll nach Essbarem durchwühlt hat, und ihm einen Job gegeben.«

Noch bevor Jackson etwas entgegnen konnte, fragte eine männliche Stimme: »Bist du fertig, Tara? Die Küche ist sauber und …« Der Mann, der auf den Tresen zugehumpelt kam, hielt abrupt inne. Er starrte Jackson mit dem gesunden Auge, das nicht hinter einer Klappe versteckt war, auf eine Weise an, die ihm inzwischen nur allzu vertraut war. Wachsam und äußerst reserviert. Inzwischen hatten wohl alle Angestellten des Kincaid's von ihm gehört, und er wurde nicht mehr so schnell für Clay gehalten.

»Sie müssen der Zwillingsbruder sein«, brummte der Mann.

»So ist es«, entgegnete er freundlich und streckte ihm die Hand entgegen. »Ich bin Jackson.«

Der Mann zögerte, bevor er vortrat und Jacksons Hand nahm. Sein starker, unnachgiebiger Griff übermittelte Jackson eine Nachricht, die selbst ein Idiot begriffen hätte. Dieser Mann spielte im Team der Kincaids, und sein Handschlag sagte ihm: *Sobald du irgendwas Zwielichtiges versuchst, werde ich dir mit Begeisterung in den Arsch treten.*

»Hank«, sagte er. Dann wandte er sich wieder Tara zu, die hinter der Bar stand. »Bist du hier draußen fertig?«

»Ja.« Sie stapelte ein paar Körbe mit sauberen Gläsern. »Wenn Elijah und du auch fertig seid, könnt ihr gehen. Jackson bringt mich zum Auto.«

In Hanks Kiefer zuckte ein Muskel. »Ich glaube nicht, dass Clay glücklich wäre, wenn er wüsste …«

Tara hob die Hand. »Lass mich das mit Clay regeln, okay? Vielleicht haben die Jungs ja ein Problem mit Jackson. Ich habe keins. Und da sie gerade nicht da sind und ich hier verantwortlich bin, versichere ich dir, dass ich in Begleitung dieses Mannes absolut sicher bin. Ich seh dich und Elijah dann morgen Nachmittag zu eurer Schicht.«

Zack. Ende der Durchsage.

Jackson unterdrückte ein Grinsen. Schön *und* selbstbewusst – eine Frau, die wusste, was sie wollte, und stark genug war, es auch durchzusetzen. Noch so eine Eigenschaft, die ihn verdammt antörnte. Vor allem, wenn er sich vorstellte, wie er ihr diese rebellische Ader im Bett austrieb. Wie er sie unterwarf. Sie unter sich festnagelte, während sie versuchte, sich der Attacke seiner Lippen und Hände zu entwinden. Wie er sie tief und hart nahm, sie zwang, sich zu ergeben.

Er atmete langsam und tief aus, was ihm half, die sexy Bilder aus seinem Kopf zu vertreiben. Hank warf ihm noch einen finsteren Blick zu – *Gott sei Dank konnte er keine Gedanken lesen* –, widersprach Tara aber nicht weiter. Fünf Minuten später waren er und Elijah gegangen, und Jackson war mit Tara allein.

»Ihr seid ein ziemlich verschworener Haufen, hab ich recht?«, fragte er mit einem ironischen Unterton.

»Hank ist in Ordnung«, sagte sie und beugte sich nach unten, um ihre Tasche aus einem verschlossenen Schrank zu holen. »Aber du hast recht. Auch er ist Clay treu ergeben. Er war mal Soldat. Dann ist er in eine Sprengfalle geraten und hat dabei ein Bein und das rechte Auge verloren. Auch ein Teil seiner Gesichtsnerven wurde zerstört. Clay hat Hank eingestellt, als ihn sonst keiner haben wollte.«

Himmel noch mal, gegen *Saint Clay* hatte er offenbar echt keine Chance. Egal, auf welchem Gebiet. So sehr ihn die kühle Reserviertheit seines Zwillingsbruders auch ärgerte, die Art, wie er mit Menschen umging, verdiente Respekt. Sie sagte viel über seinen Charakter und seine Menschenfreundlichkeit aus. Trotz seiner beschissenen Kindheit schien Clay ein durch und durch rechtschaffener Mann zu sein.

»Könnte unser Donut-Date für die Jungs ein Problem sein?«, fragte er, während er vom Barhocker rutschte. Er versuchte, unbekümmert zu klingen. Im Grunde scherte Jackson sich einen Dreck darum, was seine Brüder von seinem Interesse an Tara hielten, aber dass sie sich wegen ihm irgendwelchen Ärger einhandelte, wollte er auch nicht.

Sie kam mit den Schlüsseln in der Hand um den Tresen, um im Gastraum das Licht auszuschalten. »Ich liebe die drei wie Brüder. Aber mit wem ich ausgehe, geht sie nichts an.« Auf seiner Seite des Tresens angekommen, blieb sie nur eine Armeslänge von ihm entfernt stehen und sah ihm in die Augen. »Oder hast du es dir anders überlegt?«

Der unerwartete Schatten des Zweifels und der Unsicherheit in ihren blauen Augen ließ ihn instinktiv die Hand nach ihr ausstrecken. Mit einer leichten Berührung versicherte er ihr, dass er nicht zu der Sorte Mann gehörte, die sich leicht einschüchtern ließ. Sein Verlangen nach Tara wurde immer stärker, und er würde auf gar keinen Fall vor dem, was da gerade zwischen ihnen passierte, davonlaufen.

Sanft strich er mit den Fingern über die zarte Haut ihrer Wange, woraufhin sich ihre Lippen leicht öffneten und ihr Blick sanft wurde. Er musste all seine Kraft zusammennehmen, um ihr nicht die Hand um den Nacken zu legen und ihren Mund für einen heißen, innigen Kuss an seinen zu ziehen. Stattdessen begnügte er sich mit der Erkenntnis, dass sie ihn nicht aufgehalten hätte, wäre er seinem Impuls gefolgt. Für den Moment musste ihm ihre eindeutig signalisierte Zustimmung reichen, denn nur mit einer Kostprobe würde er sich sicher nicht zufriedengeben.

Sacht strich er ihr mit dem Daumen über die volle Unterlippe und ließ die Hand sinken. »Ich bin sehr, sehr weit davon entfernt, es mir anders zu überlegen. Das kannst du mir glauben«, versicherte er ihr.

Sie fuhr sich mit der Zunge über die Stelle, die er gerade berührt hatte, und sah zu ihm hoch. Ihr erleichtertes Lächeln verwandelte sich in ein strahlendes, freches Grinsen. »Okay. Dann lass uns Donuts essen gehen.«

KAPITEL 4

Jackson versicherte sich mit einem Blick in den Rückspiegel, dass Tara seinem Wagen noch folgte. Der Donutladen war nur ein paar Häuserblocks entfernt, aber sie hatte darauf bestanden, selbst zu fahren. Er hatte kein Problem damit, verspürte in dieser Gegend aber dennoch den starken Wunsch, sie und ihr Fahrzeug im Auge zu behalten, bis sie sicher angekommen waren.

Was natürlich lächerlich war. Tara kannte sich in der Gegend bestens aus und war durchaus in der Lage, selbst auf sich aufzupassen. Doch obwohl sie auf ihn den Eindruck machte, als könnte sie Probleme ganz gut ohne die Hilfe eines Mannes lösen, hatte er schnell bemerkt, dass sie einen Beschützerinstinkt in ihm weckte, den er nur schwer abschütteln konnte. Sie hatte ihn in kürzester Zeit erobert, und es war schockierend zu sehen, wie widerstandslos er es zuließ, dass sich seine Faszination in eine Art Besessenheit verwandelte. Und jetzt hatten sie tatsächlich ein Date, obwohl es schon fast Mitternacht und mitten unter der Woche war.

Grinsend schüttelte er den Kopf. Es war verrückt. Morgen

im Büro würde er völlig erledigt sein, aber das war ihm egal. Zum ersten Mal seit seiner Scheidung vor drei Jahren wollte er eine Frau wirklich näher kennenlernen und nicht nur das unumgängliche Vorgeplänkel so schnell wie möglich hinter sich bringen, damit man guten Gewissens zum Wesentlichen – Sex und körperlicher Befriedigung – übergehen konnte.

Seine Vernarrtheit in Tara war völlig untypisch für ihn, doch er wollte die starke Verbundenheit, die er von Anfang an mit dieser Frau gespürt hatte, nicht infrage stellen. Schon gar nicht jetzt, wo so vieles in seinem Leben von Unsicherheit überschattet war und er das vage Gefühl hatte, dass irgendetwas fehlte. Jetzt, wo er von seiner Adoption und von seinem Zwillingsbruder erfahren hatte, wusste er, woher die Leere kam und warum er immer unter dem distanzierten Verhältnis zu seiner Familie gelitten hatte.

Tara, die ihm gegenüber keinerlei Vorurteile zu haben schien, gab ihm das Gefühl, endlich irgendwo dazuzugehören und vielleicht, nur vielleicht, jemanden gefunden zu haben, der ihn wirklich verstand.

Das hell erleuchtete Schild von Angelo's Donuts kam in Sicht. Jackson bog in den kleinen Parkplatz hinter dem Backsteingebäude ein und stellte seinen Wagen ab, während Taras alter Toyota auf den Platz neben seinem Porsche fuhr. Sie stiegen gleichzeitig aus und trafen sich hinter seinem Wagen.

»Schicke Karre«, sagte sie und nickte in Richtung des glänzenden grauen Porsche Carrera. »Hast du keine Angst, dass sie ihn dir hier in der Gegend aufbrechen?«

Der Gedanke war ihm auch schon gekommen, aber das würde er natürlich nie zugeben. Schließlich wollte er vor

Tara nicht wie ein selbstsüchtiger Idiot dastehen, der ein Problem mit ihrem Stadtviertel hatte. »Dafür gibt es LoJack und Versicherungen, stimmt's?«, sagte er und verwies damit auf das Ortungssystem für gestohlene Autos, das er mit dem Porsche erworben hatte.

Sie lachte leise. »Ich schätze schon. Hoffentlich brauchst du die nicht.«

Sie gingen zur Vorderseite des Gebäudes, wo zwei Polizeiautos parkten. Die uniformierten Beamten standen quatschend neben ihren Wagen, tranken Kaffee und aßen Donuts. Jackson warf ihnen einen schnellen Blick zu. Er rechnete fast damit, dass einer von ihnen Levi war – bei seinem Glück war das durchaus möglich –, aber keines der Gesichter kam ihm bekannt vor.

Er legte Tara die Hand in den Rücken und schob sie in Richtung Vordereingang, ein willkommener Vorwand, sie berühren zu können, und nickte der Gruppe von Gesetzeshütern freundlich zu. »Um mein Auto muss ich mir wohl nicht allzu viele Sorgen machen«, bemerkte er mit gesenkter Stimme. »Der Laden scheint gut bewacht zu sein.«

»Allerdings. Die Bullen hier lieben Angelo's.« Im Vorbeigehen nickte auch Tara den Polizisten freundlich zu und sagte so leise, dass nur Jackson es hören konnte: »Aber mal ehrlich, welcher richtige Bulle steht nicht auf gute Donuts?«

Kichernd hielt er ihr die Glastür auf. »Das ist ein echt abgedroschenes Klischee.«

»Ich weiß. Aber gelacht hast du trotzdem.«

Sie schlenderte mit einem so frechen Grinsen an ihm vorbei, dass er der Versuchung, ihr für die vorlaute Bemerkung einen Klaps auf den Hintern zu geben, kaum widerstehen konnte. Dass er sich schon nach so kurzer Zeit derart wohl mit jemandem fühlte, hätte normalerweise dazu geführt, dass er eine Mauer um sich errichtete, um die emotionale Distanz zu wahren. Mit Tara ließ er die entspannte Unbekümmertheit, die er verspürte, stattdessen bedenkenlos zu. Er wollte den Abend mit ihr einfach nur genießen, ohne das Ganze zu analysieren oder sich Gedanken zu machen, was sich da zwischen ihnen beiden anbahnte.

Obwohl es schon spät war, waren überraschend viele Leute in dem Laden, ein sicheres Zeichen, dass die Leckereien hier wirklich gut waren. Sie gingen zu der Vitrine, in der verschiedene Donuts ausgestellt waren, und ein junger Mann, schätzungsweise Anfang zwanzig, begrüßte Tara mit einem breiten Grinsen.

»Hi, Tara. Schön, dass du mal wieder vorbeischaust«, sagte der dunkelhaarige Mann mit einem leichten italienischen Akzent, bevor er sich mit demselben freundlichen Grinsen Jackson zuwandte. »Und was treibst du so spät am Abend hier noch? Hast du nicht eine Frau, die zu Hause auf dich wartet? Oder hat sie so spät noch Lust auf was Süßes bekommen?«

»Das ist nicht Clay«, erklärte Tara schnell. Der junge Mann sprach eindeutig von Clays Frau Samantha. »Das ist sein Zwillingsbruder, Jackson. Und das ist Dante, Angelos Sohn.«

Dantes Augenbrauen schossen nach oben. »Oh, wow …« Jackson wappnete sich sofort gegen eine ablehnende Reaktion, wie er sie gerade eben wieder von Hank in der Bar erlebt hatte. Inzwischen hatte er sich schon fast daran gewöhnt. Aber Dante war über den aktuellen Stand der Dinge und darüber, dass Jackson in der Familie Kincaid ein Außenseiter war, offenbar nicht informiert und streckte ihm zur Begrüßung die Hand hin.

»Schön, dich kennenzulernen, Mann.« In Dantes Stimme schwang kein bisschen Unbehagen mit. Er klang absolut ehrlich. »Was darf's denn für euch beide sein?«

»Ich nehme einen großen Kaffee, schwarz, und einen Apfelkrapfen«, sagte Jackson und hielt sich damit an Taras Empfehlung.

Tara kaute auf ihrer Unterlippe herum und runzelte unentschlossen die Stirn, während sie die Auslage betrachtete. »Jetzt, wo ich hier bin, kann ich mich wieder mal nicht entscheiden, ob ich einen Donut mit Streuseln, einen Spritzkuchen mit Schokolade oder einen Apfelkrapfen will.«

»Wie wäre es mit allen dreien?«, schlug Jackson vor.

Sie warf ihm einen sexy Seitenblick zu. »Hast du vor, mich mit Donuts zu verführen?«

»Vielleicht.« Er zwinkerte ihr zu.

Ein sinnliches Lächeln spielte um ihren Mund. Ganz offensichtlich gefiel ihr die Vorstellung, und er musste die Hände tief in den Taschen seiner Jeans vergraben, um sie nicht sofort nach draußen zu zerren und seinen Worten Taten folgen zu lassen.

Tara sah wieder Dante an. »Ich nehme auch einen Kaffee und einen Apfelkrapfen.«

Der Junge packte die Krapfen in eine Tüte und legte ihre Bestellung auf die Theke. Jackson bezahlte, und während Tara sich noch Zucker und Milch in den Kaffee tat, trug er ihren Mitternachtsimbiss an einen leeren Tisch möglichst weit vom Eingangsbereich entfernt, damit sie ein wenig Privatsphäre hatten. Ein paar Minuten später kam auch Tara und setzte sich ihm gegenüber.

Nachdem sie beide einen der frittierten Krapfen – die ganz frisch und noch warm waren – auf eine Serviette vor sich auf den Tisch gelegt hatten, beobachtete Jackson, wie Tara sich eine Ecke abriss und in ihren Mund schob. Beim Kauen schloss sie genussvoll die Augen, und ein leises Stöhnen entfuhr ihrer Kehle. Ihr Anblick ließ Jackson daran denken, wie sie einen ebenso erregenden und lustvollen Seufzer von sich gab, während er sich tief in ihrem Körper vergrub. Noch ein Happen und wieder dieser erregende Laut. Sein Schwanz wurde hart vor Lust.

Fuck. »Bitte, Tara, tu das nicht.« Seine Stimme klang gepresst, als ob ihn jemand würgen würde.

Sie sah ihn mit einer Unschuldsmiene an, sichtlich verwirrt. »Was soll ich nicht tun?«

Jackson biss ebenfalls in seinen Krapfen, der tatsächlich verdammt gut war. »So stöhnen.«

Es dauerte einen Moment, bis sie begriff, wovon er redete. Dann flackerte wieder dieses listige Glänzen in ihren schönen blauen Augen auf, das ihn ebenso bezauberte wie der glitzernde Diamant über ihrer Lippe. »Was meinst du mit *so*?«, fragte sie kokett.

Dachte sie wirklich, er würde sie damit davonkommen lassen? Er lehnte sich über den Tisch und flüsterte. »*So*, als ob du gerade einen Orgasmus hättest.«

»Ich kann nicht anders.« Ihre perfekten geraden Zähne

befreiten ihre Oberlippe von einem Rest Zuckerglasur, den er am liebsten selbst abgeleckt hätte. »Diese Krapfen sind so knusprig und fettig und süß, eine echte Sünde, auf die ich eigentlich verzichten sollte.«

Er trank einen Schluck von seinem Kaffee und musterte sie einen Moment über den Rand seines Pappbechers hinweg, bevor er ihn wieder absetzte. »Und ich? Bin ich auch eine Sünde?«, flirtete er.

»Vielleicht.« Über ihr Gesicht huschte ein Ausdruck, den er nicht richtig deuten konnte. Plötzlich wirkte sie wieder so verletzlich. Die Leichtigkeit des Flirts war verpufft, und das Gespräch wurde ernster, als er es beabsichtigt hatte. »Du hast so etwas an dir, das es mir schwer macht, Nein zu sagen.«

Dieselbe unwiderstehliche Anziehungskraft verspürte auch er. »Dann lass es einfach«, sagte er ernst.

Ein schiefes Lächeln erschien auf ihren Lippen. »Es gibt aber viele Gründe, aus denen ich Nein sagen sollte.«

»Clay, Mason und Levi?«, vermutete er.

Sie schüttelte den Kopf und biss noch einmal in ihren Krapfen. Dieses Mal deutlich sittsamer und ohne die Laute, die zu diesem Gespräch geführt hatten. »Ob du's glaubst oder nicht, die drei sind nicht der Hauptgrund.«

Das überraschte ihn. »Verrätst du mir, was es dann ist?«

Sie legte die schlanken Finger um ihren Pappbecher und dachte ganz offensichtlich über seine Bitte nach. Irgendetwas Entscheidendes hielt sie jedoch davon ab, sich ihm anzuvertrauen. »Nein, lieber nicht.«

»In Ordnung.« Natürlich war er enttäuscht. Er hätte gerne erfahren, weshalb sie glaubte, dass sie nicht mit ihm hier sein sollte. Andererseits zählte er auch nicht zu den Menschen, die andere zu etwas drängten. Viel lieber wollte er ihr Gespräch wieder auf Themen lenken, bei denen sie sich beide wohlfühlten. »Verrätst du mir dann, wie lange du schon für Clay arbeitest?«

Sie lächelte und stieg sofort auf dieses unverfängliche Thema ein. »Ungefähr sechs Jahre. Ich habe als Cocktailkellnerin im Kincaid's angefangen. Und dann hat Clay mich irgendwann zur Barkeeperin ausgebildet, während ich Teilzeit zur Schule gegangen bin, um einen kaufmännischen Abschluss zu machen.«

Jackson erinnerte sich an ihre Unterhaltung letzte Woche. Damals hatte sie ihm anvertraut, dass auch sie zu den Angestellten zählte, die Clay mit einem Job aus einer prekären Lage gerettet hatte. Er hatte noch jede Menge andere Fragen, entschied aber, dass es besser war, es Tara zu überlassen, was sie erzählen wollte und wann. Jetzt, wo sie schon etwas mehr waren als nur flüchtige Bekannte, wollte er nicht riskieren, dass sie einen Rückzieher machte, und angesichts der Zweifel, die sie ihm gegenüber gerade gezeigt hatte, konnte das leicht passieren.

»Jetzt, wo ich endlich mein kaufmännisches Diplom habe, hat Clay mich zur Geschäftsführerin des Kincaid's befördert«, fuhr sie fort und zupfte noch ein Stück von ihrem Krapfen ab. »Indem er mir die Verantwortung für die Bar und die wichtigsten Aufgaben übertragen hat, kann er sehr viel mehr Zeit zu Hause mit Samantha verbringen. Gerade jetzt, wo sie schwanger ist.«

Völlig unerwartet versetzte es Jackson einen neidvollen

Stich, und er widerstand der Versuchung, sich die schmerzende Brust zu reiben.

»Clay hat großes Glück.« Offenbar hatte sein Bruder genau das perfekte Leben, das auch er einmal geglaubt hatte zu haben. Er war mit einer Frau verheiratet, die ihn liebte, und blickte einer Zukunft mit einer eigenen Familie entgegen. Oh ja, Jackson war tatsächlich einmal davon überzeugt gewesen, all das zu haben, was er sich schon als kleiner Junge gewünscht hatte – bedingungslose Liebe, ein Gefühl der Geborgenheit, einen Menschen, mit dem er sein Leben teilen konnte. Bis er plötzlich hatte erkennen müssen, dass dieser Mensch, dem er am meisten vertraute, ihn hinterging. Denn unglücklicherweise war seine Frau mehr daran interessiert gewesen, einen seiner Kollegen zu vögeln, als ihm die geschworene Treue zu halten. Noch bevor die Tinte auf den Scheidungspapieren richtig trocken war, hatte sie den Kerl sogar geheiratet und Jackson das Messer noch tiefer in die Brust gebohrt, als er erfahren hatte, dass sie ein Kind von ihm erwartete. Dabei hatte Jackson geglaubt, *sie* beide hätten versucht, ein Kind zu bekommen.

Collette war nur noch eine weitere Person auf der langen Liste von Leuten gewesen, die ihn nicht nur hintergangen, sondern ihm zudem das Gefühl gegeben hatten, nicht gut genug zu sein. Kein Wunder, dass er Probleme damit hatte, anderen Menschen seine Gefühle anzuvertrauen. Seine Kindheit und Jugend waren eine einzige Farce gewesen, geprägt von Zurückweisung und Ablehnung, seine Ehe war von vorne bis hinten ein Schwindel. Kurz, seine bisherige Lebensgeschichte war ein einziges Desaster.

Er verdrängte die Gedanken an seine Exfrau und wandte sich wieder Tara zu, deren Geschichte ihn weit mehr interessierte. »Und wirst du dir jetzt, wo du dein Diplom hast, einen neuen Job suchen, in einem anderen Bereich vielleicht?«

»Nein.« Zögernd spielte sie mit der Ecke ihrer Serviette herum. Dann entschloss sie sich, ihm zu erklären, warum. »Ich habe dieses Diplom nur gemacht, weil ... nun ja, weil es mir geholfen hat. Ich war in einer Phase, in der mein Leben unbedingt eine Richtung brauchte, etwas Positives, auf das ich mich konzentrieren konnte. Ich bin dort, wo ich arbeite, absolut zufrieden, und Clay ist, was mein Gehalt angeht, unglaublich großzügig. Ich arbeite nicht nur gerne im Kincaid's, sondern schulde Clay auch etwas dafür ...« Sie schüttelte den Kopf und sah zur Seite. »Ach, egal. Das spielt keine Rolle.«

Sie gab vor, sich auf ihren Kaffee zu konzentrieren, und Jackson wurde langsam klar, dass diese Frau voll tiefer und komplizierter Geheimnisse steckte. Er hätte zu gerne gewusst, was sie gerade hatte sagen wollen, denn für ihn spielte der Schmerz, den er kurz in ihren Augen aufblitzen gesehen hatte, schon eine Rolle. Dennoch wechselte er erneut das Thema.

»Lebt deine Familie hier in der Gegend?«, fragte er in der Hoffnung, ein Thema gefunden zu haben, über das sie leichter reden konnte.

Doch ihr gequältes Lächeln verriet ihm, dass er sein Ziel verfehlt hatte. »Nein. Mein Vater ist Sergeant bei der Armee in Camp Butler. Das ist bei Springfield, ungefähr dreihundert Kilometer entfernt von hier. Meine Eltern leben dort schon seit ungefähr zehn Jahren. Ich sehe sie nur selten. Und mein Bruder macht auch Karriere beim Militär. Er ist gerade in Deutschland stationiert.«

Jackson legte den Kopf schief, neugierig zu erfahren, weshalb sie so weit weg von ihrer Familie lebte. »Und wie hat es dich nach Chicago verschlagen?«

»Ich brauchte eine Veränderung.« Die Antwort war so vage wie der Rest ihrer Unterhaltung. »Und was ist mit dir? Wie ist deine Familie so?«

Nun, da *er* Rede und Antwort stehen musste, verstand er Taras Zurückhaltung, was vergangene, alles andere als schöne Lebensabschnitte anging. Er trank seinen Kaffee aus und überlegte, wie er ihr die Leute, die ihn großgezogen hatten, am besten beschrieb.

»Ich gebe zu, ich bin ziemlich neugierig, wie du damals adoptiert wurdest«, fügte sie hinzu, nachdem er schon viel zu lange geschwiegen hatte. Seit nicht mehr sie im Mittelpunkt der Unterhaltung stand, schien sie deutlich entspannter. »Clay sagte, eure Mutter hätte dich für drei Riesen an die Frau verkauft, die dich großgezogen hat …« Sie verstummte und sah ihn entschuldigend an. »Tut mir leid. Ich verstehe voll und ganz, wenn du lieber nicht darüber reden möchtest.«

»Nein, ist schon in Ordnung«, versicherte er.

Seit er von seiner Tante die Wahrheit über seine illegale Adoption erfahren hatte, waren Clay, Mason und Levi die Einzigen, mit denen er darüber gesprochen hatte. Das Ganze war so beschissen, dass er bis dahin alles für sich behalten hatte. Und wenn er ehrlich war, war er immer noch damit beschäftigt, mit seiner wahren Identität klarzukommen. Er war ein Kincaid und kein Stone, wie er sein Leben lang geglaubt hatte.

»Das stimmt«, bestätigte er, was seine leibliche Mutter getan hatte. Und dann erzählte er ihr die ganze Geschichte so, wie er sie erst vor ein paar Wochen von seiner Tante Becca gehört hatte. »Meine Mutter Leila dachte, sie könnte keine Kinder bekommen. Sie und mein Vater haben es jahrelang versucht, und als sie einfach nicht schwanger geworden ist, sind sie zu einem Spezialisten gegangen, der festgestellt hat, dass sie Endometriose hat. Obwohl sie sich einer Operation unterzogen hatte, waren ihre Chancen, ohne eine Fruchtbarkeitsbehandlung schwanger zu werden, gleich null. Zu der Zeit hatte mein Vater gerade seine eigene Baufirma gegründet, und sie konnten sich eine künstliche Befruchtung einfach nicht leisten. Aber meine Mutter wünschte sich verzweifelt ein Baby.«

Tara lehnte sich in ihrem Stuhl zurück und sah ihn mit sanften, mitfühlenden Augen an, während sie ihm aufmerksam zuhörte. Es tat gut, über das, was geschehen war, mit jemandem zu reden, der sich auch für die Details interessierte – im Gegensatz zu seinen Brüdern, die sich nur die harten Fakten angehört und selbst die kaum geglaubt hatten.

Er stieß langsam die Luft aus und fuhr fort. »In dem Schnellrestaurant, in dem meine Mutter damals arbeitete, hat ihr jemand erzählt, dass er wüsste, wie sie an ein Neugeborenes kommen konnte, und sie schließlich mit einer Person bekannt gemacht, die zwischen ihr und meiner leiblichen Mutter vermittelt hat, einer Drogenabhängigen, die einen ihrer neugeborenen Zwillinge verkaufen wollte, um mehr Geld für Stoff zu haben. Dreitausend Dollar in bar später hatte meine Mutter das Baby, das sie sich so sehr gewünscht hatte.«

»Sie muss dich wirklich sehr gewollt haben, um so weit zu gehen.«

»Ganz bestimmt hat sie das«, stimmte er ihr zu, wenngleich es ihm nicht gelang, den bitteren Beigeschmack, der in ihm aufstieg, zu unterdrücken. »Mein Vater aber leider nicht. Sobald Leila mich mit nach Hause gebracht und er erfahren hatte, dass sie mich von einer Cracknutte gekauft hatte, von einer Prostituierten, wollte er nichts mehr mit mir zu schaffen haben. Aber ihm war auch klar, dass sie dieses Baby, das seine Frau im Grunde auf dem Schwarzmarkt gekauft hatte, nun für den Rest ihres Lebens am Hals haben würden – zusammen mit all den Lügen über meine scheinbar legale Adoption, die meine Mutter allen erzählte. Seine Verbitterung darüber hat er mich jeden einzelnen Tag meines Lebens spüren lassen.«

Er hatte nicht bemerkt, wie er die Hand auf dem Tisch zur Faust geballt hatte, bis Tara ihre Hand ausstreckte und ihre kühlen Finger auf seinen angespannten Arm legte. Er blickte in ihre tiefblauen Augen, und die Wärme und das Mitgefühl, die ihm daraus entgegenleuchteten, machten die Enge in seiner Brust gleich viel erträglicher.

»Keiner ist dafür verantwortlich, wer ihn zur Welt bringt«, sagte sie voller Verständnis.

Da war eine Spur von Wut in ihrer Stimme, seinetwegen, die dafür sorgte, dass er sich gleich ein wenig besser fühlte.

Endlich interessierte sich jemand für das, was man ihm angetan hatte.

Er presste die Finger gegen den Tisch und sprach weiter. »Das würde wohl auch jeder andere vernünftige Mensch denken, aber laut meiner Tante Becca ist mein Vater einfach nicht darüber hinweggekommen, wo ich herkam. Als kleiner Junge habe ich mir nichts sehnlicher gewünscht als die Aufmerksamkeit meines Vaters und konnte einfach nicht verstehen, warum er mich ignoriert und wie einen Aussätzigen behandelt hat. Als meine Mutter dann fünf Jahre später schwanger geworden ist, ein Wunder, das keiner für möglich gehalten hatte, und meinen Bruder Oliver bekommen hat – ihr, wie ich jetzt weiß, einziges leibliches Kind –, hat das das Verhältnis zwischen mir und meinem Vater nur noch mehr verschlechtert.«

Er hielt inne und holte tief Luft. »Es war, als würde ich für ihn nicht existieren. Und wenn er mich doch einmal wahrgenommen hat, dann nur, weil ich irgendetwas falsch gemacht hatte und er mich runtermachen konnte. Meinen Bruder hat er nie so behandelt. Als Oliver älter wurde, hat er ihn mit zum Angeln genommen und mich zu Hause gelassen. Er hat Olivers Fußballmannschaft trainiert, sich aber nicht ein einziges Mal die Mühe gemacht, zu einem meiner Basketballspiele zu kommen. Und mein Bruder, der die ganze Zeit mitbekommen hat, wie herablassend mein Vater mich behandelt hat, hat es genauso gemacht.«

Tara zuckte zusammen, doch Jackson war zu sehr in seine eigenen Gedanken vertieft, um es zu bemerken. Nun, da alles heraus war, konnte er die Flut an Erinnerungen, die über ihn hereinbrach, nicht mehr stoppen. Es war, als wäre eine Vene geplatzt, und all das Gift, das jahrelang durch seinen Körper geflossen war, quoll endlich heraus, zusammen mit dem Schmerz, den er in seinem Inneren aufgestaut hatte.

Und Tara war da, hörte zu und spendete ihm mit ihrem verständigen Schweigen Trost.

»Als ich zehn war, ist meine Mutter an Brustkrebs gestorben. Ich schwöre dir, so einsam, verloren und verlassen habe ich mich in meinem ganzen Leben noch nie gefühlt. Ich habe nicht verstanden, warum mein Vater mich so schlecht behandelt hat, und mich jahrelang bemüht, ein guter Junge zu sein. Ich habe alles getan, was in meiner Macht stand, um ihm zu gefallen und nur einen Bruchteil der Aufmerksamkeit zu bekommen, die er Oliver geschenkt hat. Aber was immer ich auch getan habe, es war zwecklos.« Wenn Jackson heute zurückblickte, konnte er sich nur vorstellen, wie armselig er seinem Vater erschienen sein musste in seinem Buhlen um dessen Anerkennung. Und dessen Zuneigung.

»Jackson …« Taras raue Stimme klang schmerzerfüllt. »Es tut mir so leid.«

Er rieb sich mit der Hand den Kiefer und atmete hörbar aus. Dann versuchte er sich an einem gleichgültigen Lächeln, um die gedrückte Stimmung, die er mit seiner deprimierenden Geschichte heraufbeschworen hatte, zu vertreiben. »Es ist, wie es ist, richtig?«

Sie nickte, aber die Wärme und das Mitgefühl in ihrem Blick blieben. »Hast du nun, da du weißt, wo du herkommst, versucht, mit deinem Vater zu reden?«

»Nein.« Seine Antwort klang schroff und unnachgiebig.

»Wir haben uns schon vor Jahren völlig entfremdet. Die Beziehung ist nicht mehr zu kitten.« Anfangs hatte Jackson daran gedacht, seinen Vater mit der Vergangenheit zu konfrontieren. Doch im Grunde wusste er, dass es nichts gab, was Paul Stone sagen oder tun konnte, dass er ihm die mentalen Misshandlungen verzieh. Etwas wie Reue hatte sein Vater nie empfunden. Was hätte es also gebracht?

»Verstehe«, sagte Tara. Ihre Antwort ließ bei Jackson den Eindruck entstehen, dass ihr schwierige Beziehungen, die kein gutes Ende gefunden hatten, nicht fremd waren. Er hoffte, dass sie ihm eines Tages genug vertrauen würde, um ihm davon zu erzählen, so wie er es getan hatte.

»Manche Dinge ... oder besser Menschen ändern sich eben nie«, murmelte sie. »Manchmal ist es das Beste, seinen Weg einfach weiterzugehen, ohne einen Blick zurückzuwerfen.« Jackson wollte gerne glauben, dass er die engstirnige Ignoranz seines Vaters hinter sich gelassen hatte, und dieses trübsinnige Gesprächsthema wollte er jetzt definitiv hinter sich lassen.

Er zerknüllte seine Serviette und steckte sie in die leere Papiertüte.

»Meine Güte, für ein erstes Date sind das ganz schön deprimierende Themen«, scherzte er.

»Nein, das ist schon okay.« Mit einem Lächeln stopfte sie ihre Serviette ebenfalls zum Müll. »Ich bin froh, dass du es mir erzählt hast. Deine Brüder sollten wissen, dass deine Kindheit weder so leicht noch so ideal war, wie sie das vielleicht glauben.«

Er schüttelte den Kopf und seufzte. »Ich glaube nicht, dass die Wahrheit sie interessiert.«

»Vielleicht sind sie noch nicht bereit dazu, sie zu hören«, korrigierte sie ihn. »Aber sie werden dich nicht ewig ignorieren. Sie brauchen einfach ein wenig Zeit, um das Ganze zu verdauen.«

Sie klang so optimistisch, dass er beschloss, die Hoffnung noch nicht ganz aufzugeben. Was hatte er schon zu verlieren? »Ich schätze mal, Zeit ist tatsächlich das Einzige, von dem ich mehr als genug habe.«

»Eben«, bestätigte sie mit einem breiten Lächeln. Dann stand sie mit einem Blick auf ihre Hände auf und verzog das Gesicht. »Bevor wir gehen, muss ich noch meine klebrigen Finger waschen.«

Sein Blick wurde magisch von dem sinnlichen Schwung ihrer Hüften und dem unverschämt sexy Hintern angezogen, der heute Abend im Bett garantiert Teil seiner Fantasien sein würde, während er zusah, wie sie den kurzen Gang entlangging und seitlich in eine Tür verschwand. Er sammelte die leeren Pappbecher ein, warf den Müll weg und wartete, dass sie zurückkam.

Während er so dastand, fiel ihm auf, dass das beengende Gefühl nachgelassen hatte, das ihn während der letzten Wochen, seit er von seiner illegalen Adoption erfahren hatte, ständig begleitete. Plötzlich empfand er das Ganze nicht länger als eine erdrückende Last, und selbst ein Teil seiner Wut war verflogen. Normalerweise war er nicht der Typ, der sich bei anderen ausweinte oder sofort sein Innerstes nach außen kehrte. Andererseits hatte ihm außerhalb der Arbeit auch noch nie jemand so aufmerksam zugehört und sich für das, was er zu sagen hatte, wirklich interessiert. Er hatte nur eine Stunde mit Tara verbracht und ihr schon mehr Einblicke in seine Vergangenheit gewährt als sonst irgendjemandem. Er hatte ihr Unsicherheiten offenbart, die er fast schon sein ganzes Leben mit sich herumtrug, und ihr sogar von seiner eher suboptimalen Kindheit erzählt. Sich jemandem anzuvertrauen war ihm noch nie leichtgefallen, und trotzdem hatte er Tara an sich herangelassen. Er hatte Dinge mit ihr geteilt, die ihn emotional tief bewegten und die nicht einmal seine Exfrau von ihm gewusst hatte. Ganz einfach, weil sie nie danach gefragt hatte. Und von sich aus hatte er nie darüber gesprochen, weil er immer befürchtet hatte, ihren Ansprüchen nicht zu genügen – genau wie bei seinem Vater.

Und dann war es am Ende genau so gekommen. Collette hatte, was die Ehe anbelangte, ihre eigenen Vorstellungen. Sie hatte sich in sein Geld, seinen Erfolg und seine sozialen Kontakte in Chicago verliebt. Nach zwei kurzen Ehejahren hatte das alles, einschließlich ihm selbst, aber bereits seinen Glanz verloren.

Tara hingegen verstand ihn wie keine andere Frau vor ihr. Vielleicht lag es an ihrer Verbundenheit mit den Brüdern Kincaid und dem Wissen um deren turbulente Vergangenheit, dass sie den Kummer und Schmerz, den ihre leibliche Mutter seinen Brüdern und ihm – wenn auch auf unterschiedliche Weise– bereitet hatte, so gut nachvollziehen konnte. Vielleicht waren es aber auch ihre eigenen Geheimnisse, die Tara angedeutet hatte, die es ihr ermöglichten, sich in seine missliche Lage zu versetzen.

Wie auch immer, er würde sie so schnell nicht wieder von der Angel lassen.

KAPITEL 5

Während Tara kaltes Wasser über ihre Hände laufen ließ, betrachtete sie im Spiegel über dem Waschbecken ihr Gesicht und dachte darüber nach, wie viel von dem, was Jackson ihr gerade enthüllt hatte, auch auf sie zutraf. Sie war zwar nicht illegal adoptiert worden, aber auch ihre Kindheit war schwierig gewesen, was dazu geführt hatte, dass sie den Schmerz, den Erwartungen ihrer Eltern – insbesondere denen ihres Vaters – nie genügen zu können, mit Drogen zugedeckt hatte. Irgendwann hatten ihre Eltern schließlich von dem Tablettenmissbrauch ihrer Tochter erfahren, was die Schmach und Schande und damit ihre Verachtung nur noch vergrößerte. Für Tara ein Grund mehr, sich mit Opiaten vollzupumpen, um ihre aufgewühlten Gefühle zu betäuben.

Anstatt ihr die Hilfe zukommen zu lassen, die sie so nötig gebraucht hätte, hatten ihre Eltern sie aus dem Haus geworfen und jeden Kontakt zu ihr abgebrochen. Ihr strenger, hartgesottener Vater hatte null Verständnis für Ungehorsam und auch keinerlei Geduld, wenn es um Schwächen oder Fehltritte ging. Und ihre Mutter … nun ja, die war einfach zu eingeschüchtert und unterwürfig, als dass sie sich den Befehlen ihres Mannes widersetzt hätte. Selbst als Tara und ihr damaliger Freund mit einer Überdosis im Krankenhaus landeten und Michael aufgrund ihres Exzesses am selben Morgen an einem Herzstillstand starb, hatten ihre Eltern nicht darauf reagiert, dass sie beinahe ebenfalls gestorben wäre.

Niemand war da gewesen, der sie über den schrecklichen Verlust eines Menschen, den sie aus tiefstem Herzen geliebt hatte, hinweggetröstet hätte. Keine Familie, die ihr in ihrem überwältigenden Kummer beigestanden oder ihr geholfen hatte, mit ihren Schuldgefühlen als Überlebende klarzukommen. Michaels wohlhabende Familie hatte Tara sogar für dessen Tod verantwortlich gemacht, und Brynn, Michaels Schwester, hatte sie, als sie sie das letzte Mal gesehen hatte, mit derart hasserfüllten Beschimpfungen traktiert, dass Tara sich am liebsten in einer Ecke zusammengerollt hätte, um zu sterben.

Es war die finsterste und schrecklichste Zeit ihres Lebens gewesen. Nie hatte sie sich so allein und verängstigt gefühlt. Von aller Welt verlassen.

Clay Kincaid hatte sie gerettet. Nachdem sie clean und nüchtern aus der Reha entlassen worden war, hatte er ihr einen Job angeboten und ihr eine Chance gegeben, wieder Fuß zu fassen. Und von dem Moment an, wo sie angefangen hatte, für ihn zu arbeiten, hatte sie auch die Unterstützung seiner Brüder und der übrigen Angestellten des Kincaid's gehabt. Sie alle waren eine große Familie, einschließlich Katrina, Samantha und Sarah, der wunderbaren Frauen, die inzwischen ein fester Teil im Leben der Brüder waren.

Abgesehen von diesem kleinen Kreis von Leuten war Tara jedoch eine Einzelgängerin. Die letzten sechs Jahre hatte sie sich voll darauf konzentriert, ihren Job zu machen, zur Schule zu gehen, zu lernen und mit einem Therapeuten an ihren Schuldgefühlen wegen Michaels Tod zu arbeiten. Sie wusste, dass die Selbstvorwürfe, ebenso wie das Gefühl des Verlusts, nie ganz verschwinden würden. Aber zumindest hatte sie gelernt, ohne verschreibungspflichtige Medikamente, die ihr die Sinne vernebelten, mit dem Schmerz umzugehen.

Mit einem Seufzer wendete sie den Blick von ihrem Spiegelbild ab und schäumte sich mit einem Klecks Flüssigseife die Hände ein. Sie war misstrauisch seit dieser Zeit, vorsichtig und extrem wachsam. Ein Teil von ihr fürchtete sich davor, sich treiben zu lassen und tiefe Gefühle für einen anderen Menschen zu entwickeln, besonders für einen Mann. Gezeichnet durch ihre unrühmliche Vergangenheit, zog sie sich aus Angst, nicht gut genug zu sein, lieber zurück und blieb alleine … und einsam. Wie einsam sie im Grunde war, wurde ihr immer dann bewusst, wenn sie sah, was für enge und liebevolle Beziehungen Clay, Mason und Levi inzwischen führten. Nun, da alle als Paar unterwegs waren, fühlte sie sich manchmal wie eine Ausgestoßene.

In den Jahren seit der Reha war sie ein paarmal mit Männern ausgegangen, aber es war nie etwas Ernstes daraus geworden. Nie war ein Funke übergesprungen, der es wert gewesen wäre, ihn zu befeuern. Die Männer, mit denen sie sich getroffen hatte, hatten sich sehr darum bemüht, mit ihr ins Bett zu steigen, doch sie hatte sich nie wohl dabei gefühlt und war die letzten sechs Jahre bewusst abstinent geblieben.

Sie und ihr batteriebetriebener Freund kamen ganz gut miteinander aus. Er verschaffte ihr so viele Orgasmen, wie sie nur wollte, ohne irgendeine Gegenleistung dafür zu erwarten.

Es war das perfekte Arrangement, ohne emotionale Komplikationen. Bis dann vor einer Woche Jackson ins Kincaid's spaziert war und ein Verlangen in ihr entfacht hatte, das jedes Mal, wenn sie ihn sah, noch stärker und heißer brannte. Es war, als hätte er in ihrem Inneren einen Schalter umgelegt und erogene Zonen zum Leben erweckt, die lange geschlafen hatten. Die wenigen Male, die er sie berührt hatte, hatte sie einen so heftigen Schub von Begierde empfunden, dass sie sich nach mehr gesehnt hatte.

Sie konnte nicht leugnen, wie sehr sie sich wünschte, er würde ihren Körper liebkosen, bis sie stöhnend unter ihm dahinschmolz – wozu es wahrscheinlich nicht viel brauchte. Sie wollte, dass diese vollen, sinnlichen Lippen über ihre glitten, hart und fordernd und hungrig. Wollte seinen Mund auf ihren Brüsten spüren, wie er an ihren Brustwarzen saugte, während er es ihr besorgte, oder wie seine Zunge zwischen ihren Schenkeln umherwanderte. Zu diesen Dingen war ihr Vibrator definitiv nicht in der Lage.

Sie drehte das kalte Wasser ab und griff nach einem Papierhandtuch. Ihre schamlosen Gedanken an Jackson hatten geschafft, wozu all ihre früheren Liebhaber nicht fähig gewesen waren – sie war feucht und erregt und sehnte sich nach einem echten Schwanz, der tief in sie eindrang.

Tara biss sich auf die Unterlippe, um nicht laut zu stöhnen, und kam zu einer endgültigen Entscheidung. Die Chemie zwischen ihnen beiden stimmte. Jackson Stone war genau der Mann, auf den sie gewartet hatte, um der sechsjährigen Trockenperiode ein Ende zu setzen. Er sah fantastisch aus, war sexy … die Versuchung in Person. Er war schlank, an den richtigen Stellen muskulös, ein Mann, wie gemacht, um einer Frau Vergnügen zu bereiten – das T-Shirt und die Jeans, die er heute Abend trug, betonten seinen durchtrainierten Körper sogar noch besser als der Anzug vor einer Woche. Tara zweifelte keine Sekunde daran, dass er sie in jedweder Hinsicht befriedigen würde. Außerdem hätte sie absolut nichts dagegen, im Gegenzug auch seinen heißen, harten Körper zu erforschen – mit den Fingern, den Lippen, der Zunge.

Oh ja, das wollte sie. Sie wollte *ihn*.

Nun, da sie sich entschieden hatte, sich auf die Sache einzulassen – oder besser, sich auf Jackson einzulassen –, ergriff eine erregende Vorfreude von ihr Besitz. Es war eine Ewigkeit her, seit ihr Körper das letzte Mal auf diese Weise auf einen Mann reagiert hatte.

Sie bildete sich nicht ein, der Typ Frau zu sein, der dauerhaft in das Leben eines wohlhabenden Architekten passte – und war auch gar nicht auf der Suche nach einer festen Beziehung. Sie war weder kultiviert noch gebildet, und ihre Vergangenheit als Drogenabhängige hatte sie gebrandmarkt. Aber was sprach dagegen, Jackson zumindest für eine Weile zu genießen? Es waren schon viel zu viele Jahre vergangen, seit sie sich das letzte Mal etwas Gutes getan hatte. Sie wollte ihn allein schon aus dem Grund, weil sie endlich wieder Lust verspüren wollte, verspüren *musste*.

Tara lächelte dem Gesicht, das sie aus dem Spiegel heraus

ansah, aufmunternd zu, und plötzlich begann ihr Magen nervös zu flattern. Großer Gott, hoffentlich hatte sie noch nicht verlernt, wie man einen Mann verführte. Sie war so was von aus der Übung. Aber wenn sie jetzt kniff, könnte die Gelegenheit ungenutzt verstreichen, und sie wollte nicht bis in alle Ewigkeit bereuen, diese Chance verpasst zu haben.

Sie wollte das Risiko mit Jackson eingehen. Im Bett, versteht sich. Nichts Kompliziertes. Einfach nur Sex zum Vergnügen. Dieser gut aussehende Typ, der ja schon zugegeben hatte, dass er unanständige, schmutzige Dinge mit ihr anstellen wollte, war der perfekte Mann, ihre sechsjährige Abstinenz aufzugeben.

Sie nahm all ihren Mut zusammen und verließ die Toilette. Jackson lehnte noch an dem Tisch, an dem sie ihre Donuts gegessen hatten, und wartete auf sie. Sie gönnte sich einen kurzen Moment, um zu genießen, wie sich der weiche Stoff seines T-Shirts über der wohlgeformten Brust spannte und die kurzen Ärmel seine Bizepse umschlossen. Er hatte die Finger in die Taschen seiner Jeans gesteckt, wodurch er ihren Blick auf die Stelle zog, an der sich der Stoff unter dem Reißverschluss leicht wölbte. Seine Füße waren leicht überkreuzt, und als sie fast bei ihm war und in sein attraktives Gesicht sah, das genau die richtige Menge an sexy Bartstoppeln aufwies, zog er die dunklen Brauen hoch und begrüßte sie mit einem anzüglichen Lächeln.

Ihr wurde heiß. Er hatte sie durchschaut, und diese Erkenntnis ließ ihr Herz heftig in ihrer Brust pochen. Eigentlich sollte ihr das peinlich sein, doch wenn sie schon jetzt vor der körperlichen Anziehungskraft zwischen ihnen zurückschreckte, würde sie rein gar nichts erreichen. Also zog sie ebenfalls eine Braue hoch und forderte ihn schamlos zum Duell, während sie auf ihn zuging.

»Hast du mich gerade etwas genauer unter die Lupe genommen?« Seine Stimme war tief, mit einem neckischen Unterton.

Lachend ließ sie sich auf den Flirt ein. Diese Art von Geplänkel war eine ihrer leichtesten Übungen.

»Das war nur fair. Schließlich hast du mir in der Bar auch auf den Hintern gestarrt.«

»Wenn ich ehrlich bin, habe ich dein zauberhaftes Hinterteil schon öfter angestarrt«, gab er zu, während er sich von der Tischkante löste und ihr am unteren Ende der Wirbelsäule eine Hand in den Rücken legte, um sie zur Tür zu geleiten. Er beugte sich über sie und fügte schelmisch hinzu: »Ich habe sogar ein paarmal daran gedacht, deinem süßen Arsch einen Klaps zu geben.«

Ihr stockte der Atem, als plötzlich seine große Handfläche über die Rundung ihres Pos strich, und für eine Sekunde fragte sie sich, ob er seine Überlegungen in die Tat umsetzen würde. Oh Gott, der Gedanke ließ sie vor Erregung tatsächlich zittern. Doch stattdessen ließ er die Hand sinken und öffnete ihr die Tür.

Ein »Danke« murmelnd schob sie sich an ihm vorbei und sah ihn dabei kurz an. Das Funkeln in seinen schokoladenbraunen Augen übermittelte ihr eine unmissverständliche Botschaft: *Was du kannst, kann ich schon lange.*

Oha, offenbar fand er Gefallen daran, dieses Spiel mit ihr zu spielen, und dass er sich scheinbar ebenso sehr zu ihr hingezogen fühlte, wie sie sich zu ihm, machte sie nur noch selbstbewusster. Sie fühlte sich frech und sexy und sogar ein klein wenig unanständig.

Während sie zu den Autos gingen, sah sie ihn forschend von der Seite an. Nach allem, was sie gerade über ihn erfahren hatte, und nachdem sie nun selbst gesehen hatte, wie aufrichtig und ehrlich er war, veranlasste sie die unbekümmerte Stimmung, ihm noch eine Frage zu stellen.

»Mal ehrlich, Jackson … es fällt mir schwer zu entscheiden, ob du nun ein Heiliger bist wie dein Bruder Clay, oder eher ein Sünder.«

Er ließ seine Hand in ihre gleiten, hielt sie fest und führte sie an seinen Mund, um ihr in die Daumenspitze zu beißen, gerade fest genug, dass ihr vor Überraschung der Kiefer herunterklappte. Der kleine Biss ließ sie vor Lust erbeben.

Er sah sie intensiv an, und die Glut in seinen Augen hatte absolut nichts Heiliges. »Einen Heiligen hat mich noch keiner genannt. Und es mag zwar sein, dass du Clay siehst, wenn du mich anschaust, weil wir eineiige Zwillinge sind, aber ich versichere dir, diese Charaktereigenschaft teilen wir nicht.«

Doch wenn sie Jackson jetzt so ansah, sah sie in ihm gar nicht mehr das Ebenbild seines Bruders, wie sie es anfangs getan hatte. Jetzt, wo sie ihn besser kannte, war er für sie ein freundlicher, einfühlsamer Mensch, der versuchte, die Nachricht von seiner illegalen Adoption, die wie eine Bombe in sein Leben eingeschlagen war, zu verarbeiten und sich gleichzeitig mit seinen Brüdern gutzustellen. Der Anblick des Mannes, der neben ihr ging, tat ihr in der Seele weh. Man hatte ihm alles genommen. Er hatte eine furchtbare

Kindheit durchleiden müssen, und jetzt wünschte er sich nichts sehnlicher, als von seinen Brüdern als einer der ihren akzeptiert zu werden.

Doch das alles sagte sie ihm nicht. Sie wollte ihrem fröhlichen Geplänkel nicht mit einem so ernsten Thema einen Dämpfer verpassen.

Als sie an ihrem Wagen waren, grinste sie ihn an. »Also, wie sieht es aus, bist du nun ein Sünder oder nicht?«

Er ließ ihre Hand los, drängte sie gegen die Fahrertür und legte die Hände rechts und links neben ihren Schultern auf den Wagen, sodass sie zwischen dem Toyota und seinem großen, starken Körper gefangen war. Obwohl er sie nirgends berührte, prickelte es überall. Er war nur wenige Zentimeter von ihr entfernt, sein Körper reizte und lockte sie, und plötzlich wäre sie dafür gestorben zu spüren, wie er sich hart gegen sie presste.

»Sagen wir es mal so, Süße.« Er zog die Worte genussvoll in die Länge, in seiner Stimme schwang purer, verbotener Sex mit. »Wenn du von all den schmutzigen, unaussprechlichen Dingen, die ich in meiner Fantasie mit dir angestellt habe, wüsstest, hättest du keinerlei Zweifel daran, dass ich ein Sünder bin. Ein Sünder, wie er im Buche steht.«

Ihr Atem ging heftiger, und sie leckte sich die Unterlippe. Als sie bemerkte, wie seine Augen der langsamen Bewegung ihrer Zunge folgten, fing sie fast an zu stöhnen. Außer ihnen beiden war auf dem nur schwach beleuchteten Parkplatz hinter dem Haus kein Mensch, und die beiden Autos, zwischen denen sie standen, schützten sie vor den Blicken aus den vorbeifahrenden Wagen.

Sie legte ihm die Hand auf die Hüfte und wünschte sich, anstelle des T-Shirts seine nackte Haut unter ihren Fingern zu spüren. »Sag mir ganz genau, auf welche Weise du mit mir sündigen willst«, flüsterte sie. Sie wollte alle schmutzigen Details.

Er nahm die Hände vom Auto, umschloss damit sanft ihr Gesicht und bog ihr den Kopf in den Nacken, sodass er ihr direkt in die Augen sah. »Bei Sünde Nummer eins dreht sich alles um deinen süßen, wunderschönen Mund. Ich habe davon geträumt, ihn zu küssen, und mich unzählige Male gefragt, wie du wohl ganz tief da drinnen schmeckst.« Er fuhr ihr mit dem Daumen über die feuchte Unterlippe und zupfte dabei aufreizend an dem weichen Fleisch. »Aber im Vergleich zu der Vorstellung, wie sich meine Hände in dein Haar krallen und dich vor mir auf die Knie zwingen, ist das eine recht harmlose Fantasie. Willst du wissen, was dann passiert?«

Ihre Knie, von denen er gerade gesprochen hatte, gaben nach, und sie war froh, den Wagen im Rücken zu haben. Seinen Worten folgend, hatten Jacksons Finger sich in ihr Haar gegraben, und sie spürte ein leichtes Zerren an der Kopfhaut, als er sich die Strähnen um die Hand wickelte. In seinem Griff lag eine kontrollierende Macht, und während er auf eine Antwort wartete, sah sie die Gier in seinen Augen leuchten.

Ein Schauder lief durch ihren Körper. »Ja, ich will alles wissen.« Ihre Stimme war so voller Leidenschaft, dass sie sie kaum als ihre eigene erkannte.

Er presste sich gegen sie, und sein steifer Schwanz schmiegte sich zwischen ihre Schenkel. Dann bog er ihren Kopf zur

Seite, sodass seine stoppelige Wange die ihre streifte und er ihr mit rauer Stimme ins Ohr flüstern konnte. »Sünde Nummer zwei besteht darin, dass deine weichen Lippen meinen Schwanz ganz eng umschließen und daran nuckeln. Dein heißer Mund saugt mich tief in sich hinein, bis ich gegen deine Kehle stoße.«

Bei dem erregenden Kratzen seiner Barthaare auf ihrer Haut, dem langsamen Kreisen seiner Hüften gegen ihre und seinen schamlosen Beschreibungen konnte sie nicht anders. Sie schloss die Augen und stöhnte. Ihre Nippel waren so hart, dass sie schmerzten, und weder die schlüpfrige Feuchtigkeit in ihrem Höschen noch das gierige Pulsieren ihres Geschlechts ließen sich noch leugnen. Noch nie hatte sie etwas derart angetörnt. Noch nie hatte sie ein so überwältigendes, wildes und unkontrollierbares Verlangen nach einem Mann verspürt.

Sein warmer Atem kitzelte sie am Ohr, während er die Finger aus ihrem Haar löste und seitlich an ihrem Körper hinabgleiten ließ, zu ihrer Enttäuschung an ihren geschwollenen, schmerzenden Brüsten vorbei. Mit seinen großen Händen folgte er den Kurven ihrer Hüften – Gott, wie sie die Klamotten zwischen ihnen hasste –, ließ sie auf ihren Rücken gleiten und packte und drückte ihren Hintern.

Er beugte sich leicht vor, wobei seine Hände weiter nach unten wanderten und von hinten nach ihren Schenkeln griffen. Er presste sie gegen die Wagentür, hob ihre Beine an und drückte sie gegen seine Hüften, sodass sie gezwungen war, sie eng um seine Taille zu schlingen. Instinktiv überkreuzte sie hinter seinem Rücken die Füße. Sie umklammerte seine Schultern, während sein gesamter Körper gegen sie stieß und seine Erektion an ihrem Geschlecht rieb. In der Hoffnung, das unaufhörliche Pochen zwischen ihren Schenkeln zu besänftigen, drängte sie sich gierig gegen seinen harten Schwanz.

»Jackson …« Sie wusste nicht, ob der Schock ihr seinen Namen entlockte oder ob sie ihn anbettelte, die lustvolle Folter, der er sie aussetzte, zu beenden.

Aber er ignorierte ihr verzweifeltes Flehen. »Bist du bereit für Sünde Nummer drei, Baby?«, raunte er ihr ins Ohr, ohne eine Antwort abzuwarten. Nicht, dass eine Antwort wirklich nötig gewesen wäre angesichts der Tatsache, dass sie sich wie eine rollige Katze an ihm rieb.

»Ich habe mir vorgestellt, wie ich deine Beine ganz weit spreize, mein Gesicht zwischen deinen cremig weißen Schenkeln vergrabe und deine Muschi lecke, bis du so heftig kommst, dass du Sterne siehst.« Er ließ seine Zunge sanft gegen die empfindliche Haut an ihrem Hals schnellen und fuhr dann mit den Zähnen über dieselbe Stelle. Sie erschauderte. »Dann drehe ich dich um, ziehe dich auf alle viere und verpasse deinem weichen Arsch einen hübschen roten Handabdruck, sodass jeder sieht, dass du mir gehörst, bevor ich dich so lange von hinten nehme, bis dein zweiter Orgasmus mich trocken melkt.«

Inzwischen war sie so erregt, dass sie keuchte. Ihre Haut war heiß und gerötet, und ihre Muschi schrie geradezu nach irgendeiner Form der Erlösung von seinem verbalen Vorspiel. Er hob den Kopf von ihrem Hals und streifte mit seinem Mund ihren.

»Willst du mit mir sündigen, Tara?«, hauchte er gegen ihre Lippen. In ihrem Kopf drehte sich alles. Ihre Kehle war so trocken, dass sie ihm kaum antworten konnte. »Großer Gott, ja. *Bitte.*«

Endlich presste er die Lippen auf ihre und verschlang sie wie ein Verhungernder. Gierig nach ihrem Geschmack stieß er seine Zunge tief in ihren Mund, und sein raues, kehliges Stöhnen brachte ihren Körper zum Vibrieren. Während sie ihm mit den Fingern durch die weichen Haarsträhnen fuhr, forderte sein Mund ihre komplette Hingabe. Sie überließ ihm die alleinige Kontrolle über den Kuss und genoss uneingeschränkt die Lust, die er ihr bereitete.

Er bewegte sein Bein ein wenig und stützte mit dem Schenkel ihren Hintern, damit er die Hände für andere, sinnlichere Dinge frei hatte. Er zog ihr das Arbeits-T-Shirt aus der Jeans, seine Finger berührten ihren nackten Bauch und glitten langsam über ihre Rippenbögen nach oben, sodass sie dankbar aufstöhnte. Sie trug einen BH, was ihn allerdings nicht davon abhielt, ihre Brüste mit seinen sengend heißen Händen zu umschließen und mit den Daumen durch den dünnen Spitzenstoff mit ihren unglaublich harten Nippeln zu spielen. Ihr Atem wurde zu einem lustvollen Keuchen, und das Verlangen zwischen ihren Schenkeln wuchs ins Unermessliche, während er seinen glühend heißen Ständer langsam an ihrer Möse rieb.

Sie wand sich, um ihm noch näher zu sein, umklammerte seine Hüften mit ihren Schenkeln und erhöhte den Druck genau dort, wo sie ihn am nötigsten brauchte. Selbst unter dem Reißverschluss seiner Jeans spürte sie, wie dick und riesig sein Schwanz war – deutlich größer als der Vibrator, an den sie sich gewöhnt hatte und der im Vergleich nun keinen Schnitt mehr machte. Sie stellte sich vor, wie diese harte männliche Hitze immer weiter in sie vordrang, jeder Zentimeter köstlicher als der vorherige. Wie er sie mit dieser atemberaubenden Wucht, die er gerade beschrieben hatte, ausfüllte, wie nichts mehr zwischen ihnen war, das ihn davon abhielt, sich das zu holen, was er wollte …

Und dann war es plötzlich vorbei. Leise fluchend entriss Jackson ihr seinen Mund, entwirrte trotz ihres schwachen Protests ihre Glieder und setzte sie langsam ab, sodass sie wieder auf ihren eigenen Beinen stand. Etwas wackelig zwar, aber seine Hände auf ihren Hüften gaben ihr Halt.

»Nicht hier«, sagte er schroff. Man sah ihm den Frust über das ungestillte Verlangen an, er war ebenso groß wie der ihre.

Taras von Leidenschaft vernebeltes Gehirn begann wieder klar zu denken, und ihre Umgebung wurde langsam wieder scharf. Als ihr klar wurde, was sie um ein Haar in aller Öffentlichkeit zugelassen hätte, stieg ihr die Röte ins Gesicht.

»Und wenn ich dich jetzt mit nach Hause nehme, wird keiner von uns beiden auch nur eine Sekunde Schlaf bekommen. Weil ich dich stundenlang ficken würde«, fügte er mit leiser, erhitzter Stimme hinzu, die sein Bedauern kaum verbarg. »Und das würde dazu führen, dass ich bei dem wirklich wichtigen Meeting, das ich morgen früh habe, zu nichts zu gebrauchen wäre.«

Sie nickte verstehend, zu mehr war sie nicht fähig.

»Ich will dich wiedersehen.« Zärtlich strich er ihr ein paar widerspenstige Haarsträhnen aus dem Gesicht. Mit einer wilden Entschlossenheit in den Augen suchte er ihren Blick. »Ich *muss* dich wiedersehen.«

Auch sie verspürte das dringende Bedürfnis, bald wieder mit ihm zusammen zu sein. Nicht nur, um zu Ende zu bringen, was sie gerade begonnen hatten, sondern auch, weil sie sich wirklich wohl mit ihm fühlte. Seit sie Michael verloren hatte, hatte sie sich nicht mehr so lebendig und stark gefühlt. Plötzlich gab es in dem banalen Leben, das sie so viele Jahre geführt hatte, wieder etwas wirklich Aufregendes, auf das sie sich freuen konnte.

»Donnerstag- und Freitagabend arbeite ich«, sagte sie. Zum ersten Mal hasste sie die Abendschichten, weil sie mit seinen normalen Arbeitszeiten nicht kompatibel waren.

Er legte den Kopf schief. »Und Samstag?«, fragte er hoffnungsvoll.

»Da habe ich frei.« Aber dann fiel ihr wieder ein, *warum* sie an dem Abend nicht im Plan stand. Clay hatte ihr quasi befohlen, sich freizunehmen, weil er ihr zu Ehren eine Party schmeißen wollte.

»Wie wäre es dann mit einem richtigen Date am Samstag?«, schlug er vor.

Tara antwortete nicht sofort. Sie dachte über ihre Möglichkeiten nach. Die Grillparty, die ihre Freunde geplant hatten, um endlich ihr bestandenes Diplom zu feiern, konnte sie unmöglich absagen. Aber sie konnte Jackson einladen, mit ihr hinzugehen. Das würde Clay, Mason und Levi dazu zwingen, sich endlich der Tatsache zu stellen, dass sie einen Bruder hatten, der zudem noch ein echt netter Kerl und alles andere als eine Bedrohung war. Sie hoffte, in einer lockeren

Atmosphäre würde es ihnen vielleicht leichter fallen, sich gegenseitig besser kennenzulernen.

Sie streckte die Arme aus und legte ihm die Hände auf die Brust. Einerseits, weil sie es liebte, ihn anzufassen, und andererseits, weil sie hoffte, die Berührung könnte helfen, ihn zu überreden. »Also … Samantha, Katrina und Sarah geben am Samstag in Clays Haus eine Diplomabschlussparty für mich«, sagte sie schnell. »Aber komm doch einfach mit.«

Er erstarrte und sah sie an, als wäre ihr gerade ein drittes Auge gewachsen. »Das ist jetzt nicht dein Ernst, oder?«

Sie nickte. »Doch, mein voller Ernst.«

»Tara, meine Brüder wollen nichts mit mir zu tun haben. Wie kommst du auf die Idee, es könnte ihnen gefallen, wenn ich einfach so in eine Party platze, zu der ich nicht eingeladen bin?«

»Du platzt nicht einfach so herein. Ich lade dich ein. Du bist *mein* Gast«, sagte sie mit einem ermutigenden Lächeln. »Es ist meine Party, und ich möchte, dass du dabei bist. Zählt das etwa nicht?«

Sichtlich hin und her gerissen fuhr er sich mit der Hand über den angespannten Kiefer. Er hatte nicht Ja gesagt, die Einladung aber auch nicht geradeheraus ausgeschlagen. Und darauf konzentrierte sich Tara jetzt.

»Ich möchte wirklich, dass du mitkommst. Und außerdem glaube ich ernsthaft, dass es dir helfen könnte, Samantha, Katrina und Sarah kennenzulernen. Wenn jemand die Jungs dazu bringen kann, ihre Meinung zu ändern, dann sie.«

Er schien noch nicht ganz überzeugt, aber das schiefe Lächeln, das seine Mundwinkel etwas nach oben zog, verriet ihr, dass er über das Angebot nachdachte. »Verlangst du da nicht ein bisschen zu viel?«

Sie zuckte mit den Achseln. »Das Schlimmste, was passieren kann, ist, dass sie dich bitten, zu gehen. Aber ich bin mir ziemlich sicher, dass sie das nicht tun werden. Kann ja sein, dass sich die drei im Moment wie engstirnige Idioten aufführen, aber einer muss schließlich den Anfang machen, oder etwa nicht?«

Tara hatte nicht die leiseste Ahnung, warum die Brüder nicht auf Jackson zugegangen waren, nachdem er sich ihnen vorgestellt hatte. Aber dieses Misstrauen gegenüber Außenstehenden war typisch für die drei Männer, und sie konnte nur vermuten, dass sie noch immer damit beschäftigt waren, Jacksons Existenz zu verdauen. Natürlich würden sie überrascht sein, ihn auf der Party zu sehen, anfangs vielleicht sogar argwöhnisch. Aber sie war fest entschlossen, ihnen *allen* ein wenig auf die Sprünge zu helfen, und hoffte, mithilfe von Samantha, Katrina und Sarah die eisige Stimmung zwischen Jackson und seinen Brüdern zum Tauen zu bringen.

»Also, was ist nun?«, hakte sie aufmunternd nach. Sie wusste, dass er kurz davor war, Ja zu sagen. »Holst du mich am Samstag um drei ab?«

Er atmete hörbar aus und nickte schließlich. Offensichtlich war er bereit, sich auf die Sache einzulassen. »Ja, gerne. Sehr gerne sogar.«

Mit einem triumphierenden Grinsen zog sie ihr Handy aus der Tasche. »Gib mir mal deine Nummer. Dann kann ich dir meine schicken und auch gleich meine Adresse«, forderte sie ihn auf, bevor er zu viel Zeit hatte, es sich noch einmal anders zu überlegen.

Er gab ihr seine Kontaktdaten, die sie direkt in ihr Display tippte, bevor sie ihm eine Nachricht mit ihrer Adresse und Handynummer schickte. Als das erledigt war, ließ sie das Handy wieder in ihrer Handtasche verschwinden und boxte ihn leicht gegen die Brust.

»Das ist jetzt ein festes Date. Du kannst also keinen Rückzieher mehr machen«, sagte sie frech.

Bevor sie ihre Hand wieder zurücknehmen konnte, schnappte er sie sich und fuhr mit der Zunge über die Pulsschlagader an ihrem Handgelenk. Amüsiert warf er ihr einen heißen, verführerischen Blick zu. »Sonst passiert *was*?«, murmelte er.

Das genügte, um sofort wieder dieses quälende Verlangen in ihr zu wecken. »Sonst wird das nichts mit dem Sündigen«, entgegnete sie aufreizend.

»Teufel noch mal«, brummte er mit gespielt finsterer Miene. »Du bist wirklich ein verdammt harter Brocken.«

Sie lachte. »In solchen Fällen spricht man von einem Anreiz. Denken Sie immer an Ihre Belohnung, Mr. Stone, und daran, wie der Samstagabend enden könnte.«

Er grinste. »Ach, wie könnte er denn enden?«

Großer Gott, er war so charmant. Er hatte genau die richtige Dosis von einem bösen Jungen, was es unglaublich schwer machte, ihm zu widerstehen. Aber sie hatte sich ja bereits entschieden, das alles einfach zu genießen – das Flirten, den Sex … und was immer das zwischen ihnen war.

Sie beugte sich zu ihm hin, drückte ihm einen Kuss auf

den Mundwinkel und flüsterte in sein Ohr. »Der Samstagabend könnte so zu Ende gehen, wie du es dir wünschst«, versprach sie ihm. Er wich ein klein wenig zurück, sodass ihr sein sinnlicher Blick und der lüsterne Ausdruck, der in seinen ausgeprägt männlichen Gesichtszügen aufblitzte, nicht entging. »Ich habe Sünde Nummer vier noch nicht erwähnt, bei der du rittlings auf meinem Schwanz sitzt, während ich …«

Sie stöhnte und legte ihm schnell die Hand auf den Mund. Ihr Körper und all ihre Sinne waren von seinen verbalen Schweinereien so unerträglich heiß, dass sie kurz davor stand, in Flammen aufzugehen. »Du bringst mich um.«

Er zog ihre Hand weg und grinste. »Das, was ich mit dir vorhabe, wird dich zwar nicht umbringen, aber vor Lust schreien wirst du schon. Und das nicht nur einmal, wenn es nach mir geht.«

Tara hätte nie gedacht, dass sich ihre Erregung noch steigern könnte, aber, großer Gott, dieser Mann war wirklich tödlich. Er schien jede ihrer sexuellen Fantasien zu erfüllen. Der Samstagabend war noch Lichtjahre entfernt, aber sie war sich verdammt sicher, für die Sünden mit Jackson Stone würde sich das Warten lohnen.

KAPITEL 6

Es war Freitagabend kurz vor halb sieben, als Jackson das Popped Cherry betrat, eine angesagte Bar in der City von Chicago, in der er sich nach der Arbeit mit seinem guten Freund Wes Sinclair verabredet hatte. Der Laden war schon jetzt brechend voll, sodass er sich durch die Menge an den Tresen vorkämpfen musste, wo Tate Morrison, einer der Besitzer der Bar, gerade von der Flasche Wodka aufblickte, die er in seiner Hand hielt.

»Hey, Mann. Wie geht's?«, begrüßte er Jackson, ohne dabei den Cocktail zu vernachlässigen, den er gerade mixte.

»Gut.« Jackson stellte sich neben den Barhocker, auf dem Tates Partner, Logan Mitchell, saß, und schüttelte ihm die Hand. Der dunkelhaarige, gut aussehende Mann war Anwalt bei Mitchell und Madison in der City, und sein Halbbruder Cole war bei Jacksons Scheidung vor drei Jahren sein Rechtsbeistand gewesen. Seitdem waren sie gute Freunde.

Jackson stützte lässig die Arme auf den Tresen. »Wie läuft's im Büro?«

»Viel zu tun.« Logan trank einen Schluck von seinem Gin

Tonic. »Aber das ist ja nur gut. Ich will mich nicht beschweren.«

Jackson zog eine Braue hoch. »Na, ganz so viel kann's ja nicht sein, wenn dir immer noch Zeit bleibt, Tate bei der Arbeit zu stören.«

Hinter dem schwarzen Brillengestell blitzte der Schalk aus Logans blauen Augen. »Ich muss aufpassen, dass Tate keine Dummheiten macht. Schließlich bin ich Teilhaber der Bar.«

Mit einem verächtlichen Schnauben schüttelte Tate den Kopf über den überheblichen Kommentar seines Freundes. »Keine Sorge, Jackson. Sobald wir zu Hause sind, werde ich Logan daran erinnern, wo sein Platz ist. Ich mach das öfter.«

Logan grinste. »Oh ja, und du machst das unglaublich gut.« Die Zuneigung in seiner Stimme war nicht zu überhören.

»Genau. Also immer schön artig bleiben.« Tate schenkte Logan ein verliebtes Lächeln und wandte sich wieder Jackson zu. »Einen Bushmills pur?«

Jackson nickte. »Das wäre fantastisch. Danke.« Während Tate ihm seinen Drink einschenkte, sah Jackson sich in der Bar nach Wes um, wobei er nicht umhinkam, das trendige, moderne Design des Popped Cherry, dessen Kundschaft überwiegend aus Geschäftsleuten bestand, mit Clays einfacher und bescheidener Bar zu vergleichen. Die beiden Läden waren wie Tag und Nacht, und sosehr Jackson das Popped Cherry auch gefiel, fühlte er sich im Kincaid's mehr zu Hause – als würde er irgendwie dorthin gehören.

Eher merkwürdig, wenn man bedachte, wie kühl seine Brüder ihn aufgenommen hatten. Er war sich wie ein Außenstehender vorgekommen und hatte nicht den Eindruck gehabt, dass sie darauf versessen waren, irgendeine Art von Beziehung zu ihm aufzubauen. Nein, es war Tara, wegen der er sich dort vom ersten Moment an willkommen und akzeptiert gefühlt hatte, und das auf eine Art und Weise, wie sie ihm fast sein ganzes Leben lang versagt geblieben war. Und sie war auch diejenige, die ihn in seinen Bemühungen, Anschluss zu seinen Brüdern zu finden, unterstützte. Sie erwartete keinerlei Gegenleistung, sondern tat es einfach nur deshalb, weil ihr die Brüder Kincaid am Herzen lagen und sie nicht wollte, dass ihnen die Gelegenheit, Jackson näher kennenzulernen, entging.

Ein Mann wie er, der in seinem Leben nur wenig Entgegenkommen und Mitgefühl erfahren hatte, wusste Taras Verständnis für die Situation und ihn selbst sehr zu schätzen. Ob es allerdings eine gute oder eher eine schlechte Idee war, Tara morgen Nachmittag zu der Diplomabschlussparty in Clays Haus zu begleiten, blieb abzuwarten. Er hatte keine Ahnung, wie man ihn dort empfangen würde, doch ihm lag genug daran, Zeit mit seinen Brüdern zu verbringen, dass er sogar riskieren wollte, dass sie einen Wutanfall bekamen, wenn er dort auftauchte.

Tate stellte das Glas mit Whiskey vor ihn auf den Tresen, und Jackson zog einen Zwanziger heraus, um zu bezahlen. »Hat einer von euch Wes gesehen?«, fragte er die beiden Männer.

Logan reckte das Kinn und deutete rechts an Jackson vorbei. »Er ist gleich dort drüben und widmet sich seiner Lieblingsbeschäftigung.«

Jackson musste sich nicht umdrehen, um zu wissen, dass Wes wahrscheinlich von einer Auswahl attraktiver, ihn anhimmelnder, williger weiblicher Wesen umgeben war. Der Mann war ein schamloser Aufreißer, der die Gesellschaft von Frauen sehr genoss. Zum Unglück der Frauen, die er abschleppte, war er aber auch ein notorischer Herzensbrecher, der für ernsthafte Beziehungen nicht viel übrighatte.

Ein schiefes Grinsen spielte um Jacksons Lippen. »Lassen sie schon wieder reihenweise die Höschen herunter?«

Logan kicherte. »Noch nicht, aber ein paar scheinen definitiv dazu bereit.«

»Dann geh ich mal besser hin und rette ihn vor sich selbst.« Jackson nickte den beiden Männern zu und nahm seinen Drink. »Ich wünsche euch beiden noch einen angenehmen Abend.« Als er in die von Logan angegebene Richtung ging, entdeckte er Wes, der, wie vermutet, ganz in seinem Element war. Er war von drei scharfen Blondinen umgeben, die alle um seine Aufmerksamkeit buhlten und ihm geradezu an den Lippen hingen. Der Mann war einfach zu attraktiv, als dass es gut für ihn war. Wes hatte die typische Ausstrahlung eines wilden, ungezogenen Jungen, die in jeder Frau den Instinkt weckte, ihn zu zähmen. *Na dann viel Glück.*

Als Jackson auf Wes zuging, entdeckte ihn dieser, doch Jackson hatte keine Lust, mit einer der Frauen Small Talk zu machen, und schlenderte zu einem Stehtisch weiter, den ein Pärchen gerade verlassen hatte. Er glitt auf einen der Barhocker, um auf Romeo zu warten. Während er dort saß, vibrierte das Handy in seiner Tasche. Er zog es heraus, um nachzusehen, wer ihm eine Nachricht geschickt hatte.

Tara: *Ich wollte nur nachfragen, ob es bei morgen Abend bleibt.*

Allein ihren Namen zu lesen zauberte ein dümmliches Lächeln in sein Gesicht. Es war verdammt lange her, dass eine Frau ein so unbeschwertes Glücksgefühl in ihm hervorgerufen hatte, wie es sich seit ihrem Donut-Date vor zwei Tagen jedes Mal einstellte, wenn er mit Tara telefonierte oder sie sich Nachrichten schickten.

Gestern Nacht hatten sie zwei Stunden telefoniert, nachdem Tara mit der Arbeit fertig gewesen war. Zu seiner Überraschung hatte *sie ihn* angerufen, und sie hatten hauptsächlich über ihn und seinen Job als Architekt geredet. Über sich selbst sprach Tara nur ungern, dabei wollte er unbedingt mehr über sie und ihre Vergangenheit erfahren, zu der sie sich nur sehr vage äußerte. Aber er wusste auch, wie schwer es war, jemanden an sich heranzulassen, sich zu öffnen und schmerzliche Erfahrungen preiszugeben, wenn man nicht wirklich bereit dazu war. Er hoffte, dass sie irgendwann begriff, dass sie ihm vertrauen konnte. Es war schockierend, wie viel er schon nach so kurzer Zeit für sie empfand.

Bemüht, locker und witzig zu bleiben, schrieb er zurück. *Welchen Teil von morgen Abend meinst du? Die Party oder das Sündigen?*

Sie antwortete sofort. *Das eine ist nicht ohne das andere zu haben.*

Ihre kecke Antwort brachte ihn zum Lachen. *Nun ja, objektiv betrachtet schon. Aber da ich nicht bereit bin, auf das Sündigen zu verzichten, hole ich dich pünktlich zu der Party ab.*

Perfekt. Die Nachricht brach ab, dann tauchten drei Blasen auf, die ihm anzeigten, dass noch etwas folgte. *Ich freue mich wirklich, dich zu sehen.*

Obwohl es nur ein einfacher Satz war, klang darin etwas so Vertrautes mit, dass sein Herz gleich ein wenig schneller schlug. Denn er ließ ihn wissen, dass er ihr fehlte, und obwohl sie einander erst wenig mehr als anderthalb Wochen kannten, wusste er, dass da mehr zwischen ihnen war als nur ein gewöhnlicher Flirt. Er fühlte sich Tara ungemein stark verbunden. Bei anderen Frauen hatte er so etwas noch nie erlebt, und er sah dieses Gefühl, und auch Tara, nicht als selbstverständlich an.

Er tippte eine Antwort. *Ich kann es auch kaum erwarten, dich morgen wiederzusehen.*

Sie schrieb nicht zurück, weshalb er davon ausging, dass sie gerade arbeitete. Er musste zugeben, dass er ein bisschen enttäuscht war, dass ihre Aufmerksamkeit sich wieder auf etwas anderes richtete. Grinsend beschloss er, ihr für später, wenn sie nach der Arbeit ihr Handy checkte, eine Überraschungsbotschaft zu schicken. Etwas, worauf sie sich freuen konnte, wenn sie morgen nach der Party endlich alleine waren und er sie nur für sich hatte.

Sünde Nummer vier: Ich stoße meinen Schwanz hart und tief in dich hinein, während ich dir dabei zusehe, wie du mit deinen Brustwarzen und deiner Muschi spielst, bis wir beide kommen. Oh ja, das sollte ihre sexuellen Fantasien heute Abend ein wenig anregen.

Ein paar Minuten später stellte Wes sein Getränk auf den Tisch und setzte sich neben ihn. »Hallo, Mr. Unnahbar. Ich hätte dich da drüben einer sicheren Nummer vorstellen können.«

»Kein Interesse. Danke.« Jackson war deutlich anspruchsvoller als sein Freund, das war er schon immer gewesen, und im Moment gab es ohnehin nur eine Frau, für die er sich interessierte, und das war Tara. Und daran würde sich so schnell auch nichts ändern, zumindest nicht, solange Tara noch genauso viel Interesse an ihm hatte wie er an ihr.

»Du hast dich anderthalb Wochen nicht gemeldet und auch nicht zurückgerufen«, bemerkte Wes, während sein Blick schon wieder zu einem Tisch mit drei Frauen abschweifte, die links von ihnen saßen. »Ist alles in Ordnung?«

Bei Wes' Anrufen war es jedes Mal darum gegangen, zusammen einen trinken zu gehen, und heute war der erste Abend, seit Jackson von seiner illegalen Adoption erfahren hatte, an dem sein Kopf klar genug war, um sich mit seinem Freund zu treffen. »Es gibt da ein paar Dinge, die ich erst noch sortieren muss.«

»Probleme im Job?«, vermutete Wes.

»Nein, bei der Arbeit ist alles bestens.« Jackson drehte gedankenverloren sein Glas auf der Serviette. »Es ist etwas Persönliches, das mich gerade beschäftigt.«

Wes zog fragend die Augenbrauen hoch. »Würde es dir etwas ausmachen, ein wenig konkreter zu werden?«

Jackson sah Wes an, der ihn mit ernster Miene musterte. Normalerweise war er ein unbekümmerter Typ, der alles auf die leichte Schulter nahm. Momente wie dieser erinnerten Jackson aber immer daran, was für ein guter Freund er ihm während der unschönen Affäre seiner Frau und der darauffolgenden Scheidung gewesen war. Er kannte Wes, der Makler für Luxusimmobilien war, nun schon seit über fünf Jahren. Sie hatten sich bei einem geschäftlichen Anlass kennengelernt, und ein paar Wochen später hatte Wes Jackson seine erste Wohnung am Lake Shore Drive verkauft, worüber sich eine enge Freundschaft entwickelt hat.

Bisher hatte Jackson nur Tara und seinen Brüdern von seiner illegalen Adoption erzählt, doch da er hoffte, eines Tages irgendeine Form von Beziehung zu seiner richtigen Familie zu haben, war es sinnlos, die Wahrheit noch länger für sich zu behalten.

Er trank einen großen Schluck von seinem Whiskey, und dann erzählte er Wes alles – angefangen bei der Entscheidung seiner Tante, dass Jackson ein Recht darauf hatte, die Wahrheit zu erfahren, bis hin zu den hässlichen Einzelheiten: Wie er für Drogen verkauft und von seinem Vater aufgrund seiner Herkunft sein ganzes Leben lang ignoriert worden war. Und wie ihn schließlich auch seine Brüder abgewiesen hatten, als er Kontakt zu ihnen aufgenommen und ihnen seine Existenz offenbart hatte.

»Jesus«, stieß Wes hervor, als Jackson seine Geschichte beendet hatte. »Das ist echt harter Tobak.«

»Kann man wohl sagen«, entgegnete er spöttisch. »Aber nun weißt du, weshalb ich in letzter Zeit anderweitig beschäftigt war.«

»Du hast mein vollstes Verständnis.« Wes' Blick huschte kurz zu dem anderen Tisch, bevor er sich wieder Jackson zuwandte. »Und nur damit das klar ist, deine Brüder scheinen echte Arschlöcher zu sein.«

Jackson lachte. Er hatte viel Zeit gehabt, um über die Reaktion seiner Brüder nachzudenken, und teilweise verstand er ihre anfänglichen Vorbehalte ihm gegenüber sogar. Dennoch fiel es ihm schwer zu begreifen, weshalb sie sich seither nicht die Mühe gemacht hatten, ihn zu kontaktieren – es sei denn, sie wollten tatsächlich nichts mit ihm zu tun haben. Er hasste es, diese Möglichkeit in Betracht zu ziehen, und weigerte sich, sie zu akzeptieren. »Nein, sie sind keine Arschlöcher.« Okay, Mason hatte sich schon ein bisschen wie ein Arschloch verhalten, korrigierte sich Jackson in Gedanken. »Sie sind nur misstrauisch.«

Wes runzelte die Stirn. »Du hast gesagt, einer von ihnen sei dein Zwillingsbruder. Wie kann man da misstrauisch sein?«

»Sie wissen rein gar nichts über mich. Daher nehme ich an, sie brauchen ein wenig Zeit, um sich an den Gedanken, noch einen Bruder zu haben, zu gewöhnen. Schließlich kam das total überraschend für sie.« Er bemühte sich, in den Kincaid-Brüdern trotz allem das Gute zu sehen, obwohl sie das, was ihn anging, ganz offensichtlich nicht taten. »Morgen Abend nimmt mich eine der Barkeeperinnen, die für Clay arbeitet, mit zu einer Party, die sie ihr zu Ehren geben. Keine Ahnung, wie das endet. Aber ich denke, den Versuch ist es wert. Vielleicht wird das das Eis brechen.«

Wes' Mundwinkel verzogen sich langsam nach oben, und er sah Jackson fragend an. »Eine der Barkeeperinnen?«

Musste er bei allem, was Jackson gerade erzählt hatte, ausgerechnet an der Stelle nachhaken? Doch da Jackson wusste, dass sein Freund endlos weiterbohren würde, erzählte er ihm lieber gleich, was er hören wollte. »Sie heißt Tara.«

Wes trommelte mit den Fingern auf den Tisch. »Und wie kommt es, dass du Tara schon so gut kennst, dass sie dich zu dieser Party einlädt, hmmm?«

»Ich habe sie an jenem Abend in der Bar kennengelernt, und seither haben wir uns ein paarmal unterhalten.« Jackson zuckte mit den Achseln. »Sie ist mit den Kincaids befreundet und möchte gerne, dass es zu einer Art Wiedervereinigung von uns vier Brüdern kommt.«

Wes nickte, aber Jackson entging nicht, dass er schon wieder von den Frauen am Nachbartisch abgelenkt war oder, besser, von einer der Damen.

Sein Blick haftete auf einer Brünetten, die mit dem Gesicht in seine Richtung saß, aber nicht zu ihm herübersah. »Was läuft zwischen dir und der Frau an dem Tisch da drüben?«, wollte Jackson schließlich wissen. Es wunderte ihn, dass jemand, der so nett und anständig aussah, Wes' Aufmerksamkeit erregen konnte. Normalerweise stand er eher auf den Typ Frau, der schnell zu haben war. »Du starrst sie an wie ein Stalker?«

»Du kennst doch meinen Geschäftspartner Connor Prescott«, begann Wes.

Jackson nickte. »Ja.« Viele der Luxuswohnungen, die Wes kaufte, brauchten dringend eine Modernisierung oder ein paar Renovierungsarbeiten, und Connor brachte sie wieder in Schuss.

»Das da ist seine kleine Schwester, Natalie. Ich kenne sie, seit wir zehn waren, und da war immer so eine Art Hassliebe zwischen uns.«

Nach einem zweiten Blick zu der Brünetten war Jackson

klar, dass sie Wes gerade knallhart abblitzen ließ. »Im Moment sieht das für mich aber eher nach Hass aus.«

»Sie spielt nur ein wenig die Hochnäsige, weil sie es geschafft hat, mir beim Verkauf eines Hauses zuvorzukommen.« Wes zuckte mit den Achseln. »Das passiert nicht oft, deshalb ist sie gerade ein bisschen stolz auf sich.«

»Und warum starrst du sie dann die ganze Zeit an, als wolltest du sie abschleppen?«

»Na ja, irgendwie ist sie schon scharf auf ihre verklemmte Art.«

Jackson lachte. »Und für dich tabu?«

»So ist es.« Wes stieß einen tiefen Seufzer aus, während Natalie ihn weiter ignorierte, obwohl die Freundinnen, mit denen sie hier war, natürlich bemerkt hatten, dass Wes in ihre Richtung starrte.

»Connor würde mich kastrieren, wenn ich sie auch nur anfasse. Aber mal unter uns, gerade wenn sie die Unnahbare spielt, ist sie so verdammt heiß, dass ich sie mir am liebsten über die Schulter werfen und irgendwohin schleppen würde, wo ich schmutzige Dinge mit ihr tun kann.«

Jackson unterdrückte ein amüsiertes Grinsen. »Sie sieht nicht gerade so aus, als ob sie auch scharf auf dich wäre.«

»Ach was, mit ihrer Gleichgültigkeit überspielt sie nur, dass sie sich genauso zu mir hingezogen fühlt wie ich mich zu ihr, glaub mir«, behauptete Wes. »Ich liebe Herausforderungen und bin mir verdammt sicher, die Tage, an denen sie mich ignoriert, sind gezählt.«

»Du bist ein arrogantes Arschloch, Sinclair.«

»Man nennt das auch ein gesundes Selbstvertrauen, Stone«,

gab sein Freund zurück. »Aber vielleicht ist es einfach zu lange her, seit du das Spiel mitgespielt hast, und jetzt hast du vergessen, wie es geht.«

Tatsächlich hatte Jackson diese Spielchen nie gemocht. Was Frauen und Beziehungen anging, hatte er immer mit offenen Karten gespielt, zumindest bis seine Exfrau ein gebranntes Kind aus ihm gemacht hatte. Seitdem hatte er sich auf keine emotionale Bindung zu den Frauen, mit denen er ausgegangen war, mehr eingelassen. Es war ihm nur um den Sex gegangen, und die Frauen waren darüber von Anfang an im Bilde gewesen.

Es hatte drei Jahre gedauert, bis er wieder eine Frau gefunden hatte, von der er mehr wollte, als mit ihr ins Bett zu steigen. Natürlich war er scharf auf Tara, und dass er sie auf Dutzende von Arten vögeln wollte, stand außer Frage. Dennoch wusste er instinktiv, dass sie ihm alles andere als gleichgültig war, schon allein aufgrund des Gefühls, das ihn überkam, sobald er in ihrer Nähe war. Er fühlte sich unbeschwerter, verstanden. Als hätte er mit ihr eine zweite Chance auf eine echte und – er wagte es kaum zu hoffen – dauerhafte Beziehung bekommen.

War es verrückt, so etwas zu denken, obwohl er Tara erst seit Kurzem kannte? Absolut. Und sollte er sich angesichts ihrer Loyalität gegenüber Clay, Mason und Levi vielleicht besser auf ein böses Erwachen gefasst machen?

Vielleicht.

Aber dieses Risiko war er bereit einzugehen.

* * *

Tara wusste, dass es richtig gewesen war, Jackson zu bitten, sie zu ihrer Diplomabschlussparty zu begleiten. Und dennoch war da dieses nervöse Flattern in ihrem Bauch, während sie darauf wartete, dass er kam, um sie abzuholen.

Ihre Aufregung hatte zwei Gründe. Der eine war der, dass sie die Kincaid-Brüder nicht gefragt hatte, ob es in Ordnung war, Jackson mitzubringen, weil sie ihnen nicht die Möglichkeit geben wollte, Nein zu sagen, und dass sie keine Ahnung hatte, wie sie reagieren würden, wenn sie plötzlich mit ihm auftauchte. Der zweite Grund war Jackson selbst. Endlich würde sie ihn wiedersehen, den Abend mit ihm verbringen und anschließend die ganze Nacht mit ihm alleine sein und … *sündigen.*

Es nahten das Ende von sechs Jahren Keuschheit und der Beginn einer Zeit voll lustvollem, schmutzigem Sex.

Mit einem Lächeln auf den Lippen verließ sie das Schlafzimmer und ging ins Wohnzimmer ihres kleinen Hauses, das sie sich vor ein paar Jahren von ihrem eigenen Geld gekauft hatte. Es hatte nur ein Stockwerk und drei Zimmer, aber es gehörte ihr. Niemand konnte es ihr wegnehmen. Endlich hatte sie einen festen Platz zum Leben, was ihr ein Gefühl der Sicherheit gab. Sie wusste nur allzu gut, wie es war, *keinen* Ort sein Zuhause nennen zu können, und hatte sich schon vor langer Zeit geschworen, dass ihr das nie wieder passieren würde.

Die Türglocke schrillte pünktlich, und als sie öffnete und Jackson, verboten gut aussehend, vor der Tür stand, wurde das nervöse Kribbeln in ihrem Bauch noch stärker. Er trug eine schwarze Jeans zu einem dunkelvioletten Hemd, und sein verführerisches Lächeln und die Glut in seinen dunkelbraunen Augen, mit denen er sie langsam und anerkennend musterte, trieben ihr vor Freude einen warmen Hauch von Röte in die Wangen.

»Hallo, meine Schöne«, murmelte er mit einer tiefen, rauen Stimme, die in ihrem Inneren merkwürdige Dinge auslöste.

»Hallo, mein Prinz.« Sie klang so atemlos und berauscht, wie sie sich fühlte. »Ich hole nur schnell meine Handtasche, dann können wir gehen.«

Da sie sofort loswollte, bat sie ihn nicht ins Haus, doch Jackson hatte sich das offenbar anders vorgestellt. Er trat einfach ein, schloss die Tür hinter sich und kam auf sie zu. Ohne zu zögern und als ob sie längst ihm gehörte, trat er zu ihr, nahm ihr Gesicht in seine großen Hände und zog sie sanft an sich. Gebannt von der überwältigenden Gier, die plötzlich aus seinen Augen leuchtete, ließ sie es widerstandslos geschehen.

Er fuhr ihr mit dem Daumen über die Unterlippe und zog leicht an dem weichen Fleisch, sodass sich ihr Mund mit einem leisen, sehnsüchtigen Stöhnen für ihn öffnete. »Dich drei gottverdammte Tage nicht zu küssen ist viel zu lange«, raunte er. Dann vergrub er alle zehn Finger in ihrem Haar und zog ihren Kopf weiter zurück.

Seine Hände hielten sie erbarmungslos fest, und das Selbstbewusstsein, mit dem er sich nahm, was er wollte, war so erregend, dass sie schon jetzt dahinschmolz. »Finde ich auch.«

»Ich brauche einen kleinen Vorgeschmack, damit ich bis

später durchhalte.« Er senkte den Kopf, knabberte an ihren Lippen und liebkoste sie neckisch mit der Zunge, bis er ihren Mund endlich ganz in Besitz nahm.

Sie schlang die Arme um seinen Nacken, und während ihre weichen Lippen mit seinem harten, fordernden Kuss verschmolzen, machten die spielerischen Berührungen einer intensiven Leidenschaft Platz. Seine Zunge stieß vor und drang mit kreisenden Bewegungen tief in ihren Mund ein, nicht tastend, sondernd mit einer forschenden, lustvollen Gier. Dann nahm er eine Hand aus ihrem Haar und ließ sie über ihre kurvige Taille bis zu ihrem in eine Jeans gehüllten Hintern hinabgleiten. Er packte ihn, zog ihre Hüften an seine und zeigte ihr mit seinem harten Fleisch, das unnachgiebig gegen ihren Unterleib drängte, unmissverständlich, wie sehr er sie wollte.

Ihre Brustwarzen zogen sich zu harten Spitzen zusammen, und ihr gesamter Körper schmerzte vor feuchtem, pulsierendem Verlangen. Jede Berührung, jedes Streicheln ließ ihre Sinne überborden. Sie wollte mehr. Mehr von ihm. Großer Gott, dieser Mann konnte küssen. Seine Lippen waren magisch und sein dekadent deliziöser Mund ein Aphrodisiakum, an das sie sich gewöhnen könnte. Aber vielleicht war sie auch schon süchtig, denn sobald er seine Lippen von ihren löste, war das wie ein Entzug.

Die Hand, die ihren Hintern gepackt hielt, glitt nach oben, und er schlang einen starken Arm um ihre Taille und hielt sie fest. Die Finger, die noch immer in ihrem Haar steckten, bogen ihren Kopf zur Seite, und seine feuchten Lippen glitten seitlich an ihrem entblößten Hals bis zu ihrer nackten Schulter hinab, von der das Oberteil heruntergerutscht war.

»Bist du sicher, dass ich dich nicht überreden kann, die Party sausen zu lassen und stattdessen das hier zu Ende zu bringen?«, fragte Jackson, während er mit der Zunge die Haut an der empfindlichen Stelle unterhalb ihres Ohrläppchens berührte.

Seine Zunge malte ein köstliches Muster auf ihre Haut, und als sie sich vorstellte, wie sich das zwischen ihren Beinen an ihrer pochenden Klitoris anfühlen würde, stöhnte sie laut auf. Eine unerträgliche Lust schoss durch ihre Adern und breitete sich in ihrem gesamten Körper aus. War es schon so schlimm, dass sie seinen Vorschlag ernsthaft in Betracht zog?

Sie musste heftig mit sich kämpfen, um nicht vollständig in seinen Bann zu geraten, was tatsächlich nicht leicht war. »Du hast einen schlechten Einfluss auf mich.«

Mit einem durchtriebenen Grinsen auf den verführerischen Lippen hob er den Kopf. »Heißt das, du bist einverstanden?« Der unverschämte Mistkerl hatte tatsächlich den Nerv, sie mit hoffnungsvollen Augen anzusehen. Lachend befreite sie sich aus seiner Umarmung, auch wenn sie das eigentlich gar nicht wollte. Mit einem widerwilligen Seufzer ließ er sie los.

»Als Ehrengast wäre es sehr unhöflich, nicht zu meiner eigenen Feier zu kommen«, sagte sie und versuchte, das unsichere Schwanken in ihrer Stimme zu verbergen.

»Dann gehen wir jetzt wohl besser, bevor ich dich nackt ausziehe und aufs Bett werfe.« Mit heißem Blick musterte er sie von oben bis unten, verweilte auf ihren harten Nippeln, die sich noch immer unter dem grauen Stoff ihres Oberteils abzeichneten, und sah ihr dann unverschämt tief in die Augen. »Meine Brüder wären bestimmt nicht glücklich, wenn du zu spät zu deiner Party kommst. Und dann auch noch aussiehst, als hätte man dich gerade ordentlich durchgefickt.«

Seine dreckige Bemerkung und die anstößige Wortwahl ließen sie aufstöhnen. Ihr Körper brannte vor Verlangen und drohte, der verwegenen Verlockung nachzugeben.

»Wir müssen gehen«, sagte sie und versuchte, ihrer Stimme einen festen Ton zu geben. »*Jetzt.*«

Mit einem warmen, reuelosen Kichern ging er zur Tür, hielt sie ihr auf und klatschte ihr dann im Vorbeigehen so fest auf den Hintern, dass sein Handabdruck durch den Stoff der Jeans auf ihrer Haut brannte.

Sie schnappte nach Luft, wirbelte herum und sah ihn schockiert an, wobei das Brennen sich in ein lustvolles Kribbeln verwandelte. »Warum hast du das gemacht?«

Er zwinkerte ihr zu, und ein selbstzufriedener Ausdruck erschien auf seinem attraktiven Gesicht. »Es soll dich daran erinnern, dass wir später hierher zurückkommen.«

KAPITEL 7

Tara warf Jackson einen schnellen Seitenblick zu, während sie Seite an Seite den Kiesweg zu Clay und Samanthas Eingangstür hochgingen. Sie waren bester Laune bei Tara losgefahren, doch je näher sie Clays Haus gekommen waren, desto stiller war Jackson geworden. Sie hatte ihn noch nie so verhalten erlebt, und bevor sie gleich alle mit seiner Anwesenheit überraschte, wollte sie sichergehen, dass mit ihm alles in Ordnung war.

Sie berührte leicht die Innenseite seines Unterarms, nur um ihm zu versichern, dass er, egal was passierte, wenn sie das Haus gleich betraten, nicht alleine war. Sie hätte gerne seine Hand genommen, war aber noch nicht bereit, ihre Gefühle vor den Brüdern Kincaid derart offen zu zeigen. Vorerst genügte es, Jackson als Überraschung mitzubringen. Sie musste die Sache nicht unnötig verkomplizieren, indem sie keinen Hehl daraus machte, dass zwischen ihr und ihm etwas lief.

»Nervös?«, fragte sie, als sie die Stufen zur Haustür hochstiegen.

»Nein.« Falls er log, war es weder seiner festen Stimme anzumerken noch seinen braunen Augen, mit denen er sie jetzt ansah. »Und du?«

»Nö. Kein bisschen.« Sie schenkte ihm ein furchtloses Lächeln, in dem sich echte Zuversicht spiegelte. »Ich kenne Clay, Mason und Levi schon seit einer Ewigkeit. Sie gehören zu der Sorte Hund, die bellt, aber nicht beißt.«

Jackson legte zweifelnd die Stirn in Falten. »Ich bin mir da nicht so sicher. Mason hat auf mich einen ziemlich tollwütigen Eindruck gemacht.«

Sie lachte, ohne zu widersprechen. »Das ist in erster Linie Selbstverteidigung. Wenn es um die Familie oder um Menschen geht, die ihnen wichtig sind, tritt bei den Kincaids sofort der Beschützerinstinkt auf den Plan. Und Mason ist da einfach ein bisschen impulsiver.«

Sie drückte noch ein letztes Mal Jacksons Arm und klingelte. Sie hatte es sich zum Ziel gesetzt, den vier Brüdern heute den nötigen Stups zu geben, damit sie sich nicht länger wie Fremde verhielten. Schon diesen kleinen Fortschritt würde sie als Erfolg werten.

Tara hörte, wie sich auf der anderen Seite der geschlossenen Tür Samanthas feminine Stimme zusammen mit Katrinas und Sarahs Lachen näherten. Dann flog die Tür auf, und alle drei riefen gemeinsam: »Herzlichen Glückwunsch zum Diplom!«

Die fröhliche Begrüßung verstummte jedoch abrupt, als drei Augenpaare auf Jackson fielen, der neben Tara in der Tür stand. Es war fast komisch, wie der Schock ihre Gesichter veränderte, als sie Clays Zwilling anstarrten. Samanthas blaue Augen waren riesig, Katrina stand der Mund offen, als würden ihr die Worte fehlen, und Sarah blinzelte, als sähe sie eine Fata Morgana.

Ohne zu zögern, setzte Jackson sein charmantestes Lächeln auf. »Hallo, die Damen«, sagte er vergnügt, obwohl Tara in seiner Körperhaltung eine gewisse Reserviertheit entdeckte.

Seine einfache und direkte Begrüßung holte die drei Frauen aus ihrer Schockstarre. Höflich und zuvorkommend wie immer war Samantha die Erste, die reagierte.

»Meine Güte, wo bleibt meine Erziehung!«, rief sie entschuldigend und öffnete weit die Tür, damit sie eintreten konnten. »Du musst Jackson sein. Kommt doch rein.«

»Danke«, entgegnete er mit einem höflichen Nicken und folgte Tara ins Wohnzimmer.

Tara spürte einen Anflug von Erleichterung und entspannte sich ein wenig. Offenbar hatten die Kincaids ihren Frauen von ihrem Bruder und Clays Zwillingsbruder erzählt. Sie war sich nicht sicher, was sie den Mädels sonst noch alles erzählt hatten, doch angesichts der Tatsache, wie aufgeregt sie scheinbar waren, ihn kennenzulernen, war sie dankbar, dass sie ihn zumindest freundlich behandelten.

»Schön, dich kennenzulernen«, sprudelte Katrina los und schüttelte ihm herzlich die Hand. Mit ihren pinkfarbenen Haarspitzen und dem von oben bis unten mit Schmetterlingen tätowierten Arm war sie die Exzentrischste von den dreien.

»Ja, endlich«, fügte Sarah begeistert hinzu. »Gerade haben wir den Jungs gesagt, dass wir dich unbedingt kennenlernen wollen, und schon bist du da. Es war eine großartige Idee von Tara, dich mitzubringen.«

Die Bemerkung, dass Jackson Taras Gast war, ließ Katrina plötzlich neugierig werden, und sie sah sie verstohlen von der Seite an. Auch die beiden anderen Frauen, die sich gerade außerhalb von Jacksons Blickfeld befanden, zogen die Augenbrauen hoch und warfen ihr Blicke zu, die mehr sagten als alle Worte. *Woher kennst du Jackson so gut, dass du ihn mit zu der Party bringst? Was läuft da zwischen euch beiden?*

Tara lächelte, verriet aber nichts. Zweifellos würde Katrina sie später, wenn Jackson nicht in der Nähe war, zusammen mit Samantha und Sarah noch ins Verhör nehmen.

»Ich kann es nicht fassen, wie sehr du Clay ähnlich siehst.« Samanthas seidiger Teint rötete sich, nachdem ihr der Satz herausgerutscht war. Gedankenverloren streichelte sie sich über den kleinen Babybauch, der sich unter ihrem niedlichen Top abzeichnete. »Also, ich wusste ja, dass ihr Zwillinge seid, aber seltsam ist es trotzdem … ein zweiter Clay.«

»Ich weiß nicht«, scherzte Katrina. »Ich finde, Jackson ist eher eine noch attraktivere Ausgabe von Clay.«

Samantha lachte leise und warf Jackson einen schelmischen Blick zu. »Ohne dir zu nahetreten zu wollen, aber das ist schlicht unmöglich.«

Jackson lachte. Er schien sich mit den drei Frauen sichtlich wohlzufühlen. »Das geht schon in Ordnung.«

Sarah schüttelte den Kopf und gab den Schiedsrichter. »Ihr seht genau gleich aus, also seht ihr auch genau gleich *gut* aus.«

»Ist unsere Diplomandin endlich da?«, dröhnte Clays

Stimme aus der Küche, kurz bevor er das Wohnzimmer betrat. »Ohne unseren Ehrengast kann die Party nicht losgehen …«

Clays Schritte wurden langsamer, dann blieb er stehen und starrte Jackson – genau wie Mason und Levi, die hinter ihm herkamen – überrascht an. Die Spannung im Raum war fast greifbar. Die Stille ohrenbetäubend.

Was zum Teufel war nur los mit den Kerlen? Tara, die sich über ihr Benehmen ärgerte, sprach als Erste. »Nicht unhöflich sein, Jungs«, sagte sie zwischen zusammengebissenen Zähnen. Plötzlich hatte sie das starke Gefühl, Jackson beschützen zu müssen, und versuchte, witzig zu sein. »Sagt schön guten Tag zu meinem *Gast.*«

Samantha sah Clay scharf an, während Katrina Mason so kräftig mit dem Ellbogen in die Seite stieß, dass er grunzte. Der böse Blick, den er seiner Frau daraufhin zuwarf, schien Katrina nicht im Mindesten zu beeindrucken. Sie war eine der wenigen, die sich von Mason nichts gefallen ließ und ihn regelmäßig auf seinen Platz verwies.

Endlich trat Levi einen Schritt vor und streckte Jackson mit einer gewissen Zurückhaltung die Hand entgegen. »Freut mich, dich zu sehen.« Zumindest sein Tonfall war umgänglich.

»Ganz meinerseits.« Die beiden Männer schüttelten sich die Hände, danach folgten Clay und Mason, deren Begrüßung nicht weniger reserviert ausfiel.

Großer Gott. Tara hatte absolut keine Lust, den Nachmittag und Abend in einer derart angespannten Stimmung zu verbringen. Was für ein Problem die Jungs mit Jackson auch hatten, sie war fest entschlossen, es herauszufinden. Und zwar sofort.

»Samantha, nimmst du Jackson mit auf die Terrasse und besorgst ihm ein Bier oder etwas anderes zu trinken, während ich mal ein Wörtchen mit den Jungs hier rede?« Sie wies mit dem Daumen auf die drei Brüder.

Samantha nickte verstehend. »Selbstverständlich. Komm mit, Jackson. Wir wollen endlich alles über dich erfahren.«

Samantha, Katrina und Sarah schienen mehr als glücklich, ihn nach draußen begleiten und dort mit Fragen bombardieren zu können.

»Zumindest ein paar hier wissen noch, was sich gehört«, murmelte Tara wütend und wandte sich den drei Männern zu, die zurückgeblieben waren. »Und ihr drei, ab in die Küche. Sofort.«

Sie marschierte an ihnen vorbei Richtung Küche, wobei ihr Masons vorlaute und verächtliche Bemerkung nicht entging. »Auweia, jetzt liest sie uns die Leviten.« Er hatte ja keine Ahnung, *was* sie gleich alles von ihr zu hören bekommen würden.

Clays Küche war riesig, komplett neu renoviert und mit den modernsten Geräten ausgestattet. Und sie bot jede Menge Platz und meterlange Arbeitsflächen, was Samanthas Backleidenschaft sehr entgegenkam. Der Beweis für ihr Können als Konditorin stand auf der Arbeitsplatte aufgereiht – leckere Cupcakes, fantasievolle Kekse und dekadente Törtchen. Hätte Tara nichts anderes zu tun gehabt, hätte sie sich sofort über Samanthas Köstlichkeiten hergemacht.

Sobald alle vier in der Küche waren, wandte sie sich den drei Männern zu, die in einem Halbkreis um sie herumstanden. »Was zum Teufel ist los mit euch?«, machte sie endlich ihrem Ärger Luft. »Ihr benehmt euch Jackson gegenüber wie die letzten Arschlöcher. Das hat er nicht verdient.«

»Was er uns da über seine Adoption und deren Hintergründe erzählt hat, war nicht leicht zu verdauen«, sagte Clay ruhig, während er zum Spülbecken ging, von wo aus er Jackson und die Mädels beobachten konnte.

»Glaubst du, für ihn war das leicht?« Sie verschränkte die Arme vor der Brust. »Wollt ihr ihn für etwas bestrafen, das eure drogenabhängige Mutter getan hat?«

»Wir wollen ihn nicht bestrafen«, mischte Levi sich ein. Er wechselte von einem Bein auf das andere, während Mason, der neben ihm stand, sie bockig anstarrte.

»Es sieht aber verdammt danach aus.« Sie klang ziemlich herrisch, was ihr im Moment aber egal war. »Seit er letzte Woche in die Bar gekommen ist, um euch drei kennenzulernen, ignoriert ihr ihn.«

Clays Blick schien gefangen von dem, was immer da draußen vor sich ging. »Wir hatten vor, ihn nächste Woche anzurufen und zu fragen, ob er in die Bar kommen mag, um zu reden«, sagte er über die Schulter. In seiner Stimme schwangen tatsächlich leichte Schuldgefühle mit.

»Besser spät als nie«, gab sie sarkastisch zurück. »Ihr dürft nur nicht vergessen, dass ihr zu dritt seid, während er alleine ist. Ihr habt einander. Und wen hat er?«

»Jackson hat eine *Familie*«, sagte Mason schroff. »Das hat er. Wir dagegen haben nur uns drei, wir sind die einzige Familie, die wir je hatten. Da fällt es nicht gerade leicht, einen quasi Fremden einfach so aufzunehmen.«

»Genau das ist das Problem.« Ihre Stimme wurde wütender und lauter, während sie mit einer ausholenden Armbewegung auf die Brüder zeigte. »Im Grunde habt ihr keine Ahnung, was für ein Leben er hatte oder wie man ihn behandelt hat oder was das für eine *Familie* war, in der er aufgewachsen ist. Ihr fällt euer Urteil einzig und allein aufgrund des teuren Anzugs, den er getragen hat, als ihr ihm zum ersten Mal begegnet seid. Glaubt ihr wirklich, allein sein Anzug sagt schon alles über ihn aus? Woher wollt ihr wissen, dass er keine beschissene Kindheit hatte? Vielleicht hatte er es ja genauso schwer wie ihr?«

Clay wandte für kurze Zeit den Blick vom Fenster ab und sah Tara mit zusammengekniffenen Augen an. »Warum hört sich das für mich so an, als wüsstest du alles über seine Familie und seine Kindheit?«

Sie ignorierte die leise Anschuldigung in seiner Frage. »Vielleicht, weil ich mir die Zeit genommen habe, mit ihm zu reden. Ihn kennenzulernen. Vielleicht, weil ich getan habe, was ihr drei hättet tun sollen.«

»Großer Gott, warum verteidigst du ihn so vehement?«, grummelte Mason gereizt. »Was läuft da eigentlich zwischen euch beiden?«

Plötzlich schlug Taras Herz schneller. Sie wusste, dass das, was sie als Nächstes enthüllen würde, Anlass neuer Diskussionen sein würde. »Eigentlich geht euch das absolut nichts an. Aber ich habe nichts zu verbergen.« Herausfordernd schob sie das Kinn vor. »Jackson und ich sind zusammen.«

»Zusammen?«, wiederholte Levi, völlig baff von ihrem Geständnis.

Masons Reaktion war da schon ein wenig wortreicher. »Du bist mit ihm *zusammen*, verfluchte Scheiße?«, fragte er ungläubig.

»Großer Gott, Tara.« Clay kniff missbilligend die Lippen zusammen. »Warum hast du uns das nicht gesagt?«

Sie starrte ihn an, als wäre er ein Idiot. »Fragst du mich das jetzt allen Ernstes? Nachdem ihr euch Jackson gegenüber derart beschissen verhalten habt?«

Clay sah zu seinen Brüdern hin, und eine unausgesprochene Sorge lag in dem Blick der drei. Irgendetwas wollten sie ihr offenbar nicht sagen. Clay wandte seine Aufmerksamkeit wieder den Frauen zu, die mit Jackson auf der Terrasse waren, und verzog dabei sorgenvoll das Gesicht. Tara platzte der Kragen.

»Hör auf, aus dem Fenster zu starren, als ob Jackson ein Massenmörder wäre, der jeden Moment deine Frau abschlachtet«, fauchte sie ihn an.

Clay und Mason sahen von ihr zu Levi, und wieder war da dieses unausgesprochene Einverständnis zwischen ihnen.

Die unangenehme Spannung, die in der Luft lag, gefiel ihr gar nicht. »Was ist los?«

Levi fuhr sich mit der Hand über den Kiefer und atmete lange aus, als ob ihm das, was er ihr zu sagen hatte, sehr schwerfiele. »Tara, es gibt da etwas, das du über Jackson wissen solltest. Ich weiß, es wird dir nicht gefallen, aber ich habe ihn durch einen Freund überprüfen lassen, und er wurde vor ein paar Jahren wegen Körperverletzung angeklagt ...«

Sie erstarrte, als hätte man ihr einen Stromschlag versetzt. Okay, damit hatte sie nicht gerechnet. Klar, Jackson und sie waren gerade erst dabei, sich besser kennenzulernen, aber körperliche Gewalt und Aggressionen passten so gar nicht zu dem Jackson, den sie kannte.

»Was war der Grund für die Körperverletzung?« Nun war sie doch neugierig geworden.

»Die Anklage wurde fallen gelassen, deshalb ist das Motiv nicht dokumentiert.« Levi steckte die Hände in die Taschen seiner Jeans und sah sie direkt an. »Aber die Tatsache, dass er womöglich aggressiv ist, bereitet uns Sorgen.«

Tara starrte Levi fassungslos an. Und das ausgerechnet von dem besonnensten und vernünftigsten der drei Brüder. »Um Himmels willen, Mason ist doch auch ein Hitzkopf. Trotzdem gehen wir ihm nicht alle aus dem Weg! Habt ihr vergessen, wie er Sarahs Ex verprügelt hat?«

»Du weißt doch genau, von was wir sprechen, Tara.« Clay versuchte, vernünftig zu bleiben.

Nein, das wusste sie *nicht*. Mit gespitzten Lippen sah sie zu Levi. »Und hast du sonst noch irgendetwas über ihn herausgefunden, das euch Sorgen bereitet?«

Er wartete ein paar Sekunden, bevor er antwortete. »Nein.«

Sie zog eine Braue hoch. »Dann könnte das also ein Einzelfall gewesen sein?«

»Ich denke schon.«

»Und trotzdem geht ihr vom Schlimmsten aus?« Sie sah die Brüder der Reihe nach an und war froh, in ihren zerknirschten Gesichtern ein unterschiedliches Maß an Reue zu erkennen.

»Wir sind einfach nur vorsichtig«, brummte Clay.

»Und was ist mit ›im Zweifel für den Angeklagten‹?« Langsam verflog ihr Zorn, und ihre Stimme wurde sanfter. »Wir haben doch alle eine Vergangenheit und Dinge getan, auf die wir nicht wirklich stolz sind. Ich selbst bin auch kein Unschuldslamm und fände es schrecklich, wenn ihr mich nur danach beurteilen würdet, dass ich sechs Jahre lang tablettensüchtig war und ein Mensch, der mir wichtig war, an einer Überdosis gestorben ist, während ich high war.«

Sie schluckte. Bei der Erinnerung an diese finstere Zeit in ihrem Leben und die Scham, die damit einherging, bildete sich ein dicker Kloß in ihrem Hals. Aber sie hatte Clays, Masons und Levis Aufmerksamkeit, und nur das zählte. »Ihr kennt die Hintergründe für die Anklage wegen Körperverletzung doch gar nicht. Warum bringt ihr Jackson nicht einfach ein wenig Vertrauen entgegen, bis er euch Anlass zu echter Sorge gibt? Wenn ihr wüsstet, was er durchgemacht hat, würdet ihr sicher nicht so hart über ihn urteilen.«

»Du hast ja recht«, räumte Clay leise ein.

Levi nickte zustimmend.

Und selbst Mason schien ihr zähneknirschend beizupflichten.

»Aber … sei vorsichtig, okay?«, bat Clay sie. Sobald es um Menschen ging, die ihm am Herzen lagen, konnte er seinen Beschützerinstinkt einfach nicht abschalten.

»Ich kann schon selbst auf mich aufpassen«, entgegnete sie mit einem Lächeln. »Ich tue das schon seit einer ganzen Weile.«

»Das heißt noch lange nicht, dass wir uns keine Sorgen um dich machen«, warf Levi ein.

Tara hatte gesagt, was sie sagen wollte, und nun, da sie alles losgeworden war, fiel ihr das Atmen deutlich leichter. »Jackson ist euer Bruder. Er will euch einfach nur kennenlernen, Jungs. Also gebt ihm zumindest eine faire Chance.«

Clay sah sie ernst an. »Okay, dagegen ist nichts einzuwenden.«

Tara hoffte, gewisse Fortschritte gemacht zu haben, was die Starrköpfigkeit der Brüder anging. Wie kooperativ sie sich von nun an zeigen würden, blieb allerdings abzuwarten.

* * *

Während Tara mit Clay, Mason und Levi im Haus war, wurde Jackson von deren lebhaften Gattinnen blendend unterhalten – die dynamischen und lebensfrohen Frauen waren wirklich das genaue Gegenstück zu dem reservierten Auftreten ihrer Männer. Wahrscheinlich passten sie gerade deshalb so gut zu Clay, Mason und Levi. Sie waren ein perfektes Beispiel für ›Gegensätze ziehen sich an‹, ›Stärken und Schwächen gleichen sich aus‹ und all den anderen Quatsch, auf den sich die Yin-und-Yang-Philosophie gründete. In Anbetracht der unschönen und turbulenten Vergangenheit der Brüder waren es wohl die Frauen, die die dringend notwendige Leichtigkeit und Lebensfreude mit in die Beziehungen brachten … genau wie bei Tara und ihm.

Jackson lehnte am Terrassengeländer und biss in den leckersten Keks, den er je gegessen hatte – laut Samantha ein französisches Macaron mit Schokoladenganache –, während ihn Katrina mit Geschichten aus Masons wilden Teenagerjahren zum Lachen brachte. Sein Bruder war wohl schon damals ein aufsässiger Teufelsbraten gewesen, genau wie er das immer noch war. Jackson genoss es, Einblicke in die Vergangenheit seiner Brüder zu bekommen, und hoffte inständig, sie würden ihm diese amüsanten Anekdoten eines Tages selbst erzählen. Aber bis es so weit war, hatte er zumindest drei neue Verbündete, womit er sich fürs Erste begnügte.

Sarah hatte gerade das Gesprächsthema gewechselt und Jackson nach seiner Arbeit als Architekt gefragt, als die Glastür zur Terrasse aufgeschoben wurde und Tara mit einem zufriedenen Lächeln zu ihnen trat. Sie sah jetzt sehr viel entspannter und optimistischer aus als auf dem Weg hierher. Clay, Mason und Levi folgten ihr, und das Misstrauen, mit dem sie Jackson anfangs begrüßt hatten, schien fast verschwunden.

Er hatte keine Ahnung, was im Haus vorgefallen war, aber Tara musste ein Wunder gewirkt haben, und Jackson hatte kein Problem, das Eis zu brechen und mit Clay, der sich eine Flasche Bier aus einem Eiskübel holte und sich neben seine Frau stellte, ein ungezwungenes Gespräch zu beginnen.

»Du musst ein glücklicher Mann sein«, bemerkte er und warf Clay einen vielsagenden Blick zu, während er sich von einem Tablett auf einem Tisch in der Nähe ein zweites Macaron schnappte. »Die Backkünste deiner Frau sind phänomenal.«

»Ja, das ist definitiv einer der vielen Vorzüge, mit denen sie mich rumgekriegt hat.« Clay legte Samantha den Arm um die Taille und zog sie an sich. »Aber lass dich von ihrem süßen, unschuldigen Gesicht nicht täuschen. Sie hat mich mit ihren leckeren Süßigkeiten schon mehrfach erfolgreich bestochen. Habe ich recht, Cupcake?« Er sah sie liebevoll an.

»Dich bestochen?«, empörte sich Samantha und verdrehte amüsiert die Augen. »Keiner ist so leicht rumzukriegen wie du, Saint Clay, ob du es nun zugeben magst oder nicht.«

Clay schenkte seiner Frau ein verliebtes Grinsen. Dass er sie vergötterte, stand ihm offen ins Gesicht geschrieben.

»Wartet mal ab, bis erst das Baby da ist«, warf Katrina begeistert ein. »Ich wette, Papi *und* die drei Onkels werden dahinschmelzen wie riesige Marshmallows über einem Lagerfeuer.«

Katrina hatte Jackson ganz selbstverständlich als Onkel des Babys mitgezählt, und er rechnete damit, dass einer seiner Brüder ihm diese Rolle gleich wieder absprechen würde. Zu seiner Überraschung und großen Erleichterung geschah aber nichts dergleichen.

Levi hatte sich eine Orangenlimonade aus dem Eiskübel geholt und trank einen Schluck davon. »Es wird das erste Kincaid-Baby sein, also werden wir das Kleine natürlich nach Strich und Faden verwöhnen.«

Mason grinste. »Und das Beste daran ist, dass wir das verhätschelte Gör jederzeit wieder nach Hause zu Clay schicken können, der es dann anständig erziehen muss.«

Clay warf ihm einen amüsierten Blick zu. »Der Apfel fällt nicht weit vom Stamm, Mason, das ist dir schon klar, oder? Denk dran, was für ein Teufelsbraten du als Kind warst. Früher oder später rächt sich alles. Irgendwann hast du einen

Jungen, der sich an nicht eine gottverdammte Regel hält, und dann bin ich derjenige, der sich den Arsch ablacht.«

Katrina schnappte nach Luft, die grünen Augen voll gespieltem Entsetzen. »Oh mein Gott. Wenn das so ist, werde ich *niemals* schwanger.«

Mason schlang Katrina den Arm um den Hals und beugte sich über sie, um ihr etwas ins Ohr zu flüstern. Ihrem entsetzten Gesicht nach zu urteilen etwas Unanständiges.

»Ach, du glaubst, ich könnte deinem *Supersperma* nicht entkommen und bräuchte es gar nicht erst zu versuchen?«, wiederholte sie fassungslos und lachte mit den anderen über die großspurige Behauptung ihres Mannes. »Ist das dein Ernst?«

»Mein voller Ernst.« Mason sah seine Frau an und zog die Augenbrauen hoch. Dann wurde sein Blick anzüglich, und er nickte vielsagend in Richtung Haus. »Willst du es darauf ankommen lassen?«

»Aber nicht auf *meiner* gottverdammten Toilette«, knurrte Clay entschieden.

Wieder lachten alle, und Jackson war klar, dass ihm eine entscheidende Information fehlte, um dem Gespräch ganz folgen zu können. Es musste sich um einen Insiderwitz handeln, mit dem jeder vertraut war, außer ihm.

Tara, die sich bei ihm einhakte, musste seine Verwirrung bemerkt haben. Die vertrauliche Geste entging weder ihm noch den anderen um sie herum.

»Clay hat diesen inzwischen bekehrten Schwerenöter mehrfach und mit unterschiedlichen Frauen im Kincaid's auf der Damentoilette erwischt«, erklärte sie Jackson.

»Wobei *bekehrt* das entscheidende Wort ist.« Mason vergrub die Nase an Katrinas Hals und streichelte ihr besitzergreifend den Hintern. »Inzwischen ist mein Miezekätzchen die einzige Frau für mich. Mehr schaffe ich gar nicht.«

Katrina versetzte ihm einen leichten Stoß in die Rippen. »Und das bleibt hoffentlich auch so.«

Als das lockere Geplänkel verebbte, räusperte sich Clay und sah mit einem stolzen Lächeln zu Tara hin. »Also, dann will ich der Erste sein, der dir ganz offiziell zu deinem kaufmännischen Diplom gratuliert. Du hast wirklich hart und zielstrebig dafür gearbeitet und es geschafft, alles irgendwie unter einen Hut zu bringen – tagsüber Unterricht, abends die Arbeit in der Bar und dann noch die ganze Paukerei für die Prüfungen. Das ist eine enorme Leistung, die wir heute mit dir feiern wollen. Ich bin unheimlich stolz auf dich.«

Eine warme Röte breitete sich auf Taras Wangen aus, und sie senkte beschämt den Kopf. »Danke. Aber ohne deine Unterstützung hätte ich das niemals hinbekommen, Clay.«

Mit einem Schulterzucken tat er ihre Dankbarkeit ab. »Du hättest es auch ohne mich geschafft, Tara. Weil du du bist. Eine Frau, die das, was sie sich in den Kopf gesetzt hat, engagiert und entschlossen anpackt.«

Alle stimmten ihm zu, was Jackson erneut bewies, wie viel ihnen Tara bedeutete – und sie Tara. Sie hatte ihm zwar erzählt, dass sie ihre Familie nur selten sah, aber müssten ihre Eltern bei einem so wichtigen Ereignis wie der Diplomabschlussfeier ihrer Tochter nicht dabei sein?

So viel Tara über ihn wusste, so wenig wusste er über sie. Dabei wollte – nein, musste – er alles über sie erfahren. Welche Geheimnisse hatte sie? Welchen Kummer? Was quälte sie, und was machte sie am glücklichsten? Das alles war ihm wichtig. *Sie* war ihm wichtig.

Mason klatschte in die Hände, und alle Blicke richteten sich auf ihn. »Nun, da wir das sentimentale Gesülze hinter uns gebracht haben, können wir ja endlich anfangen zu feiern!«

Die Frauen jubelten, und die Party kam langsam in Schwung. In den darauffolgenden Stunden grillten sie Hamburger, ließen sich die Kuchen und Desserts schmecken, die Samantha vorbereitet hatte, und Clay, Mason und Levi gaben sich sichtlich Mühe, mit Jackson ins Gespräch zu kommen. Sie fragten ihn, wo er aufs College gegangen war, wo er momentan wohnte und wie sein Job als Architekt aussah. Sie schienen ernsthaft an ihm interessiert, und obwohl die Themen oberflächlich blieben und niemand sich nach seiner Familie und seiner Kindheit erkundigte, hatte er das Gefühl, dass ihr Verhältnis sich langsam in die richtige Richtung entwickelte.

Nach einiger Zeit öffnete Tara ihre Geschenke, die ganz offensichtlich die Frauen besorgt hatten. Es waren Kosmetikartikel, ein Geschenkgutschein für ihre Lieblingsboutique und ein enges Silberarmband in einer hellblauen Schachtel, die unverkennbar von Tiffany's stammte. Dieses letzte Geschenk trieb Tara die Tränen in die Augen, und sie bedankte sich bei allen überschwänglich für ihre Großzügigkeit.

Nachmittag und Abend vergingen wie im Flug, und Jackson war überrascht, wie sehr er die Zeit genoss. Seine Brüder waren ihm gegenüber nicht nur aufgetaut, sondern schienen in seiner Gegenwart auch deutlich entspannter. Das bedeutete ihm mehr als alles andere. Und das hatte er Tara zu verdanken.

Das Verhältnis zu seinen Brüdern entwickelte sich tatsächlich zum Positiven hin. Die Anspannung, die wie ein schwarzer Schatten über ihnen gehangen hatte, war verflogen, was ihnen endlich die Möglichkeit gab, sich besser kennenzulernen. Zugegeben, nicht alles war perfekt, aber die unverbindliche Akzeptanz, die zwischen ihnen herrschte, schien ihm ein guter Anfang zu sein.

Und das genügte Jackson. Zumindest vorerst.

KAPITEL 8

»Und, hast du dich auf der Party amüsiert?«

Jackson sah zu Tara hin, die neben ihm auf dem Beifahrersitz des Porsches saß. Sie waren auf dem Weg zu ihr nach Hause. Sie sah verdammt gut aus in seinem Wagen. Ihre faszinierend blauen Augen strahlten vor Glück und Zufriedenheit. Das dunkle Haar fiel ihr in weichen Wellen auf die Schultern, und um ihre Lippen spielte ein entspanntes Lächeln, das den unglaublich sexy Diamanten über ihrer Lippe verführerisch funkeln ließ. Er konnte es kaum erwarten, sie endlich wieder zu küssen.

»Ja, habe ich«, sagte er wahrheitsgemäß. Er hatte es genossen, sich mit den Frauen zu unterhalten und zu beobachten, wie sie mit ihren Partnern interagierten. Selbst seine Brüder waren offener gewesen, nachdem sie mit Tara aus dem Haus gekommen waren, und schienen im Verlauf des Nachmittags und Abends ihm gegenüber zunehmend zu entspannen. Jackson war neugierig, was Tara mit den drei Männern angestellt hatte, nachdem sie sie in die Küche beordert hatte, während er sich draußen mit den Mädels amüsiert hatte.

»Was hast du eigentlich zu den dreien gesagt, dass sie plötzlich so umgänglich geworden sind?«, fragte er.

Tara grinste. »Zusammengefasst habe ich ihnen einfach nur erklärt, dass sie endlich aufhören sollen, sich wie Arschlöcher zu benehmen, und lieber nett zu dir sein sollen.«

Er lachte und sah wieder auf die Straße. »Nun, es hat funktioniert.«

»Sie sind Männer. Da muss man nicht lange um den heißen Brei herumreden«, sagte sie in leicht provokantem Ton. »Im Hinausgehen habe ich gehört, wie Clay dich gefragt hat, ob du nächste Woche auf einen Drink mit ihm, Mason und Levi im Kincaid's vorbeischaust.«

So schnell hatte Jackson mit einem solchen Angebot gar nicht gerechnet, es aber freudig angenommen. Es war eine gute Gelegenheit, zu seinen Brüdern Kontakt zu halten.

»Ja, kaum zu glauben, was?«

»Nein, nicht wirklich, ich denke, tief in ihrem Inneren wollen sie dich wirklich besser kennenlernen.« Sie verstummte und sah aus dem Fenster. Ihr hübsches Gesicht wirkte nachdenklich.

Jackson fasste über die Mittelkonsole und drückte ihren Schenkel. »Hey, woran denkst du?«

Sie drehte den Kopf und sah ihn an, wobei das blassblaue Licht der Armatur die Unsicherheit in ihren Augen noch betonte. »Ich würde dich gerne etwas fragen, aber wenn du nicht darüber reden möchtest, verstehe ich das.«

Okay, das hörte sich nicht gut an. In Jacksons Magen breitete sich ein unangenehmes Gefühl aus, aber er hatte nichts vor ihr zu verbergen. »Kein Problem. Frag.«

Einen Moment nagte sie an ihrer vollen Unterlippe. »Levi meinte, man hätte dich vor ein paar Jahren wegen Körperverletzung angeklagt, die Anklage dann aber wieder fallen gelassen. Was ist da passiert?«

Leise fluchend nahm er die Hand von ihrem Schenkel und legte sie zurück aufs Lenkrad. »Ist es das, warum sie Abstand gehalten haben? Glauben sie, ich sei gewalttätig?« Großer Gott, hatten sie ihn tatsächlich überprüfen lassen?

Obwohl Tara seine Frage weder bejahte noch verneinte, genügte ihm der Anflug von Schuld, der über ihr Gesicht huschte, um Bescheid zu wissen.

»Ich bin sicher, es gab gute Gründe, weshalb die Anklage fallen gelassen wurde. Ich habe die Jungs daran erinnert, dass ihre Vergangenheit auch nicht gerade lupenrein ist und sie keine voreiligen Schlüsse ziehen sollten, solange sie nicht wissen, um was es da ging.«

»Danke.« Die Tatsache, dass sie ihn so entschlossen verteidigt hatte, obwohl sie nichts über die Verhaftung wusste, rührte Jackson tief in seinem Innersten. Er war es nicht gewohnt, dass irgendjemand für ihn einstand. »Wenn sie ein Problem damit hatten, warum haben sie mich dann nicht einfach danach gefragt, verdammt noch mal?«

»Weil sie stur und dickköpfig sind, Männer eben«, entgegnete sie, als ob das ihr Verhalten erklären würde.

Für diese stereotype Einschätzung der Männerwelt warf er ihr einen kritischen Seitenblick zu. »Nur falls es dir entgangen sein sollte, ich bin auch ein Mann.«

»Oh ja, das ist mir durchaus aufgefallen. Sogar ein paarmal heute.« Ihre süße, verführerische Stimme streichelte seine Sinne. Etwas versöhnlicher fügte sie noch hinzu: »Und ich bin sicher, dass du in manchen Dingen auch ziemlich dickköpfig sein kannst.«

Okay, damit hatte sie natürlich nicht unrecht. Männer *waren* in vielerlei Hinsicht ziemlich stur, und ihr Stolz stand der Vernunft oft im Wege. Das hatte in den letzten Jahren zweifellos auch einige Male auf ihn zugetroffen.

Als sie bei Taras Haus ankamen, bog er in die Einfahrt ein, parkte neben ihrem Kleinwagen und schaltete den Motor ab. Tara löste den Sicherheitsgurt, aber als sie aus dem Wagen steigen wollte, hielt er sie sanft am Arm zurück.

Sie sah ihn fragend an. »Du willst wissen, was der Grund für die Anzeige wegen Körperverletzung war?« Er wollte dieses Gespräch nicht im Haus führen. Sobald sie durch diese Tür traten, sollte es zwischen ihnen nur noch eines geben … reine, ungetrübte Leidenschaft. Und Sünde. Es sollte eine Nacht der Sünde werden.

Sie schüttelte den Kopf. »Jackson … Du musst es mir nicht sagen.«

Ohne zu wissen, weshalb man ihn eines gewalttätigen Angriffs beschuldigt hatte, vertraute sie ihm blind. Diese Erkenntnis ging ihm nahe wie lange nichts mehr. Er lächelte und fuhr ihr mit dem Rücken seiner Finger über die weiche Wange, ein sanftes, zärtliches Streicheln. »Wenn ich dir mein Geheimnis verrate, verrätst du mir dann auch eins von dir?«, forderte er sie heraus.

Er spürte, wie sie leicht versteifte. »Wie kommst du darauf, dass ich ein Geheimnis haben könnte?«

An dem Abend im Donutladen war sie ihm mehrfach ausgewichen, und er hatte das Gefühl, dass er an sehr private oder persönliche Dinge gerührt hatte. »Haben wir nicht alle welche?«

Sie schluckte. Der plötzliche Schmerz in ihren Augen entging ihm nicht. »Ich will keine Geheimnisse austauschen. Wenn du mir deins nicht verraten willst, ist das in Ordnung.«

»Okay, du hast recht.« Vielleicht war sie einfach noch nicht bereit, ihm zu erzählen, was diese Schatten in ihrem Blick verursachte. Er würde warten, bis sie es ihm aus freien Stücken erzählte. »Aber ich will dir trotzdem sagen, was passiert ist.«

Sie lehnte sich in den Ledersitz zurück und wandte sich ihm zu. Die Straßenlaterne vor dem Haus tauchte das Wageninnere in ein weiches Licht, gerade hell genug, dass er die Offenheit und das unverfälschte Mitgefühl in ihren Zügen erkennen konnte.

»Ich war mal verheiratet«, begann er und bemerkte, dass sein Geständnis Tara überraschte. »Collette und ich hatten uns bei einer Geschäftsparty kennengelernt und waren acht Monate zusammen, bevor wir uns verlobten. Ich war felsenfest davon überzeugt, dass wir, was unsere Zukunft anging, dieselben Vorstellungen hatten. Gleich nach der Hochzeit sprachen wir darüber, eine richtige Familie zu gründen, und ich dachte, wir würden versuchen, ein Baby zu bekommen. Alles war wundervoll und in bester Ordnung, bis ich eines Tages früher von der Arbeit nach Hause kam und Collette mit einem meiner Kollegen im Bett erwischte. Der Typ ist ein schmieriges Arschlosch, aber seine Familie schwimmt im

Geld. Neben ihm stand ich da wie ein Bettler, was seinen Schwanz für Collette offenbar deutlich attraktiver machte als meinen.«

Tara legte schweigend ihre Hand auf seine, und er atmete schwer aus.

»Ich war natürlich verdammt wütend, als ich sie in unserer Wohnung beim Ficken mit einem anderen erwischt habe. Dennoch habe ich nichts weiter getan, als dem Scheißkerl zu sagen, dass er aus meinem Haus verschwinden soll. Daraufhin ist er auf mich losgegangen und hat mich gestoßen, als ob alles meine Schuld wäre. Er ist so ein kleiner Mistkerl mit einem Napoleon-Komplex, und in dem Moment, als er mich angefasst hat, war mein erster Reflex, mich zu verteidigen. Ich hab ihm eine reingehauen. Leider hat schon dieser eine Schlag genügt, ihm sein hübsches Näschen zu zertrümmern. Das Blut ist ihm nur so das Gesicht hinuntergelaufen.« Jackson grinste zufrieden.

Tara hielt sich die Hand vors Gesicht und versuchte, ein Kichern zu unterdrücken. »Ich sollte nicht lachen, ich weiß, aber jeder, der blöd genug ist, sich mit dir anzulegen, müsste eigentlich darauf gefasst sein, dass du ihn plattmachst. Du bist riesig.«

Er zuckte mit den Achseln. »Es war ein Reflex. Ich habe ihn nicht noch mal angefasst, aber da war es schon passiert. Collette hat mich angeschrien, als wäre ich ein Ungeheuer, und Brad hat sofort die Bullen gerufen und mich wegen Körperverletzung verhaften lassen. Ein paar Wochen später hat er die Anzeige wieder zurückgezogen, seine Familie wollte keine Öffentlichkeit, und ich war froh, dass mir eine Gerichtsverhandlung erspart geblieben ist.« Er fuhr sich mit der Hand durchs Haar. »Danach habe ich die Scheidung eingereicht, und sobald die Papiere unterschrieben waren, hat Collette ihren reichen Investmentfond-Sprössling Brad geheiratet, was mich wenig überrascht hat.« Er zuckte wieder mit den Achseln. »Kurz darauf haben sie sogar ein Kind bekommen. Für mich war das wahrscheinlich das Härteste an der ganzen Geschichte, weil ich tatsächlich geglaubt hatte, dass *wir* das zusammen gewollt hatten.«

»Das tut mir leid«, sagte Tara leise.

»Es ist, wie es ist«, sagte er, und beide lächelten.

Er schüttelte den Kopf. »Weißt du, manchmal habe ich das Gefühl, mein Leben ist nichts weiter als eine lange Reihe böser Überraschungen. Jedes Mal, wenn ich mich glücklich und zufrieden wäge, geschieht aus heiterem Himmel irgendwas, das diese Illusion wieder zerstört.«

Sie legte den Kopf schief. »Zum Beispiel?«

Wo sollte er anfangen? Die Liste war lang. »Bis mein Bruder Oliver geboren wurde, war ich zum Beispiel ein von seiner Mutter vergöttertes Einzelkind. Aber mit seiner Geburt veränderte sich plötzlich alles, ohne dass ich je begriffen hätte, warum. Später dachte ich, ich wäre glücklich verheiratet, aber meine Exfrau hat mich mit einem Kerl mit einem größeren und attraktiveren Bankkonto betrogen. Und jetzt habe ich herausgefunden, dass ich Brüder und sogar einen Zwilling habe, von denen ich nichts wusste, muss mich aber erst vor ihnen bewähren. Wann immer mein Leben im Großen und Ganzen in Ordnung zu sein scheint, passiert irgendwas, das alles wieder durcheinanderbringt.«

Tara beugte sich über die Konsole und überraschte ihn mit einem warmen, liebevollen Kuss auf die Lippen. »Gut, dass du ein so zäher Knochen bist«, murmelte sie, während sie sich wieder von ihm löste.

Ihre tröstenden Worte stießen etwas in ihm an, das ihn veranlasste, die Hand um ihren Nacken zu legen und sie sofort wieder an sich zu ziehen, um sie heiß und hungrig zu küssen. All sein Verlangen lag in diesem Kuss, sein unbändiges Bedürfnis nach ihr, das ihn jedes Mal übermannte, wenn er mit ihr zusammen war. Ihre Zungen jagten einander, umschlangen sich und während sie gegen seine Lippen stöhnte, wurde ihm schlagartig bewusst, dass sie das einzig Gute in seinem Leben war. Er wollte verdammt sein, wenn er sie nicht festhielt und das, was zwischen ihnen wuchs, beschützte, damit ihm nicht auch das wieder genommen wurde.

Als er sich schließlich von ihr löste, öffnete sie mit flatternden Lidern die Augen und schenkte ihm ein erotisches Lächeln. »Und … kommst du rein?«

Die ungewollte Doppeldeutigkeit entlockte ihm ein anzügliches Grinsen. »Wo genau soll ich denn rein?«

Mit einem rauen, unanständigen Lachen knabberte sie an seiner Unterlippe. »Du sollst ins Haus kommen … und dann in mir kommen.«

Sein Schwanz schwoll unter dem Reißverschluss seiner Jeans an. »Na, und ob ich komme.«

»Dann los.« Sie rutschte zurück auf ihre Seite, öffnete die Tür und warf ihm über die Schulter einen koketten Blick zu. »Wenn ich mich recht erinnere, hattest du mir versprochen, wir werden auf viele verschiedene Arten sündigen.«

Er stöhnte auf und nahm schnell noch die Kondome aus dem Handschuhfach, die er zuvor hineingelegt hatte, um später, wenn sie an einem Punkt angekommen waren, an dem es kein Zurück mehr gab, nicht feststellen zu müssen, dass keiner an Verhütung gedacht hatte. Er stopfte sich die Pariser vorne in die Jeanstasche, stieg aus und schaltete die Alarmanlage an. Dann nahm er Tara bei der Hand, und sie gingen zur Eingangstür. Als sie im Haus waren, schaltete sie eine der Lampen im Wohnzimmer an und stellte ihre Tasche aufs Sofa.

Plötzlich wirkte sie nervös und unsicher, gar nicht mehr wie die selbstsichere Frau, die er kannte und die sie vor ein paar Minuten noch gewesen war. Jackson wusste nicht, woher die unerwartete Zaghaftigkeit kam oder was er davon halten sollte.

»Ist alles in Ordnung?«, fragte er.

Sie verschränkte ihre Finger und vermied es, ihn anzusehen. »Es gibt da noch etwas, das ich dir sagen muss, bevor wir das hier tun.«

Besorgt ging er auf sie zu, nahm ihre Hände, zog sie sanft auseinander und zwang sie, ihn anzusehen. »Was ist los, Tara? Hast du es dir noch einmal anders überlegt?« Er hasste es, das in Betracht zu ziehen, würde ihre Entscheidung aber respektieren.

»Nein …« Sie schüttelte so heftig den Kopf, dass das seidige Haar ihr wild über die Schultern fegte. »Es ist nur … ich hatte seit sechs Jahren keinen Sex mehr.« Ihr stieg die Schamesröte in die Wangen.

Für einen Moment machte ihn dieses Geständnis sprachlos, an seinen Absichten änderte es jedoch nichts. »Das ist eine lange Zeit«, sagte er und strich ihr mit den Daumen über die Innenseite der Handgelenke. »Hat das einen bestimmten Grund?«

Sie hob verlegen die Schultern. »Wenn ich ehrlich bin, gab es einfach niemanden, mit dem ich schlafen wollte … bis du aufgetaucht bist.«

Er stieß langsam die Luft aus und sah sie ungläubig an. *Heilige Scheiße.* Sie war so wunderschön, so sexy und so verdammt verführerisch. Kaum vorzustellen, dass in sechs Jahren nicht ein Mann das Vergnügen gehabt hatte, diese atemberaubende Frau zu vögeln. Und dass sie sich für keinen Mann genügend interessiert hatte, um ihm ihren Körper anzuvertrauen. Bis jetzt. Ihm.

Unruhig trat sie von einem Bein aufs andere. »Ich wollte einfach nur, dass du es weißt. Falls es das erste Mal ein bisschen … unbeholfen wird.«

Wenn er daran dachte, wie sie vor dem Donutladen auf seinen Kuss reagiert hatte und in seinen Armen fast explodiert wäre vor Lust, hatte er nicht die geringste Sorge, dass heute Nacht irgendetwas auch nur im Entferntesten *unbeholfen* werden könnte. »Sechs keusche Jahre sind eine verdammt lange Zeit«, sagte er süffisant. »Bist du sicher, dass du deine Enthaltsamkeit beenden willst?«

»Absolut. Es sei denn, du hast plötzlich Angst, keinen hochzukriegen.« Sie zog provozierend eine Augenbraue hoch, wieder ganz die selbstbewusste Frau, die er kannte.

Er kicherte. Oh ja, sie beide würden sicher keine Probleme haben, sich zu amüsieren.

»Ganz schön frech bist du«, entgegnete er mit einem sexy Knurren. »Ich werde dir schon zeigen, wie weit ich ihn hochkriege.«

Er packte sie an den Hüften und drängte sie ein paar Schritte zurück, bis ihre Schultern gegen die nächste senkrechte Fläche stießen. Dann ließ er die Hände unter ihre Bluse gleiten und schob sie bis über ihre Brüste hoch. Wie von selbst hob sie die Arme, damit er ihr das Oberteil über den Kopf ziehen konnte. Er ließ es auf den Boden fallen und fasste nach hinten, um ihren Spitzen-BH zu öffnen, der ebenfalls auf dem Haufen zu ihren Füßen landete. Dann nahm er sich ein paar Sekunden Zeit für den Anblick ihrer umwerfenden Titten, rund, üppig und wohlgeformt, und genoss mit gieriger Begeisterung, wie sie bei jedem erregten Keuchen zitterten.

Ihr sehnsüchtiges Verlangen war spürbar, und schließlich gab er der Begierde nach, füllte beide Hände mit ihrem weichen, lüsternen Fleisch und spielte mit den Fingern an ihren bereits harten Nippeln.

Ein kehliges Stöhnen drang aus ihrem Inneren, und ihre Augen wurden glasig vor Lust. »Jackson … das Schlafzimmer ist dort hinten, den Gang entlang.«

»Hier ist es perfekt«, raunte er heißer und ließ seinen Mund an ihrem Hals hinabgleiten. »Wenn wir jetzt auch nur in die Nähe eines Betts kommen, verliere ich die Kontrolle. Und es gibt noch so viele Dinge, die ich mit dir anstellen will, bevor du mit gespreizten Beinen vor mir auf der Matratze liegst, zum Genießen bereit.«

Sie fuhr ihm mit den Fingern ins Haar und ballte die Hände zu Fäusten. Während seine Zunge ihren Hals entlangglitt, spürte er, wie sie eine Gänsehaut bekam und das samtweiche Fleisch ihrer Warzenhöfe sich zusammenzog.

Er lächelte gegen ihr Ohr und ließ seine Finger ganz leicht über ihren Bauch hinunter zum Bund ihrer Jeans wandern. »Lehn du dich einfach gegen die Wand, und ich sorge dafür, dass du bereit bist für meinen Schwanz. Deine Muschi soll schön feucht und schlüpfrig sein. Ein paar kleine Orgasmen, bevor ich dich ficke, helfen da bestimmt.«

Ihr Atem ging stoßweise. Er spürte, wie sie dahinschmolz und sich seinen Verführungskünsten hingab, genau wie er es wollte. Er öffnete den Knopf ihrer Jeans, zog den Reißverschluss nach unten und streichelte mit den Fingern langsam und verheißungsvoll über den Seidenstoff, der ihren Schamhügel bedeckte.

Sie presste ihre Hüfte gegen seine Hand, und tief aus ihrer Kehle drang ein ungeduldiger Laut. »Jackson … *bitte.*«

Er hob den Kopf, um ihr Gesicht sehen zu können. Die vollen Lippen waren leicht geöffnet und feucht von ihrer Zunge, die Wangen waren gerötet, die dunklen Augen entrückt vor Begierde. Einer Begierde, für die nur er verantwortlich war. Dieses erregende Wissen ließ ihn härter werden als Granit.

Er ignorierte das drängende Pochen seines Schwanzes, ließ seine Hand tiefer in ihr Höschen gleiten und beobachtete ihr verzücktes Gesicht, als er mit zwei Fingern an ihrer feuchten Vagina entlangfuhr und dabei ganz leicht in ihre geschwollene Klitoris kniff. Sie schnappte nach Luft, drängte sich gegen seine Berührung und versuchte schamlos, das Drücken und

Reiben seiner Hand zu kontrollieren, um zum Höhepunkt zu kommen.

»Noch nicht, du gieriges Mädchen«, hauchte er und verweigerte ihr, sich von oben auf seine Finger gleiten zu lassen. Heute wollte er derjenige sein, der ihr die Orgasmen verschaffte, und jeder einzelne sollte so verdammt intensiv sein, dass sie sich nach mehr sehnte.

»Leg die Hände auf deine Brüste«, befahl er ihr mit tiefer, dunkler Stimme. »Schieb sie mir in den Mund, damit ich an deinen Brustwarzen saugen kann, solange meine Finger deine Muschi ficken.«

Sie ließ sich nicht lange bitten und schob ihre Titten in Richtung seiner geöffneten Lippen, bot sie ihm dar wie ein Geschenk. Er leckte über eine der genarbten Spitzen, dann über die andere und sog sie tief in seinen Mund, während er zwischen ihren Beinen ihr weiches, feuchtes Fleisch streichelte und mit den Fingern das Stoßen und Kreisen seiner Zunge an ihrer Brust imitierte.

Ihr Kopf fiel nach hinten gegen die Wand, während ihr Körper unter dieser doppelten Lust erschauderte. Schamlos drängte sie sich gegen seine Handfläche, und ihre Hüften bewegten sich instinktiv auf und ab. Dieses Mal ließ er sie seine Hand ficken. Er stieß zwei Finger tief in ihre enge, schlüpfrige Scheide und ließ sie auf seinen Fingern reiten, rieb mit den Fingerspitzen über den sensiblen Punkt in ihrem Inneren, bis er ihr einen leisen Schrei entlockte.

Er wusste, dass sie kurz vor dem Höhepunkt war, und hob mit einem letzten sanften Kratzen seiner Zähne über ihre Nippel den Kopf, um ihr Gesicht zu sehen. Er wollte, dass sie ihn ansah, wenn sie kam, dass sie wusste, dass er es war, der sie explodieren ließ.

»Sieh mich an, Tara«, befahl er ihr schroff.

Ihre Wimpern flatterten, und ihre verschleierten blauen Augen flehten ihn stumm um Erlösung für ihren nach Befriedigung lechzenden Körper an. Noch einmal stieß er die Finger tief in sie hinein, streichelte mit dem Daumen rhythmisch die süße Stelle zwischen ihren Beinen, und mit einem leisen Wimmern fing sie an, sich von innen heraus aufzulösen.

Ihr Atem wurde unregelmäßig, und während ihre inneren Wände sich fest um seine Finger schlossen, umklammerten ihre Hände auf der Suche nach Halt verzweifelt seine Schultern. Pure Erregung durchflutete seine Hand. Sie zitterte, und ihre Hüften zuckten heftig, als die Lust überschäumte. Das absolut Geilste war jedoch, dass sie seinen Namen schrie. Sie war sich voll bewusst, wer ihr diesen Höhenflug verschaffte.

Jackson war sich verdammt sicher, dass er ihre Bedenken, ihr erster Sex könnte etwas unbeholfen ausfallen, damit zerstreut hatte. Tatsächlich konnte er sich nicht erinnern, jemals etwas so Faszinierendes wie Tara in voller Ekstase gesehen zu haben, und es kaum erwarten, sie auf den nächsten Höhenflug zu schicken.

Als Tara schließlich auf die Erde zurückkehrte, zog er die Hand aus ihrer Jeans und vergewisserte sich, dass sie zusah, wie er sich zwei feuchte Finger in den Mund schob. Ihre Augen weiteten sich vor Entsetzen. Mit einem unanständigen Grinsen zog er sie langsam wieder heraus und ließ dabei ein tiefes, genussvolles Schmatzen hören.

»Fuck, schmeckst du gut«, stöhnte er wohlig. »Heiß und süß, wie gottverdammter Honig. Ich kann es kaum erwarten, all den Zucker mit der Zunge aufzulecken.«

Selbst im schwachen Licht der einzelnen Lampe, die sie im Wohnzimmer angemacht hatte, konnte er erkennen, wie sie sich verlegen auf die Unterlippe biss und es vermied, ihn anzusehen. Ganz offensichtlich war sie an derart unverblümte Anzüglichkeiten oder gar schmutzige Sexspiele nicht gewöhnt. Andererseits hatte sie sechs Jahre nachzuholen, und er vermutete, dass ihre Liebhaber vor ihm es nicht gewagt hatten, ihr so direkt anzukündigen, was genau sie mit ihr vorhatten.

Er hatte da keine Probleme. Es würde ihm Spaß machen, ihr dabei zu helfen, ihre Hemmungen loszuwerden. Er würde der Glückliche sein, der sie zur Sünde bekehrte.

Aber immer schön langsam. Er umfasste ihren Kiefer und sorgte dafür, dass sie ihm in die Augen sah. »Jetzt nicht schüchtern werden, Süße. Das war erst Orgasmus Nummer eins. Und es warten noch jede Menge andere Sünden auf uns.«

»Ich bin nicht schüchtern. Es ist nur … das hat noch nie irgendein Kerl gemacht.«

»Was? Den leckeren Saft deiner Muschi von seinen Fingern abgeleckt?« Er lachte. Sie sah bezaubernd aus, wenn sie rot wurde, und er konnte es nicht lassen, sie weiter zu provozieren. »Das ist doch auch nichts anderes, als es dir mit dem Mund zu besorgen. Was mir übrigens gerade wie eine verdammt gute Idee vorkommt.«

Bevor sie widersprechen konnte – denn er hatte jetzt wirklich Besseres, Angenehmeres und Heißeres zu tun, als seine Zeit mit Reden zu vergeuden –, hob er sie mühelos hoch und trug sie durch den Flur in die Richtung, die sie anfangs vorgeschlagen hatte, wobei es ihm schwerfiel, nicht auf ihre nackten Brüste zu achten, die bei jedem Schritt auf und ab hüpften.

»Welches Zimmer?«, fragte er. Rechts und links von ihm gab es mehrere Türen.

»Ganz hinten rechts.«

Er betrat das Zimmer und stellte sie am Fußende des Bettes wieder auf die Füße. Das angrenzende Badezimmer war nur ein paar Schritte entfernt, und er ging hinüber, um dort das Licht anzuschalten. So war es gerade noch hell genug, damit er ihren verlockenden Körper mit seinen atemberaubenden Kurven gut erkennen konnte, als er wieder zu ihr zurückkam.

Er streifte die Schuhe von seinen Füßen und zog die Socken aus. Danach packte er sie am Bund ihrer immer noch offenen Jeans und zog sie ihr samt Seidenhöschen über Hüfte und Schenkel nach unten. Als er ihr aus dem Stoffknäuel um ihre Füße half und sie komplett nackt vor ihm stand, war ein Schimmer von Verletzlichkeit in ihren Augen, der ihm verriet, dass das hier nicht nur irgendeine gewöhnliche Nummer für sie war.

Aber für ihn war es das auch nicht. Nichts an Tara oder den Gefühlen, die sie in ihm weckte, seit sie sich das erste Mal begegnet waren, war gewöhnlich.

»Setz dich auf die Bettkante«, murmelte er.

Sie tat es, hielt die Beine aber artig geschlossen, was er

ihr im Moment noch durchgehen ließ, auch wenn ihm diese Demonstration von Sittsamkeit ein Lächeln entlockte. Er zog sich das Hemd über den Kopf und ließ es auf den Boden fallen. Er hatte den Eindruck, dass zwei Seiten ihrer Persönlichkeit einen inneren Kampf ausfochten. Auf der einen Seite war da das nette, anständige Mädchen, das nicht allzu lüstern erscheinen wollte, auf der anderen waren ihre geilen und schmutzigen Fantasien, denen sie sich nur allzu gerne mit glühender Leidenschaft hingeben wollte. Nun, heute Nacht würde er das schamlose, böse Mädchen in ihr hervorlocken, um mit ihm zu spielen.

Er griff in die Tasche seiner Jeans, zog das halbe Dutzend Gummis heraus, das er mitgebracht hatte, und warf sie neben Tara aufs Bett. Nach einem kurzen Blick auf die Packungen sah sie mit einem beeindruckten Lächeln zu ihm auf.

»Das sind jede Menge Kondome«, bemerkte sie und zog fragend eine ihrer dunklen Brauen hoch. »Du scheinst heute noch viel vorzuhaben.«

Er grinste. »Oh, du hast keine Ahnung, wie viel.«

Er öffnete langsam seine Jeans. Ihr Blick wanderte zu seinen Händen, und, oh ja, das leise Schluckgeräusch, das ihrer vor Bewunderung eng gewordenen Kehle beim Anblick der dicken Beule in seinen Boxershorts entschlüpfte, war verdammt befriedigend. Er entledigte sich auch seiner restlichen Klamotten und richtete sich auf. Ihr stockender Atem wurde zu einem tiefen, überwältigten Stöhnen, als sie ganz unverhohlen seine beachtliche Erektion anstarrte.

Der Kiefer klappte ihr ein wenig herunter, und sie leckte sich gedankenverloren die Lippen, als könnte sie ihn bereits auf ihrer Zunge und in ihrem Mund schmecken. Sein Schwanz antwortete ihrem gierigen Blick mit einem erregten Zucken.

»Hör auf, meinen Schwanz anzustarren, oder du bist in dreißig Sekunden vor mir auf den Knien und hast ihn bis zur Hälfte im Hals stecken«, warnte er sie, wobei ihm der schroffe, herrische Ton seiner Stimme kaum auffiel.

Ihre Hände krallten sich in die Bettdecke, während sie mit einer unglaublichen Lust im Blick zu ihm aufsah. »Ich glaube nicht, dass ich etwas dagegen hätte.«

Gott. Verdammte. Scheiße. Sein Schwanz war dieser Idee ganz bestimmt nicht abgeneigt. Er musste sich in Erinnerung rufen, dass es heute Nacht nur um Tara ging und nicht darum, ihr dabei zuzusehen, wie sie ihm einen blies und ihre Lippen seine Erektion rauf- und runterrutschten. »Ich werde darauf zurückkommen, ein anderes Mal. Jetzt will ich, dass du diese sensationellen Beine für mich breitmachst und mir deine süße Möse zeigst. Ich will sie wieder schmecken.«

Sie tat, was er ihr befahl, und er kniete sich vor sie hin. Seine Augen verschlangen die erotisch glatte Haut, die weichen Schamlippen, die hübschen rosafarbenen Blütenblätter ihrer Muschi. Dann wanderte sein Blick ein kleines Stück weiter hoch, wo er links unten in ihrer Leiste ein Tattoo entdeckte. Es war ein Schriftzug: *Der Kampf ist Teil der Geschichte*.

So viele Gefühle und mögliche Bedeutungen verbargen sich hinter diesen Worten, doch obwohl er neugierig war, weshalb sie sich das Tattoo hatte stechen lassen, sparte er sich die Frage für später auf. Was sie im Moment taten, war Teil *ihrer* Geschichte. Er wollte, dass ihr erstes Mal all ihre Erwartungen übertraf und sie restlos befriedigte.

»Leg dich zurück und schließ die Augen«, wies er sie an. Dann legte er ihr die Hände auf die Knie, um sie noch weiter für ihn zu öffnen. »Was jetzt kommt, wird sich verdammt gut anfühlen.«

KAPITEL 9

Tara war Jacksons Sklavin. Was immer er von ihr verlangte, sie tat es, ohne es zu hinterfragen. Noch nie hatte sie sich so vergöttert, so schön und so begehrenswert gefühlt. Sie wollte jedes sexuelle Vergnügen, das mit diesem Mann möglich war, in seiner intimsten Form erleben.

Sie legte sich zurück und schloss die Augen, wie er es ihr befohlen hatte. Sobald sie auf dem Rücken lag, senkte er den Kopf zwischen ihre Beine und küsste sie mit geöffnetem Mund warm auf die Innenseite ihrer Schenkel. Er brachte Zähne und Zunge zum Einsatz, um sie so richtig in Brand zu setzen, und arbeitete sich genüsslich an ihrem zitternden Bein hoch. Dann wiederholte er das Ganze mit dem anderen Bein, und als er schließlich die Stelle erreichte, an der sie seinen Mund am dringendsten spüren wollte, konnte sie ein sehnsüchtiges, geiles Stöhnen nicht länger zurückhalten.

Er legte sich ihre Beine über die breiten Schultern, packte sie mit den Händen an den Hüften und rückte noch näher. Der warme Hauch seines Atems auf ihrem entblößten Fleisch jagte ihr einen Schauder über den Rücken. Er kitzelte mit der Zungenspitze ihre Falten und quälte sie mit kaum merklichen Berührungen, bis sie ein wütendes Knurren von sich gab, das die Folter jedoch nicht beschleunigte. Er ließ sich Zeit, erkundete in aller Ruhe, was sie zum Seufzen und was sie zum Stöhnen brachte und was er tun musste, damit sie sich unter den Attacken seiner unglaublich talentierten Zunge wimmernd zu winden begann.

»Jackson«, flüsterte sie verzweifelt, während sich ihr Magen vor Verlangen zusammenkrampfte und die schmerzvolle Sehnsucht, die er zwischen ihren Beinen entfacht hatte, in ihrem Inneren anschwoll und immer heißer wurde. Jenseits jeglicher Hemmungen krallte sie die Finger in sein Haar und schob ihr Becken seinem Mund entgegen. Sie wollte … *mehr*.

Mit einem tiefen, rauen Knurren tat er ihr schließlich den Gefallen, und das langsame, träge Lecken an ihrer Spalte wurde so fest und tief, dass sie anfing zu keuchen. Eine wilde Begierde ergriff Besitz von ihr, während seine hungrigen Lippen über jeden Zentimeter ihrer Muschi glitten, an ihrer empfindsamen Klitoris saugten und sie verschlangen, als wäre sie ein köstliches Dessert. Sein Mund war heiß und nass, seine Zunge unnachgiebig in ihrem Bestreben, sie in die Ekstase zu treiben.

Sie war kurz vor dem Orgasmus, und ihre Lust schwoll zu ungekannten Dimensionen an. Sie bog den Rücken durch, krallte ihre Finger immer tiefer in sein Haar und presste sich schamlos vor Gier gegen seinen verdorbenen, sachkundigen Mund. Ihre zitternden Schenkel drückten gegen seine Schläfen, während das Kratzen seiner Bartstoppeln auf der zarten

Haut die Gefühle, die drohten, jeden Moment über ihr zusammenzubrechen, noch verstärkten. Ein letztes erotisches Knabbern seiner Zähne an ihrer Klitoris, ein tiefer Stoß mit der Zunge, und sie kam zu einem so gewaltigen Höhepunkt, dass sie laut aufschrie, während eine Sturmflut intensivster körperlicher und emotionaler Lust sie Welle für Welle überspülte.

Erschöpft ließ sie sein Haar los und sank zurück auf die Matratze. Während ihr Körper noch die Nachbeben ihres heftigen Orgasmus auskostete und ihr Japsen langsam in ein befriedigtes Seufzen überging, nahm Tara vage wahr, wie Jackson aufstand und nach einem der Kondome griff, die er neben sie aufs Bett geworfen hatte.

Schlaff und kraftlos musterte sie unter schweren Augenlidern hervor ungeniert seinen nackten Körper. Er war umwerfend – muskulös, mit definierten Bauchmuskeln, schmalen Hüften und … meine Güte, er war wirklich gut ausgestattet. Was Länge und Umfang anging, übertraf er ihren batteriebetriebenen Liebhaber jedenfalls deutlich, so viel war sicher.

Während er die Hülle über seinen geschwollenen Schwanz zog, blickte er auf und erwischte sie dabei, wie sie ihn mit weit aufgerissenen Augen anstarrte. Um seinen Mund, der ihr gerade noch so viel beispiellose Wonne beschert hatte, spielte ein anzügliches Lächeln. »Keine Sorge«, erklärte er mit einem teuflischen Flackern in den dunklen Augen und streichelte seinen Ständer. »Du bist so feucht und glitschig, der wird da wunderbar reingehen.«

Sie lachte, während ihr Körper auf den Anblick seiner Finger, die an seiner Erektion spielten, schon wieder reagierte. »Überheblich bist du gar nicht, oder?«

»Die Wahrheit hat nichts mit Arroganz zu tun«, sagte er, und sein Blick wanderte hinunter zu ihren gespreizten Beinen und ihrer Vagina, die von dem Orgasmus, den er ihr gerade geschenkt hatte, noch feucht glänzte. »Wenn ich gleich bis zu den Eiern in dir stecke und du dich an mich klammerst, wirst du mir sicher recht geben.«

Sie stellte fest, dass ihre Vorfreude bei dem Gedanken, ihn in sich zu spüren, sehr viel größer war als ihre Nervosität, und leckte sich die Lippen. »Sechs Jahre«, erinnerte sie ihn und rutschte auf dem Bett nach oben, um ihm Platz zu machen. »Also geh's bitte langsam an.«

»Halt, hiergeblieben.« Mit einem fiesen Grinsen packte er sie an den Fußgelenken und zog sie zurück ans Fußende des Bettes, sodass ihr Hintern wieder auf der Kante lag. »Ich werde dich genau hier ficken, in dieser Stellung, damit ich zusehen kann, wie mein Schwanz Zentimeter für Zentimeter in dir verschwindet.« Seine großen Hände glitten über ihre Waden nach oben und packten sie in den Kniekehlen. Dann spreizte er ihre Beine und drückte sie in Richtung ihres Bauchs. Der unverstellte Blick, den er so auf ihre Geschlechtsteile hatte, von ihrer unverhüllten Klitoris bis hinunter zu ihren geöffneten Schamlippen, war schockierend unanständig. Aber sein fester beherrschender Griff machte es ihr nahezu unmöglich, sich zu bewegen, selbst wenn sie das gewollt hätte.

Adrenalin schoss durch Taras Adern, und sie klammerte sich instinktiv an die Bettdecke, um etwas Halt zu haben.

Großer Gott, noch nie hatte sie sich sexuell so ausgeliefert gefühlt. So entblößt. So unglaublich erregt, während sie darauf wartete, dass er sie auf diese dominante Weise nahm. Wenn es um Sex ging, war von diesem Mann wirklich nichts Konventionelles zu erwarten. Aber genau das machte ihn ja so heiß. So sexy. So aufregend.

Er ließ ihr Knie los, gerade lange genug, um seine Schwanzspitze durch all die Feuchtigkeit zu ziehen, die er ihr entlockt hatte, bevor er die Eichel auf den Eingang zu ihrem Körper legte. Seine Hand kehrte von seinem Schwanz zurück zu ihrem Knie, und er drückte ihre Beine so weit auseinander, dass er alles ganz genau sehen konnte, während er die Hüften vorschob und sein Schwanz Einlass verlangte. Der anfängliche Druck ließ sie aufstöhnen, und als er in ihre enge Scheide eindrang, sog sie scharf die Luft ein, bis er komplett in ihr war und sie anfing, wohlig zu schnurren.

Noch nie hatte sie sich so wunderbar ausgefüllt gefühlt. »Du passt wirklich perfekt«, gestand sie anerkennend.

»Habe ich doch gesagt«, murmelte er sinnlich und überheblich zugleich, während er sich genussvoll zurückzog und sie dann mit seinem Schwanz erneut pfählte, wobei er die Stelle, an der sie miteinander verbunden waren, keine Sekunde aus den Augen ließ.

Er fickte sie ganz langsam, glitt tief in sie hinein, bewegte dabei gekonnt die Hüften und zog seinen Schwanz dann wieder fast ganz heraus, womit er ihrem zusammengefalteten Körper jede nur mögliche Empfindung entlockte, zu der dieser fähig war. Es war die reinste Folter und ein köstlicher Genuss zugleich. Jedes Mal, wenn sein Schwanz an den Wänden in ihrem Inneren entlangglitt, war es wie eine erotische Massage, die sie völlig verrückt machte. Aber sie konnte nichts anderes tun, als zu stöhnen und ihn gewähren zu lassen.

»Fass dich an, Tara«, befahl er ihr grob. »Ich will, dass du es dir besorgst, während ich dich ficke. Ich will, dass dein Orgasmus meinen Schwanz zusammenquetscht, wenn ich komme.«

Jacksons finsteres Gebaren ließ sie zittern. Gott, er zwang sie wirklich, auch das letzte bisschen Schamgefühl, das sie noch hatte, zu überwinden. Und das schon in der ersten Nacht. Sie wollte, dass auch er die Selbstkontrolle verlor. Sie wollte ihn verrückt machen vor Lust und Verlangen, bis er so wild war, dass er sie hemmungslos fickte. Hart und tief, so wie er es wollte und brauchte.

Sie fuhr sich mit der flachen Hand über den Bauch bis hinunter zu ihrer Muschi, wie er es verlangt hatte. Ihre Brustwarzen zogen sich zu schmerzenden Spitzen zusammen, während er weiter ohne Eile in sie eindrang und sich wieder zurückzog. Mit glühendem Blick folgte er den Bewegungen ihrer Finger, die ihren Schamhügel erreicht hatten und in die heiße Feuchtigkeit zwischen ihren geschwollenen Schamlippen glitten. Sie rutschte mit der Hand ein wenig tiefer und während er ihn herauszog, streiften ihre Fingerspitzen seinen Schwanz. Ein tiefer urtümlicher Laut drang aus seiner Kehle, und sofort stießen seine Hüften härter gegen ihre Scham.

Widerstrebend presste er die Kiefer aufeinander, packte ihre Beine noch fester und nagelte sie aufs Bett. Sein Atem ging stoßweise, und Tara lächelte in sich hinein. Es gefiel ihr, dass ihre Berührung ihn nicht kaltließ und seine eiserne Disziplin gefährden konnte. Es gab Schwachstellen in seinem kontrollierten Auftreten, und das gab ihr mehr Selbstvertrauen. Sofort fühlte sie sich mutiger und verführerischer. Seine Augen klebten zwischen ihren Beinen, während sie anfing, an ihrem Kitzler zu spielen, der nach ihrem Orgasmus gerade noch äußerst empfindlich war. Dennoch fühlte es sich gut an, insbesondere in Kombination mit Jacksons Schwanz, der tief in ihr steckte. In kleinen kreisenden Bewegungen rieb sie sich die süße Stelle und wurde dabei schneller und schneller, bis sich der nächste Orgasmus ankündigte.

Instinktiv griff ihre freie Hand nach ihrer Brust, drückte den weichen Fleischhügel und kniff genau auf die Art in ihren Nippel, die eine Kettenreaktion der Lust auslöste, von ihrer Brust bis hinunter zu dem Ort, an dem ihre Körper miteinander verschmolzen. Sie stöhnte auf, während ihre inneren Muskeln sich um seinen Schwanz zusammenzogen. Sein Atem wurde heftiger, und die Gier, die in seinen Augen flackerte, fachte die Flammen tief in ihrem Inneren noch weiter an.

Der Griff um ihre Beine wurde so hart, dass er sie wahrscheinlich mit blauen Flecken brandmarkte. »Gott …« Seine Stimme war ein tiefes, animalisches Knurren. Seine Hüften bewegten sich schneller, und sein Schwanz stieß immer tiefer in sie vor, während er mit zunehmender Geschwindigkeit die Selbstbeherrschung verlor. »Ich komme … und das so … gottverdammt … *heftig.*«

Sie schnappte nach Luft. Jeder seiner ungebremsten Stöße schraubte sie höher, trieb sie an Grenzen, die sie nie zuvor erreicht hatte. »Ich auch«, flüsterte sie atemlos, während ihre Finger dem perfekten Rhythmus an ihrer Klitoris folgten.

»Tu es«, forderte er durch zusammengebissene Zähne und fickte sie dabei unablässig weiter. »Verdammt, tu es, *jetzt.*«

Als ob Taras Körper nur darauf gewartet hätte, folgte er seinem erlösenden Befehl und wurde von einem Orgasmus übermannt, der sie hemmungslos aufschreien ließ. Ihr unkontrolliertes Zucken umschloss sein hartes Fleisch, und sie spürte, wie sein pulsierender Schwanz seinen eigenen glühenden Höhepunkt erreichte. Jackson warf den Kopf in den Nacken und stieß stöhnend und zitternd tief in sie hinein – raubte ihr den Atem, ergriff Besitz von ihrem Körper und nahm sich ein Stück ihrer Seele.

* * *

Als Jackson am nächsten Morgen aufwachte, bot sich ihm der schönste Anblick, den man sich nur denken konnte. Einer, an den er sich leicht gewöhnen könnte. Er schlief in Seitenlage, und das tat Tara offensichtlich auch, denn irgendwann letzte Nacht – nachdem er sie ungefähr ein halbes Dutzend Mal in unterschiedlichen Stellungen gevögelt hatte – waren sie schließlich einander zugewandt auf ihrem Bett eingeschlafen, die Köpfe auf unterschiedlichen Kissen, die Körper keinen halben Meter voneinander entfernt.

Lächelnd betrachtete er Taras im Schlaf sanftes, zartes Gesicht und genoss es, wie friedlich und zufrieden sie aussah. Die Tatsache, dass er für ihre von der Befriedigung noch geröteten Wangen verantwortlich war, gab ihm eine gewisse

Genugtuung. Ihr dunkles Haar ergoss sich auf das weiße Kissen, die langen schwarzen Wimpern zeichneten sich gegen ihren hellen Teint ab. Ihre vollen Lippen waren leicht geöffnet, was ihn daran erinnerte, dass es da noch eine Sünde gab, die sie letzte Nacht ausgespart hatten. Ihr warmer, gieriger Mund hatte noch nicht an seinem Schwanz gelutscht.

Die erotischen Fantasien, die ihm durch den Kopf schossen, brachten die Morgenlatte, mit der er aufgewacht war, zum Pochen. Sein ungezogener Schwanz benahm sich, als hätte er letzte Nacht nicht schon sechsmal tief in Taras Muschi gesteckt. Andererseits hatte Jackson sehr schnell begriffen, dass er einfach nicht genug von ihr bekommen konnte und eigentlich auch gar nicht wollte. Und wenn er an die Begeisterung dachte, mit der sie auf jede neue, ihr bisher unbekannte Stellung reagiert hatte, war er sich ziemlich sicher, dass es ihr genauso ging.

Taras Körper war wie eine Blume, die nach einer langen Winterpause wieder erblühte. Jede seiner Berührungen, jede unverfrorene, schmutzige Bemerkung hatte ihre Leidenschaft geweckt, ihre Lust erregt. Es war so verdammt heiß, Tara dabei zuzusehen, wie bedingungslos sie sich all den fleischlichen Vergnügungen hingab, zu denen er ihren fantastischen und empfänglichen Körper überredete – und manchmal auch zwang.

Sie seufzte leise im Schlaf, und selbst dieses harmlose Geräusch machte ihn unglaublich scharf. Sie hatte das Laken bis über die Brust gezogen, und er konnte der Versuchung nur schwer widerstehen, über ihren nackten Arm zu streichen, sie sanft auf den Rücken zu drehen, die Decke herunterzuziehen und an ihren Brustwarzen zu saugen, bis sie sich unter ihm wand und nach seinem Schwanz schrie.

Die Verlockung war verdammt groß, doch die letzte Nacht hatte Tara wahrscheinlich so erschöpft, dass sie eine Pause brauchte. Er beschloss, erst einmal zu duschen und ihr anschließend ein Frühstück zu machen. Aber sobald sie etwas im Magen hatte, war die Schonfrist abgelaufen, dachte er mit einem Grinsen.

Ohne sie zu wecken, stand er auf, schlenderte nackt in das angrenzende Badezimmer und schloss leise die Tür hinter sich. Er drehte den Hahn auf, und während er wartete, dass das Wasser heiß wurde, entdeckte er auf dem Toilettentisch ihre Zahnpasta. Da er keine Zahnbürste dabeihatte, tat er das Naheliegende, wusch sich die Hände und putzte sich die Zähne mit dem Finger, bis er einen frischen Geschmack nach Minze im Mund hatte.

Er trat in die Duschkabine, ließ Wasser über seinen Körper laufen und studierte dabei die Pflegeprodukte auf dem Regal vor ihm. Er hatte die Wahl zwischen Blütenduftshampoo und einem fruchtigen Duschgel. Da man keinen dieser Düfte auch nur im Entferntesten als männlich bezeichnen konnte, entschied er sich wohl oder übel für das Pfirsichduschgel.

Er drückte die dickflüssige Seife auf einen pinkfarbenen Netzschwamm und brachte es hinter sich. Nachdem er sich mit dem Zeug sogar die Haare gewaschen hatte, duschte er sich ab und wischte sich mit der Hand die Seifenreste von Arm, Brust und Bauch, wobei seine Finger seine harte, schmerzende Erektion streiften. Jackson stöhnte frustriert auf. Fuck. Wenn er seinem Schwanz nicht bald das gab, wonach er verlangte, hatte er ein ernstes Problem. Mit einer derart hartnäckigen Beule in der Hose würde er den Morgen nicht überstehen.

»Du kannst den Hals einfach nicht vollkriegen«, schimpfte er leise, während er sich gegen die Wand lehnte und die Finger um seinen steifen Penis legte. Dann schloss er die Augen, beschwor eine der Fantasien herauf, die er letzte Nacht mit Tara in die Realität umgesetzt hatte, und begann sich einen runterzuholen.

Aber nachdem sein Schwanz Tara live erlebt hatte, ließ er sich von der Handarbeit, die Jackson leistete, nicht wirklich beeindrucken. Mein Gott. Der geile Scheißkerl konnte nicht nur den Hals nicht vollkriegen, er war auch noch wählerisch. Jackson legte den Kopf in den Nacken und versuchte, es mit allen ihm bekannten Tricks zu Ende zu bringen. Aber sein Schwanz blieb hart wie Stahl und weigerte sich abzuspritzen. Leise fluchend rubbelte er immer härter und schneller …

»Soll ich dir helfen?«

Beim Klang von Taras sanfter, verführerischer Stimme fuhr Jackson zusammen. Er hatte sich so sehr konzentriert, dass er nicht gehört hatte, wie sie ins Bad gekommen war. Und wusste auch nicht, wie lange sie schon vor der Duschwand gestanden und ihn beobachtet hatte. Dem amüsierten Lächeln nach zu urteilen, das um ihre Lippen spielte, waren es aber mindestens ein paar Minuten.

Splitternackt – offenbar hatte er ihr das letzte bisschen Scham letzte Nacht ausgetrieben – öffnete sie die Tür, trat unter die dampfende Dusche und legte aufreizend den Kopf schief. »Also?«

Sein Schwanz würde ihr Angebot ganz bestimmt nicht ausschlagen. »Deine weichen Hände fühlen sich sicher sehr viel besser an als meine«, gab er mit einem sexy Grinsen zu.

Sie trat nahe an ihn heran, sodass der Duschstrahl ihren Rücken traf, legte ihm eine Hand auf die vom Wasser schlüpfrige Brust und ließ sie bis ganz nach unten zu seiner schmerzhaften Erektion gleiten. Sie schloss die Hand um seinen Schwanz und drückte ihn leicht, während sie sich an ihn drängte und ihm einen heißen, erregenden Kuss auf den Hals hauchte.

»Und wie wäre es mit meinem Mund?«, fragte sie kokett. Ihre einladenden Worte streiften sein Ohr, während sie seinen Steifen streichelte und mit dem Daumen sanft über die empfindliche Eichel rieb. »Wie würde sich das anfühlen, Mr. Stone?«

Er legte die Hand auf die Rundung ihrer Hüfte und stöhnte wie ein Mann, der im Sterben lag, während sein Ständer in ihrer Hand erwartungsvoll zuckte. »Wie der verdammte Himmel auf Erden.«

»Dann mach dich bereit für Sünde Nummer zwei«, kündigte sie mit rauchiger Stimme an. Sünde Nummer zwei hatte sich so tief in sein Gedächtnis gebrannt, dass Jackson sie auswendig kannte: *ihre weichen Lippen umschlossen eng seinen Schwanz, und ihr heißer Mund saugte ihn so tief in sich hinein, dass er innen gegen ihre Kehle stieß …*

Sie kniete vor ihm nieder, und Jackson drehte den Duschkopf so, dass der Strahl ihren unteren Rücken traf und dem

Vergnügen, das sie seinem erwartungsvollen Ständer gleich bereiten würde, nicht in die Quere kam. Sie massierte seine muskulösen Oberschenkel mit den Handflächen und sah zu ihm auf, eine heißblütige Sexgöttin zu seinen Füßen. Ihr Make-up vom Vortag war unter den Augen leicht verlaufen und ihr Haar von den vielen Malen, die er seine Hände darin vergraben hatte, ziemlich zerzaust. Doch das ließ sie nur noch schärfer aussehen … noch sexier. Wie eine Frau, die so richtig durchgefickt worden war. Mehrfach. Von ihm.

»Greif in meine Haare, so wie du es gesagt hast«, forderte sie ihn auf. »Zeig mir, wie du es magst, dass ich dir einen blase.«

Ein gepresstes Lachen drang aus seiner Kehle. »Glaub mir, Baby. Du kannst nichts falsch machen.« Er ließ die Finger in ihre nassen Strähnen gleiten und ballte die Hände zu Fäusten. »Allein deinen weichen, warmen Mund um meinen Schwanz zu spüren, wird mich um den Verstand bringen.«

»Gut so.«

Ein teuflisches Lächeln huschte über ihr Gesicht, bevor sie sich vorbeugte, die Lippen öffnete und sie an seinem Ständer entlanggleiten ließ. Sie holte ihn sich, nahm ihn gefangen, ergötzte ihn – sein gottverdammter Schwanz zuckte vor Glück. Das war genau das, was der geile Scheißkerl brauchte. Nicht, dass Jackson es ihm verdenken konnte. *Großer Gott*, seine Hand war kein Vergleich zu dem weichen, fleischigen Mund, der ihn umschloss, dem erotischen Zungenschlag, der sein Verlangen ins Unermessliche steigerte, und dem perfekten Saugen, unter dem er schon jetzt drohte, die Kontrolle zu verlieren.

Sie sah mit ihren sinnlichen blauen Augen zu ihm hoch, die Lippen um sein steifes Fleisch geschlossen, seine Eichel im Kontakt mit ihrer Kehle, und er wusste, dass er nur noch Sekunden von seinem Höhepunkt entfernt war.

»Du musst aufhören, bevor ich komme«, keuchte er warnend und löste die Finger aus ihrem Haar, um ihr Raum zu geben, zurückzuweichen.

Sie antwortete mit einem süßen, verführerischen Stöhnen, auf das ein ausgiebiges Saugen folgte, das ihm das Blut heiß durch die Adern jagte und seinen Schwanz noch weiter anschwellen ließ. In seinen Eiern kündigte sich an, dass er kurz vor der Erlösung stand. Seine Bauchmuskeln spannten an, und er legte ihr locker die Hände um den Hinterkopf, während er instinktiv tief in ihre Mundhöhle stieß. Wie jedes Mal mit Tara waren seine Hemmungen plötzlich wie weggeblasen.

Er konnte sich gegen diese Frau einfach nicht wehren, sie machte ihn fertig, körperlich und emotional.

Ein heftiger Ruck ging durch seine Leisten, und das Verlangen, das sich immer weiter in ihm aufgebaut hatte, explodierte. Mit einem heiseren, lustvollen Schrei entlud er sich in einem schwindelerregenden Orgasmus, und Tara nahm alles, was er zu geben hatte, in sich auf, bis sein Schwanz völlig erschöpft und befriedigt war.

Zumindest vorerst.

KAPITEL 10

Während Tara mit einem fröhlichen Lächeln im Gesicht zu Ende duschte, versprach Jackson, sich um das Frühstück zu kümmern. Natürlich wäre er mehr als bereit gewesen, sich für ihren oralen Gefallen zu revanchieren, aber das war nicht der Grund, weshalb sie ihm einen geblasen hatte. Der Blowjob hatte sie auf andere Art befriedigt und erregt. Jacksons Selbstkontrolle zu zerschlagen bereitete ihr eine diebische Freude. Nichts war sexier oder schärfer, als ihm dabei zuzusehen, wie er sich völlig gehen ließ bei ihr.

Sie schamponierte sich die Haare, wusch sich das Gesicht und rieb sich mit dem Netzschwamm vorsichtig über die Haut, wobei sie mit ihren wunden Brüsten, den empfindlichen Nippeln und zarten Innenseiten ihrer Schenkel, wo die Haut von Jacksons Bartstoppeln stark gereizt war, besonders behutsam umging. Nicht, dass sie sich beschwert hätte. Nach sechs Jahren ohne Sex mit einem echten Mann waren ihr die kleinen Wehwehchen, die das intensive Vögeln mit Jackson mit sich gebracht hatte, sogar willkommen. Seit die dunklen Zeiten ihres Lebens hinter ihr lagen, hatte sie sich nie lebendiger gefühlt. Jackson gab ihr das Gefühl, schön und begehrenswert zu sein, und das machte sie glücklich.

Nach dem Duschen schlüpfte sie in bequeme Baumwollshorts und ein Trägertop – vorerst ohne einen BH darunter. Sie föhnte sich kurz die Haare, sodass sie noch leicht feucht waren und in weichen Wellen trocknen konnten, und putzte sich die Zähne. Dann folgte sie dem verlockenden Duft von Kaffee und irgendetwas Essbarem in die Küche.

Jackson stand mit dem Rücken zu ihr am Herd und machte Frühstück. Sein Haar war noch feucht vom Duschen und sah aus, als wäre er sich schon mehrfach mit den Fingern hindurchgefahren. Sein knackiger Hintern steckte in einer Jeans, ansonsten trug er nichts, was den spektakulären Blick auf seine breiten Schultern und den glatten, muskulösen Rücken verhüllte. Leise tapste sie auf bloßen Füßen über die Fliesen zu ihm hinüber, stellte sich hinter ihn und fuhr mit den Fingern seine Wirbelsäule entlang bis hinunter zum Bund seiner Jeans.

Er sah über die Schulter und schenkte ihr ein sexy Lächeln. »Hallo, meine Schöne. Hungrig?«

»Mhm, sehr.« Sie schlang die Arme um seine Taille, legte die Hände auf seinen flachen Bauch und drückte ihm einen warmen, weichen Kuss auf den Rücken. Als sie den Duft ihres Duschgels auf seiner Haut einatmete, lächelte sie. »Du riechst wie ein leckerer, saftiger Pfirsich. Vielleicht beiße ich einfach ein großes Stück von dir ab.«

Er ließ ein unanständiges Glucksen hören. »Du darfst mich später vernaschen, ablecken und an mir saugen, wenn du willst. Versprochen. Aber jetzt brauchen wir beide etwas Richtiges zu essen, glaube ich.«

Dem konnte sie schlecht widersprechen. Sie war am Verhungern. »Und Koffein«, ergänzte sie, während sie auf die Kaffeemaschine zusteuerte. »Ich habe letzte Nacht nicht besonders viel geschlafen. Irgendjemand hat mich stundenlang wachgehalten.«

»Wenn ich mich dafür entschuldigen soll, kannst du lange warten«, entgegnete er ohne jede Reue und drehte ein riesiges Omelett um, das in einer Pfanne auf dem Herd brutzelte. »Während der sechsmal, die wir gefickt haben, habe ich dich nicht ein einziges Mal sagen hören: ›Ich bin müde, Jackson. Lass mich schlafen.‹ Also bist du selbst schuld.«

Sie lachte, rührte Zucker und Milch in ihren Kaffee und lehnte sich neben dem Herd gegen die Arbeitsplatte. »Ich muss zugeben, dein Durchhaltevermögen ist beeindruckend.«

Er drehte den Herd ab, gab die luftige Eierspeise auf einen Teller und stellte ihn neben ihren Hüften auf die Arbeitsplatte. Dann küsste er sie auf den Mund und murmelte: »Mein Schwanz stand unter dem Einfluss der wärmsten, weichsten und engsten Muschi, die er je hatte. *Deiner.*«

Sie biss sich auf die Unterlippe, und eine heiße Röte breitete sich auf ihren frisch gewaschenen Wangen aus. Nach all den herrlich verruchten Dingen, die er letzte Nacht mit ihr angestellt hatte, sollte sie eigentlich nicht mehr verlegen sein. Aber, großer Gott, was dieser Mann zu ihr sagte, war wirklich so unanständig und verdorben, dass er sie mit seinen schockierenden Bemerkungen immer wieder kalt erwischte.

Er nahm ihr den Kaffeebecher aus der Hand und stellte ihn beiseite. Dann packte er sie an den Hüften und hob sie hoch, bis sie auf der Arbeitsplatte saß. Überrascht schnappte sie nach Luft, während er ihre Knie auseinanderdrückte und sich dazwischenschob, sodass ihre Beine sich um seine Hüften schlangen.

»Was tust du da?«, fragte sie atemlos.

Mit einem Achselzucken drückte er ihr den Becher wieder in die Hand. »Die Eier im Kühlschrank haben nur für ein Omelett gereicht, also müssen wir es uns teilen.«

Sie hatte noch mindestens eine halbe Schachtel Eier im Kühlschrank gehabt, demnach musste seine Version *eines* Omeletts eine gigantische Portion sein, ganz zu schweigen von den Pilzen, dem Speck und dem Käse, womit er es bis zum Überquellen gefüllt hatte. »Nur so nebenbei, ich habe auch einen Tisch, an den wir uns setzen können.«

»Ja, weiß ich«, sagte er und hielt ihr freudestrahlend eine Gabel voll Ei vor den Mund. »Aber hier ist es sehr viel praktischer. Und macht mehr Spaß.«

»Willst du mich etwa mit meinem Frühstück füttern?«, fragte sie ungläubig.

Seine Mundwinkel verzogen sich nach oben zu einem schelmischen Grinsen. »Das ist das Mindeste, was ich tun kann, um mich bei dir für den sensationellen Blowjob zu bedanken. Also entspann dich und genieß es, okay?«

Sie verdrehte die Augen. »Also gut. In Ordnung.«

Sie nahm den Bissen, den er ihr anbot, und musste zugeben, dass er wirklich ein erstaunlich gutes Omelett zustande gebracht hatte. Für jede Gabel, mit der er sie fütterte, aß er selbst zwei, aber das störte sie nicht weiter. Wahrscheinlich brauchte er die Kalorien mehr als sie. Sie entspannte sich zunehmend, und ihr fiel auf, wie sehr sie es genoss, im Zentrum seiner Aufmerksamkeit zu stehen. Sie fühlte sich verwöhnt, verhätschelt, umsorgt … eine Erfahrung, auf die sie die meiste Zeit ihres Lebens hatte verzichten müssen.

Sie musste wirklich aufpassen, dass sie sich nicht daran gewöhnte, Jacksons Aufmerksamkeit ganz für sich zu haben. Was immer da zwischen ihnen lief, war unglaublich aufregend, aber sie wusste auch, dass sie sich hüten musste, in diese Affäre mehr hineinzuinterpretieren, als im Moment tatsächlich da war. Keiner konnte sagen, wie lange sie dauern würde. Das letzte Mal hatte ihr gebrochenes, geschundenes Herz ewig gebraucht, um zu heilen, und sie hatte sich geschworen, diesen Teil ihrer selbst so schnell niemandem mehr zu schenken.

Nachdem sie ihr Frühstück beendet hatten, spülte Jackson den Teller ab, bevor er zurück zu ihr kam. Sie rechnete damit, dass er ihr von der Arbeitsplatte herunterhalf, doch stattdessen legte er die Hände auf ihre Schenkel und sah sie plötzlich mit einer so ernsten Miene an, wie sie sie nicht mehr an ihm gesehen hatte, seit sie Clays Haus verlassen hatten.

Er atmete tief aus, und seine Augen waren dabei so sanft, dass ihr Herz zusammenkrampfte. Sie konnte sich nicht erinnern, wann sie jemand das letzte Mal mit so viel Verständnis und Zuneigung angesehen hatte. »Jetzt, wo dein Bauch voll ist, möchte ich dich gerne etwas fragen. Aber wenn du nicht darüber reden willst, verstehe ich das.«

Sie schluckte. Ihr war unbehaglich zumute. Das waren

so ziemlich dieselben Worte, mit denen sie ihn am Vortag nach seiner Verhaftung wegen Körperverletzung gefragt hatte. Schon da hatte er versucht, das Ganze umzudrehen und sie auch nach *ihren* Geheimnissen gefragt, aber es war ihr gelungen, seiner Frage auszuweichen.

»Okay«, willigte sie ein, hasste aber das leichte Zittern in ihrer Stimme ebenso wie die Frage, die nun auf sie zukam.

»Ich habe letzte Nacht dein Tattoo gesehen«, sagte er und sah ihr dabei fest in die Augen. »Was bedeutet das, ›Der Kampf ist Teil der Geschichte‹?«

Ein unfreiwilliger Schauder kroch durch ihren Körper. Ihr war so unbehaglich, dass ihr Puls schneller wurde und das Herz gegen ihre Brust pochte. Die Bedeutung dieses Satzes, den sie sich von Mason hatte tätowieren lassen, ging nur sie etwas an. Vor Jackson hatte ihn noch nie jemand gesehen. Er sollte sie an den langen Weg erinnern, den sie vor über sechs Jahren eingeschlagen hatte, und an all den Kummer und die Qualen, die sie durchgestanden hatte: War sie wirklich schon bereit, diesen fest versiegelten Teil ihres Herzens aufzubrechen und ihre schmerzvollen Erinnerungen mit diesem Mann zu teilen?

Er hob langsam die Hand und strich ihr mit der Rückseite seiner Finger mit einer fast quälenden Zärtlichkeit tröstend über die Wange.

»Süße, was immer der Grund für die Panik ist, die ich in deinen Augen sehe, so schlimm kann es gar nicht sein.«

Aber da täuschte er sich. Es *war* so schlimm. Zitternd holte sie Luft, hin und her gerissen, ob sie ihn zurückweisen und wieder etwas mehr auf Abstand gehen oder ob sie mutig sein und ihr größtes und furchtbarstes Geheimnis mit ihm teilen sollte. Sie hatte Angst, er könnte sie danach mit anderen Augen sehen. Nicht als junge Frau, die noch ihren endgültigen Platz in der Welt suchte, sondern als ehemalige Drogenabhängige, die in seinem erfolgreichen Leben nichts verloren hatte.

Er wartete geduldig und drängte sie nicht zu einer Antwort. Er überließ es ganz ihr, was sie ihm sagen wollte und was nicht. Sie kannte Jackson zwar erst seit Kurzem, aber eines wusste sie ganz sicher – man konnte sich auf ihn verlassen. Er war ein Mann, der großen Wert auf Ehrlichkeit und Vertrauen legte, das hatte er ihr gegenüber bereits bewiesen. Und wenn er über seine Vergangenheit, seine beschissene Kindheit und den Betrug seiner Exfrau reden konnte, konnte sie es dann nicht auch?

Je länger Jackson ihr für ihre Entscheidung Zeit ließ, umso kleiner wurden ihre anfängliche Angst und Unsicherheit. Tara, die es gewohnt war, ihre Gefühle vor anderen zu verbergen, fiel es schwer, jemanden an sich heranzulassen. Und noch schwerer fiel es ihr, anderen Menschen ihre größten Fehler zu beichten und von all den Dummheiten zu erzählen, die sie in so starke Schuldgefühle getrieben hatten, dass es sie fast umgebracht hätte.

Aber wer weiß? Vielleicht war dieser Moment mit Jackson, dieser emotionale innere Kampf, ebenfalls Teil der Geschichte. Sie hatte nur zwei Möglichkeiten. Zuzulassen, dass ihre Vergangenheit sie weiter daran hinderte, mit sich selbst ins Reine zu kommen, oder ihren Schmerz herauszulassen und einen weiteren Schritt in Richtung Zukunft zu machen. Immerhin bestand ja die Möglichkeit, dass sie in diesem Mann jemand ganz besonderen und einzigartigen gefunden hatte.

So betrachtet, fiel ihr die Entscheidung leicht.

Und die innere Ruhe, die sie plötzlich verspürte, bestätigte ihr, dass sie richtig war. »Damit du das alles auch wirklich verstehst, muss ich dir, glaube ich, zunächst erklären, wie ich aufgewachsen bin.«

Er legte ihr die Hände auf die Knie, ohne jegliche sexuellen Absichten, nur um ihr zu versichern, dass er ganz bei ihr war. »Okay.«

»Erinnerst du dich, dass ich dir erzählt habe, mein Vater sei Sergeant bei der Armee in Camp Butler in Springfield?« Er nickte. »Es war ziemlich hart, mit einem Elternteil in der Armee aufzuwachsen, und als ich noch ganz klein war, war er in Übersee stationiert. Ich habe ihn nur ein paarmal im Jahr gesehen, doch als ich ungefähr acht war, hat er einen Posten in einer Militärbasis ganz in der Nähe von unserem Zuhause angenommen, und das hat unser Familienleben völlig verändert. Ich habe immer gewusst, wie autoritär er war. Auf Heimaturlaub war er mir und meinem Bruder gegenüber auch sehr streng gewesen, aber tagaus, tagein mit ihm unter einem Dach zu leben … nun ja, es war die Hölle.«

Jackson sagte kein Wort, aber das war auch nicht nötig. Das Mitgefühl in seinen Augen erreichte sie auch so, und das beruhigende Streicheln seiner Daumen über ihre Knie war alles, was sie brauchte, um sich verstanden zu fühlen.

»Mein Vater war äußerst unnachgiebig und kompromisslos und hatte an mich und meinen Bruder so hohe Erwartungen, dass wir sie manchmal unmöglich erfüllen konnten.

Nichts von dem, was wir taten, war je gut genug.« Bei der Erinnerung, wie niedergeschlagen und unzulänglich sie sich oft vorgekommen war, schüttelte sie den Kopf. Er hatte ihr alle Selbstachtung genommen und auch das letzte bisschen Stolz, das sie besaß, zunichtegemacht. »Jede Schulnote, die schlechter war als eine Eins, war für ihn inakzeptabel, und wir wurden dafür bestraft. Wir mussten auch unglaublich viel im Haushalt helfen, doch letztendlich war es die Tatsache, dass er an allem, was ich tat, etwas auszusetzen hatte, die meine Kindheit zur Qual gemacht hat. Er hat mich nie unterstützt oder für etwas, das ich gut gemacht hatte, gelobt. Seiner Ansicht nach hätten mein Bruder und ich immer alles noch besser machen können, wenn wir nur gewollt hätten.«

»Und deine Mutter?«, fragte er ruhig.

»Meine Mutter war sehr zurückhaltend und schüchtern. Sie hat dem, was mein Vater sagte oder tat, niemals widersprochen. Selbst dann nicht, wenn sie gewusst hat, dass er unrecht hatte oder zu weit ging. Sie hat sich ihm nie widersetzt, und als Teenager hat mich das verdammt wütend gemacht. Gerade als ich älter wurde, hatte mein Vater an allem etwas auszusetzen. An meinen Klamotten, meiner Frisur, meinen Freunden ... sie hat mich nicht ein einziges Mal vor ihm in Schutz genommen.«

Tara schnürte es die Kehle zu bei dem Gedanken, wie sehr sie das Verhalten ihrer Mutter damals verletzt, wie betrogen sie sich gefühlt hatte. »Meine Mutter hatte kein Rückgrat. Ihr fehlte die Kraft, mich und meinen Bruder vor den mentalen und emotionalen Misshandlungen meines Vaters zu schützen. Aber das hat mich nur noch wütender gemacht.

Mit sechzehn habe ich mich bewusst jeder gottverdammten Regel widersetzt, die mein Vater aufgestellt hatte. Es war ohnehin egal, ob ich sie befolgte oder nicht. Was ich auch tat, es war falsch. Und als ich achtzehn war, habe ich mich mit einer üblen Clique herumgetrieben und angefangen, Tabletten zu nehmen. Drogen schienen mir die einzige Möglichkeit, meine Gefühle zu betäuben und mein Leben einigermaßen erträglich zu machen.«

Jackson fluchte leise und griff nach ihren Händen. Tara, die innerlich fror, spürte die tröstliche Wärme, die seine Finger verströmten, und wusste, dass er bei ihr war und ihr ganz genau zuhörte. Bei allem, was er mit seinem Stiefvater durchgemacht hatte, konnte er sich in ihre Familiensituation sicher gut einfühlen. Nur hatten ihre verkorkste Kindheit und Jugend ein tragisches Ende genommen, weil sie zu naiv gewesen war, es kommen zu sehen.

Sie zwang sich weiterzuerzählen. »Mit neunzehn hat mein Vater mich aus dem Haus geworfen. Er hat gesagt, ich sei eine Schande für die ganze Familie und er wäre nicht bereit, eine Drogenabhängige auf irgendeine Weise zu unterstützen. Nicht ein einziges Mal haben er und meine Mutter versucht, Hilfe für mich zu bekommen. Dabei hätte ich die dringend gebraucht, um clean zu werden. Die nächsten Jahre habe ich dann völlig kaputt auf den Sofas von Freunden verbracht und getan, was immer nötig war, um an mein Oxycodon zu kommen, das dafür gesorgt hat, dass ich nichts mehr gefühlt habe … und in dem Zustand habe ich dann Michael getroffen.«

»Michael?«, wiederholte er neugierig.

Sie nickte, bemüht, die Geschichte einigermaßen gefasst zu Ende zu bringen, was angesichts dessen, was sie im Geiste nun noch einmal durchleben musste, nicht ganz einfach war.

»Michael, mit dem ich dann irgendwann zusammen war, kam aus einer sehr wohlhabenden Familie und hatte seine eigenen Probleme, die er mit Opiaten betäubte. Wir waren schon ein paar Monate zusammen, als er in Kontakt mit einem Dealer gekommen ist, der die Straßenvariante von Fentanyl vertickt hat, einem der stärksten Schmerzmittel, die es auf dem Markt gibt. Wir wussten damals nicht, dass das Fentanyl, das er uns verkauft hat, mit Heroin gestreckt war, und haben beide eine Überdosis genommen.«

Ihr brach die Stimme, und in ihren Augen brannten Tränen. »Am nächsten Morgen hat uns unser damaliger Mitbewohner bewusstlos in der Wohnung gefunden, und man hat uns ins Krankenhaus gebracht. Ich habe überlebt, Michael … ist gestorben.« Tränen liefen ihr aus den Augen und rollten ihr heiß die Wangen hinunter. »Seine Familie ist ins Krankenhaus gekommen und hat mich für seinen Tod verantwortlich gemacht. Brynn, seine Schwester, hat furchtbar hässliche Dinge zu mir gesagt, und obwohl es nicht direkt meine Schuld war, habe ich mir gewünscht, der schreckliche Schmerz, den ich ihr und ihrer Familie zugefügt hatte, würde auch mich umbringen. Noch nie war mir jemand mit so viel Abscheu und Verachtung begegnet.«

»Das tut mir furchtbar leid.« Er hob die Hände und wischte ihr mit den Daumen die Tränen ab. Sein Gesicht war voller Sorge. »Und deine Eltern … haben sie dich besucht?«

»Nicht ein einziges Mal.« Von dem gequälten Schluchzer, den sie gerade noch zurückhalten konnte, klang ihre Stimme heiser. »Dass ich fast gestorben wäre, war ihnen völlig egal. Sie haben mich danach weder in der Reha besucht, noch mich zu einer meiner Therapiestunden begleitet. Reue, Trauer, Scham, Schuldgefühle … ich musste mit allem alleine fertigwerden.«

»Ach, Süße …« Er schlang die Arme um sie und zog sie fest an sich. »Jetzt bist du nicht mehr allein.«

Sie legte ihm die Arme um die Taille und drückte die Wange an seine warme Brust, während er ihr über den Rücken streichelte. »Nein, du hast recht. Ich habe jetzt Clay, Mason und Levi …«

Er wich zurück und sah ihr tief in die Augen. Sein Blick war so voller Gefühle, dass sie am liebsten darin versunken wäre. »Und mich, Tara«, sagte er so überzeugend, dass sie es ihm nur allzu gerne abgenommen hätte. »Du hast *mich.*«

Ja, im Moment hatte sie auch ihn. Und für den Moment genügte ihr das. »Danke.«

Seine Hände umschlossen ihr Gesicht, als wäre es aus wertvollem Porzellan. »Du bist eine der stärksten und zähesten Frauen, die ich kenne … und ich bin absolut verrückt nach dir«, fügte er mit einem Lächeln noch hinzu.

Sie lachte, dankbar für den Humor, mit dem er ihre deprimierenden Erinnerungen verscheuchte. »Ich bin auch ein kleines bisschen verrückt nach dir«, gab sie wahrheitsgemäß zu und konnte die Schmetterlinge, die dabei in ihrem Bauch flatterten, nicht länger verleugnen.

»Lass uns den Tag zusammen verbringen«, drängte er sie

mit einem Lächeln. »Wir könnten am Navy Pier zu Mittag essen oder uns einen Film ansehen. Was immer du willst.«

Sie hätte wahnsinnig gerne Ja gesagt, musste aber ablehnen. »Ich kann nicht. Ich muss um vier bei der Arbeit sein. Und heute bin ich diejenige, die die Bar abschließt.«

Er zog einen Schmollmund. »Habe ich schon erwähnt, dass ich deine bescheuerten Arbeitszeiten hasse«, brummte er unglücklich.

Zum ersten Mal ging es ihr genauso. »Du schmollst jetzt nicht wirklich, oder?«

»Nein.« Aber das schwache Grinsen, das plötzlich in seinem enttäuschten Gesicht auftauchte, widerlegte seine Behauptung. »Ich möchte nur, dass das mit uns beiden funktioniert. Ich will dich sehen, mit dir ausgehen und einfach … mit dir zusammen sein.«

Dieser Mann brachte ihr Herz zum Hüpfen. »Das will ich auch«, flüsterte sie.

»Dann werden wir einen Weg finden«, sagte er. Er griff mit den Händen nach ihren Hüften, ließ sie nach hinten wandern, packte ihren Hintern und zog sie zum Rand der Arbeitsplatte, sodass der Reißverschluss seiner Jeans fest gegen ihre Scham drückte.

»Werden wir«, stimmte sie atemlos zu.

»Gut.« Er hob sie mühelos hoch, und sie schlang automatisch die Beine um seine Taille. Dann eilte er mit ihr zurück ins Schlafzimmer, wo er sie auf dem Bett absetzte. »Aber da unsere gemeinsame Zeit heute begrenzt ist, würde ich sie gerne hier verbringen, und zwar zwischen deinen atemberaubenden Schenkeln.«

Sie biss sich auf die Unterlippe, und ihr Körper begann zu schmelzen. »Einverstanden«, sagte sie, während er ihr Shorts und Höschen abstreifte und das Trägertop über den Kopf zog.

»Siehst du?«, murmelte er mit einem zufriedenen Lächeln und kniete sich zwischen ihre gespreizten Beine. Sein Mund war nur wenige Zentimeter von der Stelle entfernt, an der sie sich ihn am meisten wünschte. »Wir sind uns schon wieder einig. Wir passen wirklich verdammt gut zusammen.«

Ihre einzige Antwort war ein wohliges Stöhnen, während er fortfuhr, ihr im Detail zu zeigen, wie gut sie zusammenpassten.

KAPITEL 11

Viel Spaß beim Einkaufsbummel mit Samantha. Kauf irgendeinen sexy Fummel für die Party am Samstag, den ich dir ganz schnell wieder ausziehen kann, sobald wir alleine sind.

Tara lächelte. Beim Lesen von Jacksons süßer Nachricht wurde ihr federleicht ums Herz. In ungefähr einer Stunde würde sie Samantha in der Nähe der Konditorei treffen, in der sie arbeitete, um mit ihr in eine nahe Boutique zu gehen. Jackson wollte Tara zu einer Jubiläumsfeier seiner Firma mitnehmen, wo sie zum ersten Mal seine Chefs und Kollegen treffen würde. Aus diesem Grund hatte sie Samantha gebeten, ihr dabei zu helfen, etwas Passendes zum Anziehen auszusuchen, etwas, das Stil und Klasse hatte, aber auch ein klein wenig sexy war – für Jackson. Sie wollte unbedingt einen guten ersten Eindruck machen, befürchtete aber, nicht in seine Welt der Reichen zu passen. Dabei wollte sie ihn stolz auf sich machen und an seinem Arm die respektable Freundin abgeben, die er verdiente.

Sie biss sich auf die Unterlippe und schrieb zurück. *Das ist wie bei einem Geschenk, weißt du? Man verpackt es wegen der Vorfreude auf das, was drinnen steckt. Erst einpacken, dann auspacken … alles zu seiner Zeit.*

Jackson antwortete sofort. *Kann ich dich nicht schon vor der Party auspacken? Ich verspreche, es wird dir gefallen.*

Sie lachte. Der Mann war einfach unverbesserlich – und unersättlich.

Auf gar keinen Fall. Wenn du mich entehrst, bevor wir überhaupt das Haus verlassen haben, werde ich nicht zu deinen Chefs mitkommen.

Also gut. Aber ich warne dich. Sobald wir bei mir sind, bist du dran.

Darauf freute sie sich schon jetzt. *Nichts dagegen.*

Ich muss jetzt zu einem Meeting. Ich komme heute Abend während deiner Arbeitszeit im Kincaid's vorbei.

Okay. Bis dann. Tara zögerte und fügte dann noch ein glitzerndes pinkfarbenes Herz-Emoji hinzu. Es war das erste Mal, dass sie Jackson signalisierte, dass ihre Gefühle für ihn stärker waren, als sie es in Worte fassen konnte.

Zu ihrer Überraschung antwortete er ihr mit einem Smiley mit Herzchenaugen.

So albern das Ganze auch war, Taras Herz tanzte vor Glück. Sie legte das Handy auf ihren Nachttisch und machte sich fertig für den Shoppingtrip mit Samantha.

Noch vor fünf Wochen hätte Tara nicht gedacht, dass sie sich so schnell in einen Mann verlieben könnte. Aber seit sie Jackson Stone begegnet war, hatte sich ihr Gefühlsleben völlig verändert – zum Positiven. Wann immer sie mit ihm zusammen war, ging ihr das Herz fast über vor Glück, und wenn sie getrennt waren, fühlte sie sich leer und hohl. Jackson ließ sie wieder an Märchen glauben und weckte die Hoffnung in ihr, dass auch für sie ein Happy End möglich war, obwohl sie die letzten sechs Jahre in der Überzeugung gelebt hatte, ein solches Glück nicht verdient zu haben.

Tara glaubte inzwischen tatsächlich, dass eine gemeinsame Zukunft möglich war. Jede Sekunde, die sie mit ihm verbrachte, machte ihr bewusster, wie gut sie harmonierten. Sie hatte das Gefühl, endlich den Menschen gefunden zu haben, der sie verstand und trotz all ihrer Fehler in der Vergangenheit akzeptierte. Er brachte sie zum Lachen und gab ihr das Gefühl, schön zu sein und … im Einklang mit sich selbst. Und dass der Kerl auch noch verdammt sexy war und unendlich viele schmutzige Tricks kannte, wie er ihren Körper vor Lust zum Vibrieren bringen konnte, störte sie ganz und gar nicht.

Es gefiel ihr, dass Jackson an seiner Beziehung zu Clay, Mason und Levi arbeitete. Was die Anzeige wegen Körperverletzung anging, war er ganz offen zu ihnen gewesen, und die Jungs hatten sich sogar dafür *entschuldigt*, voreilige Schlüsse gezogen zu haben. Auch die Kincaids gaben sich aufrichtig Mühe, Jackson besser kennenzulernen, wozu auch gehörte, dass sie sich für seine Vergangenheit und Kindheit interessierten, die auf ihre Art ebenso problematisch gewesen waren, wie ihre eigene.

Mindestens einmal die Woche trafen sich die Brüder in der Bar auf einen Drink, und Jackson hatte die anderen sogar zu einem Spiel der Chicago Cubs ins Wrigley Field eingeladen, wo seine Firma eine Luxus-Loge direkt über dem Schlagmal der Heimmannschaft hatte. Natürlich waren die Jungs beeindruckt gewesen. Mason hatte sich sogar dazu hinreißen lassen, seinen Bruder als »coolen Typen« zu bezeichnen. Und letzten Samstagnachmittag hatte Clay sie alle zum Chicagoland Speedway zu einem Stockcarrennen mitgenommen.

Tara war froh, dass die Beziehung der Brüder enger wurde, und inzwischen glaubte sogar Jackson daran, dass er vielleicht, nur vielleicht, eine Chance hatte, irgendwann ebenfalls zum Kincaid-Clan zu gehören.

Auf ihrem Nachttisch vibrierte das Handy, und in der Hoffnung auf eine Nachricht von Jackson – okay, ganz normal war das nicht mehr, wie verrückt sie nach ihm war – nahm sie es freudig in die Hand. Stattdessen entdeckte sie zu ihrer Überraschung, dass die Nachricht von Clay war.

Kannst du noch kurz ins Kincaid's kommen, bevor du dich mit Samantha triffst? Ich muss mit dir reden.

Sie runzelte die Stirn.

Ab und an schaute Clay morgens oder am frühen Nachmittag in der Bar nach dem Rechten, aber er hatte sie noch nie mitten am Tag dorthin bestellt, zumindest nicht, ohne ihr vorher zu sagen, was er von ihr wollte oder brauchte. Sie fragte sich, ob sie etwas falsch gemacht hatte, und versuchte, nicht allzu viel in seine Nachricht hineinzuinterpretieren.

Klar, antwortete sie. *Bin in fünfzehn Minuten da.*

Tara schnappte sich ihre Tasche und stürmte zur Tür hinaus. Am Kincaid's angekommen, ging sie sofort hinein und weiter in Clays Büro. Er saß hinter seinem Schreibtisch und arbeitete irgendetwas am Computer. Sie klopfte von innen an die Tür, um auf sich aufmerksam zu machen.

Er sah zu ihr auf und lehnte sich in seinem Stuhl zurück. Seine unergründliche Miene verriet jedoch nicht, was er von ihr wollte. »Komm rein und setz dich. Es wird nicht lange dauern.«

War das gut oder schlecht? Sie wusste es wirklich nicht.

Sie ließ sich in einem der Sessel vor Clays Schreibtisch nieder. Nun, da sie Jackson besser kannte, fiel es ihr leicht, die Unterschiede und Ähnlichkeiten der Zwillingsbrüder zu sehen. Obwohl sie direkt nach der Geburt getrennt worden waren, besaßen sie viele gemeinsame Eigenschaften, wobei Loyalität und Aufrichtigkeit ganz oben auf der Liste standen. Dazu kamen ihr gutes Aussehen, und auch ihr Tonfall und Lachen waren fast identisch. Und beide runzelten auf dieselbe Art die Stirn, wenn sie über etwas nachgrübelten – so wie Clay gerade.

»Wie läuft es mit dir und Jackson?«, wollte er wissen.

Der ruhige Klang seiner Stimme gab keinerlei Hinweise, worauf er mit seiner Frage abzielte, und sie entschied sich, ehrlich zu sein und abzuwarten, wohin das alles führte. »Richtig gut. Unsere unterschiedlichen Arbeitszeiten machen die Geschichte zwar ziemlich schwierig, aber wir finden Mittel und Wege, dennoch Zeit miteinander zu verbringen.« An den Abenden, an denen sie die Spätschicht in der Bar hatte, kam Jackson hinterher mit zu ihr nach Hause, und im Gegenzug verbrachte sie ihre freien Abende in seiner Wohnung in der Stadt. Das war zwar nicht ideal, aber sie waren sich einig, dass ihre noch wachsende Beziehung jedes Opfer wert war, um zusammen sein zu können.

Clay nickte verständnisvoll und fuhr sich mit der Hand

über den Kiefer. »Ich habe gesehen, dass du dir Samstagabend freigenommen hast.«

Sie nahm instinktiv eine Verteidigungsposition ein, rief sich aber sofort zur Räson. »Ich gehe mit Jackson zu einer Jubiläumsfeier. Ist das ein Problem?«

Clay zog amüsiert die Mundwinkel hoch, was ihren Unmut noch verstärkte. »Nein. Überhaupt nicht. Du kannst dich wieder beruhigen.«

Sie warf ihm einen finsteren Blick zu. Offensichtlich wusste er, wie sehr sie dieses spontane Treffen irritierte. »Dann spiel nicht das Arschloch, und hör auf, mich zappeln zu lassen. Sag mir einfach, warum ich hier bin.«

»Das wollte ich gerade machen«, sagte er lachend. »Ich habe eine Entscheidung wegen der Bar getroffen, die dir entgegenkommen dürfte. Soll heißen, wenn du an meinem Angebot interessiert bist.«

Sie rutschte unruhig auf ihrem Sessel hin und her. »Ich höre.« *Jetzt mach schon!*

Clay, plötzlich ganz der Geschäftsmann, beugte sich in seinem Stuhl nach vorn und faltete die Hände auf dem Schreibtisch. »Ich habe beschlossen, im Kincaid's auch Mittagessen anzubieten und schon vormittags um elf statt erst nachmittags um vier zu öffnen. Das heißt, ich werde einen Geschäftsführer für tags und einen für abends brauchen, und da wollte ich dir gerne die Wahl lassen, welche Schicht du übernehmen möchtest. Ich dachte mir nämlich schon, dass deine momentanen Arbeitszeiten es schwierig machen, Zeit mit Jackson zu verbringen. Vielleicht hilft das euch beiden ja.«

Ihr klappte die Kinnlade herunter. Dann schloss sie sie wieder, und ein begeistertes Lächeln breitete sich auf ihrem Gesicht aus. »Ist das dein Ernst?«

Mit einem sarkastischen Funkeln in den Augen zog er eine Augenbraue hoch. »Dass ich in der Bar Mittagessen anbieten möchte? Oder dass ich dir die Tagesschicht anbiete?«

Es kam nicht häufig vor, dass Clay den Klugscheißer spielte, aber gerade genoss er die Situation für Taras Geschmack definitiv ein bisschen zu sehr. Also setzte sie ihrerseits noch einen drauf. »Eigentlich wollte ich wissen, ob du ernsthaft die Beziehung zwischen mir und Jackson unterstützen willst.«

Clay war anständig genug, ein wenig zerknirscht aus der Wäsche zu schauen. Immerhin waren seine Brüder und er anfangs nicht gerade besonders nett zu Jackson gewesen. Aber in den fünf Wochen, in denen er Teil ihres Lebens geworden war, hatten sie ihren Bruder nach und nach als Familienmitglied akzeptiert.

»Ich weiß, Mason, Levi und ich hatten ein paar Startschwierigkeiten mit Jackson«, entgegnete Clay ernst. »Aber inzwischen haben wir genügend Zeit mit ihm verbracht und festgestellt, dass er ein ehrlicher Kerl ist. Wir sind damit einverstanden, dass ihr zusammen seid.«

Sie verdrehte verächtlich die Augen. »Oh, da bin ich aber erleichtert, dass wir nun auch den Segen der Kincaids haben.«

»Keine Ursache«, entgegnete er mit einem breiten, durchtriebenen Grinsen. »Also, wie hättest du es gerne? Tagesschicht oder Abendschicht?«

Die Entscheidung war leicht. »Ich wäre gerne Geschäftsführerin für die Tagesschicht.«

»Der Job gehört dir.« Clay schien ebenso zufrieden wie Tara. »Bis wir tatsächlich auch Mittagessen anbieten können, wird es allerdings noch ein paar Wochen dauern. Ich werde so schnell wie möglich Bewerbungsgespräche für die Abendschicht führen, will aber, dass du schon nächste Woche um elf anfängst. Du sollst mir helfen, die Umstellung glatt über die Bühne zu bringen. Wir werden mehr Barkeeper und Bedienungen brauchen und müssen das Angebot auf der Speisekarte besprechen.«

Sie konnte ihre Aufregung darüber, bald etwas Neues zu machen, bei dem sie ihr kaufmännisches Diplom endlich zum Einsatz bringen konnte, kaum verbergen. »Danke, Clay.« Sie sah auf die Uhr ihres Handys und erhob sich. »Tut mir leid, aber ich muss es kurz machen. Sonst komme ich zu spät zu meinem Treffen mit Samantha.«

»Dann mach, dass du wegkommst. Wir reden später über alles.« Mit dem Gefühl, dass in ihrem Leben endlich alles in die richtigen Bahnen kam, drehte sie sich um und eilte zur Tür.

»Viel Spaß beim Shoppen für die Party am Samstag mit Jackson.« Plötzlich wurde ihr klar, dass Clay sie mit seinem vorwurfsvollen Getue wegen dem freigenommenen Samstagabend veräppelt hatte. Sie wirbelte herum und sah ihren Chef mit zusammengekniffenen Augen an. Doch der spielte das Unschuldslamm.

»Du hast von Anfang an gewusst, weshalb ich mir den Samstag freigenommen habe.«

»Ja, habe ich. Samantha hat es mir erzählt«, gab er zu und schenkte ihr ein warmes Lächeln. »So glücklich wie gerade habe ich dich noch nie gesehen, Tara, und ich habe den starken Verdacht, dass Jackson der Grund dafür ist.«

»Das ist er«, bestätigte sie leise.

Clay nickte. »Schon allein deshalb mag ich diesen Kerl. Ganz unabhängig davon, dass er mein Bruder und Zwilling ist. Du hast jemanden wie ihn verdient, jemanden, der dich wie einen Goldschatz behandelt und dir das Gefühl gibt, etwas Besonderes zu sein. Denn das bist du, Tara.«

Sie spürte einen Kloß im Hals. Normalerweise war Clay nicht der Typ, der sich zu übertriebenen Gefühlskundgebungen hinreißen ließ, es sei denn, es ging um seine Frau. »Du bist ein echter Softie geworden, seit du mit Samantha verheiratet bist. Weißt du das?«

Er zuckte mit den Achseln, ohne ihre Behauptung abzustreiten. »Es gibt Menschen, die sind mir einfach wichtig. Menschen, die ich zu meiner Familie zähle, und du bist einer davon. Aber nur, dass du es weißt, sollte Jackson dir irgendwie wehtun, wird Mason ihm seine verdammten Kniescheiben zertrümmern. Das hat er schon angekündigt.«

Sie lachte. So etwas konnte nur Mason sagen – und auch tun, falls es nötig sein sollte.

* * *

Durch ihren Besuch bei Clay war Tara spät dran und schickte Samantha eine Nachricht, dass sie sie statt im Adeline's, wo sie arbeitete, direkt vor der Boutique treffen sollte. Als

Tara ankam, stand ihre Freundin schon vor dem Laden. Ihr blondes Haar war zu einem hübschen französischen Zopf geflochten, und sie trug ein T-Shirt mit dem Logo des Adeline's, unter dem die Rundung ihres immer größer werdenden Bauchs deutlich zu erkennen war. Samantha und Clay hatten vor Kurzem bekannt gegeben, dass es ein Mädchen werden würde, und nun warteten alle sehnsüchtig auf die Ankunft des jüngsten Mitglieds des Kincaid-Clans.

Als Tara ihre Freundin erreicht hatte, umarmten sie sich, und Samantha überreichte ihr eine Tragetasche der Konditorei. »Ich habe dir und deinem umwerfend gut aussehenden Kerl ein paar frische Windbeutel mitgebracht«, stichelte sie. »Ich darf das ja sagen, schließlich sieht er genau aus wie Clay.«

Tara lachte. Es war nicht das erste Mal, dass sie ihr und Jackson ein paar selbst gemachte Leckereien mitbrachte. »Du verwöhnst Jackson viel zu sehr. Das ist dir schon klar, oder?«

Samantha zuckte mit den Schultern, ein spitzbübisches Lächeln auf den rosa glänzenden Lippen. »Ich will nur, dass er sich willkommen und als Teil der Familie fühlt.«

»Das tut er«, versicherte ihr Tara, die sich über Samanthas Bemühungen freute. »Und zu einem kleinen Carepaket mit deinem Gebäck wird er sicher nicht Nein sagen.«

Nachdem Tara die Windbeutel in ihrem Wagen deponiert hatte, der ganz in der Nähe parkte, hakte sie sich bei Samantha unter, und gemeinsam betraten sie die Boutique.

»Wie geht es dir?«, erkundigte sich Tara. Samantha sah rosig aus, aber sie war schon immer eine unglaublich schöne Frau gewesen und hatte einen ausgesprochen guten

Geschmack, weshalb Tara sie auch um ihren Rat bei der Auswahl eines passenden Kleids für diesen besonderen Anlass gebeten hatte.

»Jetzt, wo ich das erste Drittel der Schwangerschaft hinter mir habe, schon viel besser«, gab sie zu und legte die Hand auf ihren straffen, runden Bauch. »Die Morgenübelkeit ist Gott sei Dank verschwunden, doch dafür spielen jetzt meine Hormone und mein Sexualtrieb völlig verrückt. Ich will es die ganze Zeit. Jeden Morgen, jede Nacht, und meine Orgasmen sind abartig intensiv.« Sie wurde rot.

»Da scheint Clay ja Glück zu haben«, spöttelte Tara und hielt Samantha die Tür auf.

»Oh ja, er ist mehr als entgegenkommend«, sagte sie fröhlich und fügte im Vorbeigehen mit einem unartigen Zwinkern hinzu: »Er sagt, es sei zwar hart, aber einer müsse den Job ja machen.«

»Ja, ja, er hat es schon schwer, dein Mann«, entgegnete Tara grinsend.

Gemeinsam schlenderten sie durch den Laden, dessen Auswahl sehr viel individueller und hochwertiger war als die Klamotten in den Läden, in denen Tara normalerweise einkaufte. Was hier angeboten wurde, entsprach wohl eher Samanthas früherem Stil, bevor sie ihre wohlhabende Familie für den Mann, den sie liebte, verlassen hatte. Clay hatte zwar mehr als genug Geld, um seiner Frau alles zu kaufen, was ihr Herz begehrte, aber Samantha hatte keine besonders hohen Ansprüche. Für sie waren nur ihr Mann wichtig und das Baby, das sie erwarteten.

Tara blieb neben Samantha stehen, die gerade ein sexy rotes Kleid mit tiefem Ausschnitt an einer Schaufensterpuppe in Augenschein nahm. Während sie die Finger über den wie Seide aussehenden Stoff gleiten ließ, sah sie Tara fragend an. »Also, wonach suchen wir? Gediegen oder nuttig?«

Tara lachte. »Definitiv gediegen. Wir gehen zu einer riesigen Gala, mit der das 25-jährige Jubiläum der Firma gefeiert wird. Sie findet im Bridgeport Art Center statt.«

Samantha zog beeindruckt die Augenbrauen hoch. »Wow. Ganz schön nobel.«

»Ich weiß«, hauchte Tara leicht verängstigt. »Ich habe den Laden im Internet gegoogelt und wäre fast in Panik geraten.« Und dass Jackson ihr erzählt hatte, dass ungefähr vierhundert Leute dort sein würden – von Angestellten über Kunden bis hin zu Geschäftspartnern aus der Wirtschaft –, machte es auch nicht gerade einfacher.

»Wirklich?«, fragte Samantha überrascht und schlenderte zu einem anderen Kleid auf einem Ständer – einem schwarzen mit goldenen Stickereien, das für Taras Geschmack aber etwas zu dunkel war. »Warum bist du denn so nervös?«

Für jemanden wie Samantha, die im Luxus groß geworden war und regelmäßig die vornehmsten und angesagtesten Veranstaltungsorte der Stadt besucht hatte, war es natürlich keine große Sache, in so riesigen und extravaganten Läden wie dem Bridgeport Art Center herumzuhängen. Für Tara schon. Sie war sich sicher, dass sie auf einer so vornehmen Party mit all den kultivierten Frauen aus besseren Kreisen wahrscheinlich schon allein durch ihre Umgangsformen hervorstechen würde.

Tara versuchte, ihre Befürchtungen zu erklären. »Na ja,

mal ganz abgesehen davon, dass das Art Center einer der edelsten Schuppen der Stadt ist … bin ich mir sicher, dass ich dort auffallen werde wie ein bunter Hund.«

»Nein, wirst du nicht.« Samantha schenkte ihr ein aufmunterndes Lächeln. »Schließlich bin ich hier, um dir zu helfen.«

»Ich werde dort zum ersten Mal seine Chefs und Kollegen treffen und will unbedingt einen guten Eindruck machen«, fügte sie noch hinzu, und hasste es, dass ihre problematische Vergangenheit sie derart verunsicherte und an sich selbst zweifeln ließ.

Während der letzten fünf Wochen hatten Jackson und sie in ihrer eigenen kleinen Welt gelebt, umgeben von *ihren* Freunden und Menschen, die *ihr* vertraut waren. Alles war einfach und bequem gewesen. Doch nun musste sie ihre Komfortzone zum ersten Mal verlassen und Jacksons Welt der gehobenen Gesellschaft gegenübertreten. Sie würde einflussreiche Mitarbeiter, wichtige Freunde und Kunden treffen, die ihn als Mann und Architekten schätzten und respektierten. Das Ganze machte sie also schon ein bisschen nervös.

Samantha hörte auf, sich im Laden umzuschauen, und sah Tara direkt in die Augen. »Vertrau mir einfach«, sagte sie mit ernstem, verständnisvollem Blick und drückte ihr die Hand. »Du wirst umwerfend aussehen. Sobald wir hier fertig sind und über deine Frisur und dein Make-up entschieden haben, wird niemand mehr irgendetwas anderes in dir sehen als die atemberaubend schöne Frau an Jacksons Seite. Versprochen.«

Tara nickte. Sie wollte ihrer Freundin nur allzu gerne glauben. Was das Äußere anging, würde sie ihre Rolle zweifellos perfekt ausfüllen. Innerlich fühlte sie sich jedoch noch immer wie das drogenabhängige junge Mädchen, das eine Überdosis genommen hatte. Sie befürchtete schlichtweg, für einen so erfolgreichen Mann wie Jackson nicht gut genug zu sein.

»Ich will Jackson einfach nicht in Verlegenheit bringen«, flüsterte sie, denn im Grunde war das ihre größte Angst.

»Ach, Süße. Das kannst du gar nicht«, sagte Samantha und schien es wirklich ehrlich zu meinen. »Du bist eine ganz unglaubliche Frau, und mit dir an seiner Seite wird er der glücklichste Mann auf der ganzen Gala sein.«

Tara war froh über Samanthas Aufmunterungen. Sie hatte ja recht. Im Grunde war es nur eine Frage der inneren Einstellung. Um Jackson zum glücklichsten und stolzesten Mann der Gala zu machen, musste sie einfach nur ihre Nervosität überwinden und die starke, selbstbewusste und unerschrockene Frau sein, zu der sie dank ihm geworden war.

Er glaubte an sie und wollte, dass sie dort war, an seiner Seite. Also würde sie alles in ihrer Macht Stehende tun, damit er es nicht bereute.

KAPITEL 12

Jackson konnte einfach nicht damit aufhören. Er musste die bezauberndste Frau auf der ganzen Party ununterbrochen ansehen, und dass sie in seiner Begleitung hier war, machte ihn zum glücklichsten Mann der Welt.

Obwohl die Gala erst vor einer Stunde begonnen hatte, bezauberte Tara bereits mehr als erfolgreich George Weber, einen seiner Klienten. Der ältere Herr war Ende siebzig, besaß eine Medienfirma und trank gerne Cocktails. Weber war aber auch für seine Schwäche für schöne Frauen bekannt – er war schon viermal verheiratet gewesen und, wie er bei jeder Gelegenheit scherzhaft bemerkte, gerade auf der Suche nach Nummer fünf. Jackson war nicht entgangen, dass Weber von dem Moment an, in dem er die beiden einander vorgestellt hatte, völlig von Tara gefesselt gewesen war.

Zum Teufel noch mal, wahrscheinlich gab es nicht einen Mann hier, der Tara nicht hinterhergesehen hatte, selbst wenn es nur ein schneller Blick in ihre Richtung gewesen war, während die Frau oder Freundin gerade nicht aufpasste. Jackson konnte es ihnen nicht verübeln. Das dunkelviolette, wadenlange Kleid, das Tara trug, war umwerfend und ebenso sexy wie elegant. Sexy, weil es ihre Kurven perfekt umspielte und ihre vollen Brüste und den perfekten Hintern betonte. Elegant, weil die Art, wie es ihre Vorzüge zur Geltung brachte, alles andere als aufdringlich war. Allein die Strümpfe, in denen ihre schlanken Beine steckten, faszinierten Jackson, und er fragte sich, wo sie wohl endeten und was Tara sonst noch unter dem Kleid trug. Und erst die Riemchenstilettos an ihren Füßen …

Großer Gott, diese Schuhe weckten die dreckigsten Fantasien. Er konnte es kaum erwarten, sie später darin zu vögeln.

Und das seidig glänzende schwarze Haar … Eigentlich mochte er es lieber, wenn sie es offen trug. Er genoss es, wenn die weichen Strähnen über seine Hände strichen, doch die komplizierte Frisur, zu der sie es heute hochgesteckt hatte und die ihre Schultern und ihren schlanken Hals freiließ, hatte ebenfalls ihren Reiz. Genau wie die Perlenkette, die sie sich zusammen mit dem passenden Armband von Samantha geliehen hatte, um ihren eleganten, mondänen Look zu vervollständigen.

Als er sie abgeholt hatte, hatte sie gerade ihren Diamantstecker aus der Oberlippe nehmen wollen, weil sie befürchtete, er wäre in einer so noblen Umgebung nicht angebracht. Sie dachte, das eher unkonventionelle Piercing könnte bei manchen Leuten vielleicht nicht ganz so nette Vorurteile hervorrufen.

Seine Reaktion darauf? »*Was andere Leute denken, ist mir scheißegal. Ich möchte nicht, dass du irgendetwas, das zu dir ge-*

hört, versteckst. Ich liebe dieses Piercing, also bleibt es verdammt noch mal drin.«

Obwohl sie nicht zu hundert Prozent überzeugt schien, hatte sie den Diamanten gelassen, wo er war, und Jackson wusste, wie schwer ihr das gefallen war.

Als er ihr vorgeschlagen hatte, sie mit zu dieser Gala zu nehmen, hatte sie ihm gestanden, dass eine derart luxuriöse Umgebung sie nervös machte. Sie hatte Angst aufzufallen, und befürchtete, die Leute würden sie sofort in eine Schublade stecken. Oder dass sie irgendetwas Peinliches sagen oder tun könnte, das alles verdarb. Aber bisher war nichts dergleichen passiert, und ihre Bereitschaft, es zu versuchen und sich darauf zu verlassen, dass er hinter ihr stand, hatte Jackson zutiefst beeindruckt.

Nach einem galanten Handkuss hatte George Tara nach ihrer Arbeit gefragt, und Jackson, dessen Hand auf ihrem Rücken ruhte, hatte gespürt, wie sie sich versteifte. Es war ihr unangenehm zuzugeben, dass sie als Barkeeperin arbeitete, während alle anderen anwesenden Frauen ganz offensichtlich reiche Ehegattinnen oder erfolgreiche Geschäftsfrauen waren. Aber sobald Tara George ehrlich – und sehr selbstbewusst, wie Jackson stolz feststellte – geantwortet hatte, hatte sich gezeigt, dass dieser von ihrer Tätigkeit geradezu fasziniert war, und es hatte sich ein angeregtes Gespräch über seine bevorzugten Alkoholika und Cocktails entwickelt.

Im Moment ging es zwischen den beiden lebhaft hin und her, wobei George versuchte, Tara mit einem Cocktail in Verlegenheit zu bringen, von dem sie noch nie gehört hatte. Die meisten Drinks, die er aufzählte, waren uralte Klassiker, und bis jetzt hielt Tara sich wacker. Jackson hatte von einem Whiskey Smash, Rusty Nail oder Sidecar zwar noch nie gehört, aber Tara ratterte die Zutaten herunter wie ein echter Profi. George war von ihrem Wissen schwer beeindruckt.

Danach stellte Jackson Tara den Chefs von Schmidt und Kramer sowie den anderen Teilhabern samt Frauen vor, und alle waren ihr gegenüber sehr liebenswürdig und freundlich. Mit über vierhundert Gästen war der Saal gerammelt voll, und es war gar nicht so leicht, sich unter die Leute zu mischen, doch mit Tara sicher an seinem Arm versuchte Jackson, die Runde zu machen und so viele Klienten und Kollegen zu begrüßen wie nur möglich.

Sie standen ein Fünf-Gänge-Menü durch, plauderten angeregt mit den anderen Gästen an ihrem Tisch und lauschten anschließend den Reden der Firmeninhaber, die ihre Dankbarkeit gegenüber den Mitarbeitern und Kunden zum Ausdruck brachten, ihre Verpflichtungen gegenüber der Wirtschaft betonten und erklärten, sich auf dem globalen Markt weiter ausbreiten zu wollen. Danach zog Jackson Tara für ein langsames Stück auf die Tanzfläche, damit er endlich ein bisschen Zeit mit ihr alleine hatte und sie fest an sich drücken konnte. Er legte ihr einen Arm um die Taille und presste ihre Hand an seine Brust, direkt auf sein Herz, das sie in einem so unglaublichen Tempo erobert hatte.

Er wusste, es waren große Worte, aber die fünf Wochen mit Tara hatten ihm eine neue Lebensperspektive eröffnet. Jackson hatte sich stets als Außenseiter gefühlt, und nun hatte er das Gefühl, endlich den Menschen gefunden zu haben, der die Leere, die er sein ganzes Leben in sich getragen hatte, ausfüllte. Tara verstand, womit er in der Vergangenheit gekämpft und worunter er gelitten hatte. Sie hatte es am eigenen Leib erfahren und wusste, wie es war, in der eigenen Familie ein Außenseiter zu sein. Sie beide ergänzten sich perfekt, und dank Tara hatte er das Gefühl, dort zu sein, wo er hingehörte, bei dem Menschen, der für ihn bestimmt war.

Das Leben war schön, und er hätte nicht zufriedener sein können, weder privat noch beruflich. Aber in perfekten Momenten wie diesem meldete sich stets Jacksons Unterbewusstsein und erinnerte ihn daran, dass nichts Gutes in seinem Leben je Bestand gehabt hatte. Und die tief sitzende Angst, es könnte auch dieses Mal so sein, hielt ihn noch immer davon ab, Tara zu sagen, was er für sie empfand. Dass er sie mehr liebte, als er es je für möglich gehalten hätte, mehr als jeden anderen Menschen vor ihr, und dass nur sie ihm das Gefühl gab, ganz bei sich angekommen zu sein.

Er hatte eine Heidenangst, das alles zunichtezumachen, indem er es laut aussprach. Er befürchtete, dass das Glück, das er mit ihr und seinen Brüdern endlich gefunden hatte, in sich zusammenbrechen und er am Ende wieder vor einem Trümmerhaufen stehen könnte. Sein ganzes Leben war von unerwarteten Enttäuschungen und der Erkenntnis geprägt gewesen, dass nichts war, wie es schien. Wann immer er voller Zuversicht und Hoffnung gewesen war so wie jetzt, hatte ihm das Schicksal einen Streich gespielt.

Verdammt … dabei wünschte er sich so verzweifelt, dass es mit Tara anders war. Aber der Gedanke, er könnte sie verlieren, hielt ihn davon ab, die Worte auszusprechen, die alles zwischen ihnen verändern könnten. Er war sich nicht sicher, ob sie ihre Beziehung verbessern oder verschlechtern würden, und deshalb zögerte er, sich ihr zu erklären.

»Hey, wenn du mich noch fester an dich drückst, ersticke ich«, meldete sich Tara mit einem amüsierten Unterton in der Stimme.

Meine Güte, er hatte gar nicht bemerkt, wie fest er sie an sich gedrückt hatte, während diese tief sitzende Angst an die Oberfläche seines Bewusstseins gekrochen war. »Oh, tut mir leid«, murmelte er und atmete tief durch. Er lockerte den Griff um ihre Taille und legte die Hand auf ihre geschwungene Hüfte.

Mit zur Seite geneigtem Kopf musterte sie besorgt sein Gesicht. »Ist alles okay? Du wirkst plötzlich so angespannt.«

Er zwang sich zu entspannen und lächelte sie an. »Alles in Ordnung«, versicherte er ihr und verbannte die unguten Gedanken aus seinem Kopf, um sich wieder ganz dem Hier und Jetzt und der Frau in seinen Armen zu widmen. »Wie fühlst *du* dich?«

»Großartig.«

Sie erwiderte sein Lächeln, aber Jackson konnte ihren Gesichtsausdruck inzwischen gut genug einschätzen, um zu wissen, dass diese Art von Festivitäten sie trotz der vermeintlichen Fröhlichkeit sehr anstrengte. Nach vier Stunden Small Talk, in denen sie unzähligen Leuten vorgestellt worden war und mit allen höflich geplaudert hatte, musste sie ziemlich erschöpft sein. Selbst *er* war völlig erledigt und beschloss, dass es nach diesem langsamen Stück Zeit war, nach Hause zu gehen. Für heute hatte er sie lange genug mit anderen geteilt.

Sie strich ihm lasziv über den Kragen seines schwarzen Jacketts und berührte mit den Fingern die lila Krawatte, die perfekt zu ihrem Kleid passte. Sie hatte sie ihm gegeben, als er gekommen war, um sie abzuholen. »Habe ich dir schon gesagt, wie sensationell gut du in diesem Anzug aussiehst?«, fragte sie kokett.

»Und du siehst einfach nur umwerfend aus«, entgegnete er ehrlich. »Du bist mit Abstand die schönste Frau in diesem Raum.«

Ihre Wangen röteten sich, und sie zog die Augenbrauen hoch. »Dir ist schon klar, dass du mir keine Komplimente machen musst, um mich heute Abend noch ins Bett zu kriegen.«

Er kicherte. »Aber es stimmt, Süße. Das sexy Kleid, die elegante Frisur, in die ich am liebsten jetzt schon meine Finger schieben möchte, um sie zu lösen ...« Er kam noch näher, drückte ihr die Lippen ans Ohr und flüsterte verführerisch: »Und diese unverschämt heißen Schuhe, die meinen Schwanz schier wahnsinnig machen. Wenn ich mir vorstelle, wie du sie trägst, während ich dich ...«

Tara wich zurück und legte ihm die Hand auf den Mund. Ihre Augen waren vor Entsetzen geweitet, aber das lustvolle Glitzern darin war nicht zu übersehen. »Du kannst solche schmutzigen Dinge doch nicht auf der Jubiläumsfeier deiner Firma sagen«, schimpfte sie leise. »Was, wenn dich einer deiner Chefs oder Kunden hört?«

Er zuckte mit den Achseln und zog ihre Hand von seinem Mund. »Hey, ich wollte dir doch nur sagen, wie fantastisch du heute Abend aussiehst.«

Sie lachte, dann wurde sie etwas wehmütig. »Was du hier

siehst, bin nicht wirklich ich«, sagte sie und meinte damit das elegante Kleid, die kunstvolle Frisur und den fremden Schmuck. »Wenn ich ehrlich bin, fühle ich mich ein bisschen wie Aschenputtel auf dem Ball.« *Wie eine Betrügerin, die eigentlich nicht hierhergehört.* Es war unschwer zu erraten, wie sie das meinte, und es gefiel ihm gar nicht, dass sie sich selbst so sah. Er verstand ja, dass sein Arbeitsumfeld völlig anders war als das ihre. Als Architekt verkehrte er automatisch in wohlhabenden Kreisen, während sie als Barkeeperin Leute aus der Mittelschicht bediente. Aber diese Gala spiegelte weder seine Persönlichkeit wider noch das, was er vom Leben wollte.

Er liebte seinen Beruf und hatte auch nichts dagegen, schöne Dinge zu besitzen. Aber das alles hatte für ihn absolut keinen Wert, wenn er den Rest seines Lebens alleine verbringen musste, ohne Tara an seiner Seite.

Er ließ sie los, und ohne darauf zu achten, wer sie sehen könnte, nahm er ihr Gesicht in beide Hände. Er stellte sicher, dass sie ihm tief in die Augen sah, in denen sich alles spiegelte, was er für sie empfand.

»Das hier ist kein Märchen, das vorbei ist, sobald die Uhr Mitternacht schlägt, Süße«, erklärte er ihr sanft, und war sich der Ironie voll bewusst. Er hatte mit genau denselben Ängsten zu kämpfen. »Wir beide gehören zusammen, das ist die Wirklichkeit. Also zweifle nicht daran.«

Er bemerkte eine unverkennbare Erleichterung in ihren Zügen, als ob seine Worte ihr all ihre Zweifel genommen hätten – und das tröstete auch ihn.

Er nahm die Hände von ihrem Gesicht und grinste sie

unverfroren an. »Was hältst du davon, wenn wir diese Veranstaltung jetzt verlassen und uns angenehmeren Dingen zuwenden?«

Ihre schönen blauen Augen strahlten vor Begeisterung, und sie klimperte neckisch mit den Wimpern. »Machen Sie mir da gerade ein unmoralisches Angebot, Mr. Stone?«

»Mehr als unmoralisch«, knurrte er so leise, dass die Leute, die in ihrer Nähe tanzten, ihn nicht hören konnten. Plötzlich klang er ungeduldig. »Nimmst du es an?«

»Mit Vergnügen«, willigte sie ein und zog provozierend an seiner Krawatte, was seinen Schwanz sofort in freudige Erwartung versetzte. »Nimm mich mit zu dir nach Hause, damit ich dir zeigen kann, was ich unter diesem Kleid anhabe … oder auch nicht.«

* * *

Tara trat in Jacksons moderne, stylische Wohnung am Lake Shore Drive, die mit ihrem kleinen, altmodischen Haus, das dagegen schon fast heruntergekommen wirkte, nicht zu vergleichen war. Egal, wie oft sie schon hier war, die glänzenden Möbel, die Hartholzböden und der offene Eingangsbereich, der direkt in das geräumige Wohnzimmer überging, begeisterten sie jedes Mal aufs Neue. Jackson schaltete eine Lampe an, um etwas Licht in dem Raum zu haben, streifte sein Jackett ab und löste die Krawatte, während Tara hinter die Ledercouch schlenderte, magisch angezogen von der riesigen Glasfront, durch die man aus dem fünfunddreißigsten Stock die gesamte Stadt überblickte.

Sie stand einfach nur da und nahm die friedliche Aussicht in sich auf, die bei Nacht wirklich spektakulär war. Für sie hatte der Blick fast schon etwas Magisches, denn er gab ihr das Gefühl, Jackson und sie befänden sich in ihrer eigenen kleinen Welt, außerhalb der nur noch die Sterne, die funkelnden Lichter und das Versprechen eines immerwährenden Glücks existierten.

Er stellte sich hinter sie, legte ihr die Hände auf die Hüften und küsste sie warm auf den durch die hochgesteckten Haare bloßen Nacken. Die Berührung seiner Lippen jagte ihr einen freudigen Schauer über den Rücken und verursachte ein Ziehen in ihrer Brust. Was immer dieser Mann mit ihr vorhatte, sie würde sich ihm widerstandslos hingeben. Auf dem Rückweg hatten sie über die Jubiläumsfeier gesprochen, über die Kunden, die sie getroffen hatte und über ein paar interessante Gespräche. Doch nun waren sie endlich alleine, und Tara wollte, dass der Rest des Abends nur ihnen gehörte.

Er strich mit der Nase an ihrem Hals entlang, ließ die Hände über ihre Seiten nach oben gleiten und legte sie ihr flach auf die Rippenbögen. »Um auf die Frage zurückzukommen, was du unter diesem Kleid trägst, oder auch nicht … Ich bin tatsächlich sehr neugierig, es herauszufinden.«

Seine Daumen streiften verführerisch die Unterseite ihrer vor Sehnsucht schmerzenden Brüste, und sie biss sich auf die Unterlippe. Die Berührung erregte sie. »Mach den Reißverschluss auf, dann siehst du es«, murmelte sie und rutschte in den Stilettos unruhig hin und her.

»*Hier*?«, fragte er mit gespieltem Entsetzen.

Sie lächelte bei der Erinnerung daran, wie er sie vor ein paar Wochen vor eben diesem Fenster zum ersten Mal ausgezogen hatte und sie erschrocken und unsicher, und ja, auch etwas verschämt reagiert hatte. Aber er hatte ihr geschworen, niemand könne ins Wohnzimmer sehen, da es zu hoch oben sei und kein anderes Gebäude direkt danebenstehe.

Sie war trotzdem skeptisch gewesen, und er hatte all seine Verführungskünste aufwenden müssen, bis sie sich entspannt und nicht mehr wie eine Exhibitionistin gefühlt hatte. Nachdem er sie beruhigt hatte, hatte er ihre Hände auf die Scheibe gelegt, ihr befohlen, sie dort zu lassen, und hatte ihr mit der flachen Hand auf den Hintern geschlagen – ziemlich kräftig. Er hatte jede Arschbacke so lange bearbeitet, bis ihr Fleisch brennend heiß gewesen war und ihre Muschi vor Erregung gepocht hatte. Und erst als sie darum gebettelt hatte, hatte er ihren Oberkörper gegen das Glas gedrückt und ihr von hinten einen so heftigen Orgasmus verschafft, dass sie laut geschrien hatte.

Es war eines der schärfsten und aufregendsten sexuellen Erlebnisse ihres Lebens gewesen. *Bis jetzt.* Bei Jackson konnte man nie wissen, mit welchen verdorbenen Praktiken er sie noch bekannt machen würde. Bisher hatte er sie nie enttäuscht.

Er wartete noch immer auf eine Antwort, und sie ließ ihn nicht weiter zappeln.

»Ja, hier.«

»Sieh mal einer an«, sagte er beeindruckt. Langsam zog er den Reißverschluss nach unten, während sie weiter nach draußen auf die Stadt blickte. »Plötzlich gefällt meinem verdorbenen kleinen Mädchen der Gedanke, dass andere Leute uns dabei zusehen.«

Aber erst seit es *weiß*, dass nicht wirklich jemand zusieht, dachte Tara amüsiert. Dennoch konnte sie nicht abstreiten, dass die Vorstellung sie antörnte.

Seine warmen Hände glitten über ihre nackten Schultern, dann schob er die Ärmel ihres Kleids über ihre Arme nach unten bis auf die Taille. Er streifte den Stoff über ihre Hüften und ließ das Kleid auf ihre Füße fallen. Dabei stand er leicht versetzt hinter ihr, sodass er sie im Fenster auch von vorne sah.

»Kein BH«, stöhnte er und ließ die Finger ihre Wirbelsäule hinabgleiten, was dazu führte, dass ihre Brüste anschwollen und noch mehr spannten. »Warum, verdammt noch mal, ist mir das *den ganzen Abend* entgangen?«

Überraschung, dachte sie mit einem verruchten Lächeln. Es gelang ihr nicht oft, diesen Mann aus der Fassung zu bringen. Umso mehr genoss sie sein erstauntes Gesicht. »Das Kleid hat einen eingenähten BH, daher ist es nicht nötig, einen zu tragen.«

Er reichte ihr eine Hand, damit sie auf ihren hohen Absätzen nicht stolperte, und half ihr, aus dem Stoffberg um ihre Füße zu steigen. Dann führte er sie um das Sofa herum, bis sie ungefähr einen halben Meter davorstand, und ließ sie dabei zusehen, wie er die Manschettenknöpfe aus seinem weißen Hemd nahm. Er legte sie auf den Couchtisch, knöpfte das Hemd auf, schlüpfte heraus und legte es über einen Sessel. Anschließend streifte er die Schuhe ab, zog die Socken aus und schlenderte zu der Ledercouch.

Sie ging davon aus, dass er sich wie immer auf das Sofa setzen würde, doch stattdessen ließ er sich auf dem Holzboden nieder und lehnte sich mit dem Rücken gegen die Couch.

»Was tust du da?«, fragte sie neugierig.

Er knöpfte die Hose auf, zog den Reißverschluss herunter und schob seine Unterhose gerade weit genug nach unten, um seine dicke, harte Erektion daraus zu befreien. »Ich mach es mir bequem«, erklärte er mit einem Grinsen.

»Ich dachte, auf dem Sofa zu sitzen ist deutlich bequemer als auf dem harten Boden«, sagte sie noch immer verwirrt.

»Den bequemen Platz auf der Couch überlasse ich dir.« Das verwegene Funkeln in seinen Augen ließ erahnen, dass das, was er heute Abend vorhatte, wahrscheinlich so erotisch war, dass es ihr den Verstand raubte.

Er hatte noch nicht gesagt, dass sie sich bewegen sollte, und da sie die Art von Spielchen, die er mochte, inzwischen kannte – er befahl, sie unterwarf sich –, wartete sie geduldig auf seine nächste Anweisung.

Seine glühenden Augen wanderten lüstern über ihren Körper, von ihren nackten Brüsten über das schwarze Spitzenhöschen zu ihren in schenkelhohe Strümpfe gehüllten Beinen bis hinunter zu ihren Füßen in den hohen Riemchensandalen. Unter seinem heißen, prüfenden Blick begann ihr Körper zu brennen. Sein Schwanz, den er aus der Hose befreit hatte, zuckte, aber er fasste ihn nicht an. Dann hob er langsam den Blick und sah ihr wieder ins Gesicht.

»Zieh die Nadeln aus deinen Haaren«, befahl er ihr mit heiserer Stimme, woraufhin sie die Hände hob und langsam die Haarnadeln, die ihre komplizierte Frisur zusammenhielten, eine nach der anderen herauszog. Es war eine sehr intime Tätigkeit, und sie fühlte sich dabei angenehm sinnlich. Während er zusah, wie ihr die gewellten Strähnen eine nach der anderen auf die Schultern und in den Rücken fielen, kam ihr das Geschenk, das sie für ihn hatte, wieder in den Sinn.

»Ich habe eine Überraschung für dich«, sagte sie, während sie eine lange Haarsträhne löste, die ihr auf die Brust fiel, wobei sich das Ende um ihre Brustwarze legte wie ein Kuss.

Neidisch starrte er auf die Haare und leckte sich die Lippen, als wollte er den hervortretenden Nippel mit der Zunge berühren. Obwohl dieser Mann sie jederzeit problemlos verführen konnte, spürte sie in Momenten wie diesem, dass auch sie Macht über ihn hatte, spürte, wie leicht sie ihn beeinflussen und verhexen konnte, indem sie einfach nur das tat, um was er sie bat.

»Ich kann mir kein schöneres Geschenk vorstellen als das, das vor mir steht.« Seine Hand wanderte zu seinem Ständer, umschloss ihn fest mit den Fingern und begann auf und ab zu gleiten. »Du bist eine verdammte Göttin.«

Sie versuchte, einen klaren Kopf zu behalten, was gar nicht so einfach war. Dabei zuzusehen, wie er sich langsam und genussvoll den Schwanz rieb, törnte sie mindestens genauso sehr an wie ihn. »Vor einem Monat, gleich nachdem wir das erste Mal miteinander geschlafen haben, habe ich mir von meinem Arzt die Pille verschreiben lassen.« Inzwischen hatte sie alle Haarnadeln herausgezogen und legte sie neben seine Manschettenknöpfe auf den Couchtisch. Dann fuhr sie sich mit den Fingern durch die Mähne, um sie ein wenig zu entwirren. »Wie würde es dir gefallen, mich heute ohne Kondom zu vögeln?« Er stöhnte und fing merklich an zu zittern. Die Hand um seine Erektion drückte fester zu, und auf seiner Eichel bildete sich ein Tropfen Flüssigkeit, den er mit dem Daumen wegwischte.

Mit einem glücklichen, dümmlichen Lächeln sah er zu ihr hoch. »Das ist die allerbeste Überraschung überhaupt.«

Sie seufzte, dann lachte sie. »Männer sind so durchschaubar.«

»Ich bekenne mich schuldig«, stimmte er ihr sofort zu. Dann wurde sein Blick ernst. »Nur damit du es weißt, kurz bevor wir uns kennengelernt haben, hatte ich meine jährliche Kontrolluntersuchung. Ich bin gesund. Und würde auch nie irgendein Risiko eingehen.«

»Das weiß ich doch«, sagte sie. Was ihren Körper anging, vertraute sie Jackson voll und ganz ... ihm ihr Herz anzuvertrauen, fiel ihr da schon deutlich schwerer. Aber daran waren nur ihre eigenen Zweifel und Unsicherheiten schuld, denn ihre Gefühle für ihn waren stärker als alles, was sie je empfunden hatte. Sie musste einfach nur den Mut aufbringen, den letzten Schritt zu tun, ihm bedingungslos zu vertrauen. *Bald.*

Er spreizte die Beine, beugte leicht die Knie und lockte sie mit dem Finger zu sich. »Komm her, Tara.«

Sie ging auf ihn zu, schwang dabei bewusst die Hüften – was ihm nicht entging – und blieb genau zwischen seinen gespreizten Beinen stehen. Er ließ seinen Ständer los und fuhr mit den Händen über ihre Strümpfe nach oben. Als er bei den Spitzenbändern um ihre Schenkel angekommen war, wanderten seine Fingerspitzen weiter über den Streifen nackter Haut bis zu ihrem Höschen, das tief auf ihren Hüften saß.

Er hakte die Daumen seitlich in den elastischen Bund. »Das wirst du nicht brauchen«, erklärte er mit einem lasziven Grinsen, während er ihr den winzigen Fetzen Spitze über die Beine Stück für Stück nach unten zog, bis ihre intimsten Körperteile entblößt waren. »Die Strümpfe und Stilettos bleiben.«

Er hob ihre Füße an, einen nach dem anderen, befreite sie von ihrem Slip und schleuderte ihn beiseite. Dann platzierte er einen Stiletto rechts neben seiner Hüfte, den anderen links. Jetzt stand sie mit gespreizten Beinen direkt über ihm … die Schamlippen geöffnet, sodass er, nun ja, alles sehen konnte.

Vor ein paar Wochen wäre sie noch gestorben vor Scham, doch zuzusehen, wie er gierig seinen harten Schwanz umklammerte, den Blick von Lust umnebelt, ließ ihren Puls schneller schlagen. Die Erregung, die in ihren Adern brodelte, wurde zu schierem Verlangen.

»Absolut perfekt«, stöhnte er leise, ein gieriges Knurren in der Stimme, das sie erschaudern ließ. Er legte den Kopf zurück auf die Ledercouch, schloss aber nicht die Augen, sondern sah ihr direkt ins Gesicht. »Komm auf die Couch, Süße. Die Knie rechts und links von meinem Kopf. Mein Mund und meine Zunge wollen deine Muschi.«

Ihr blieb die Luft weg. Immer wenn sie glaubte, diesen Mann durchschaut zu haben und alle Sextricks, die er draufhatte, zu kennen, gelang es ihm, sie mit noch einem neuen erotischen Kniff zu überraschen.

Seine Hände glitten über die Rückseiten ihrer Beine und zwangen sie nach vorn, während seine glühenden Augen ihr die reine Ekstase versprachen, ihr garantierten, dass er sie in null Komma nichts zum Stöhnen und Zittern bringen würde, weil er *so* gut war. Sie konnte sich ihm und seinem Willen einfach nicht widersetzen, also versuchte sie es gar nicht erst – wozu auch? Allein bei dem Gedanken, was er gleich mit ihr machen würde, bekam sie schon fast einen Orgasmus. Sie fackelte nicht lange, kniete sich direkt über seinen verdorbenen Mund und umklammerte die Rückenlehne des Sofas, bereit, sich von ihm als sein Eigentum brandmarken zu lassen.

Normalerweise liebte er es, mit ihr zu spielen und ihren Höhepunkt hinauszuzögern. Aber jetzt spürte sie an der Art, wie er ihre Hüften packte, sie in Stellung brachte und, den Mund zwischen ihren Beinen, mit unverhohlener Gier seine Zunge tief in ihre schlüpfrige Scheide steckte, eine unverkennbare Dringlichkeit. Er fuhr ihr mit der Zunge durch die Spalte, und als er auf der Klitoris innehielt, schnappte sie nach Luft. Er nahm die weiche, empfindsame Noppe in den Mund und bearbeitete sie mit zärtlichen Zungenschlägen – wieder und immer wieder – bis ihr ganzer Körper zuckte.

In ihrem Bauch und Unterleib ballte sich das Verlangen zu einem Knoten, der immer enger wurde. Die Intensität, mit der sein Mund sie verwöhnte, war überwältigend. Mit seinen Berührungen, die immer härter, immer schneller, tiefer und gnadenloser wurden, forderte er sie auf, sich ihm hinzugeben. Sie konnte ihm das, was er von ihr wollte – die totale Unterwerfung –, nicht länger verwehren.

Sich Jackson bedingungslos hinzugeben fiel ihr unglaublich leicht. Ihm zu vertrauen war wie der Sprung von einer Klippe, unter der ein Sicherheitsnetz aufgespannt war. Tara dachte nicht lange nach und ließ sich fallen. Ein weiterer intensiver Kuss mit geöffnetem Mund, die Zunge tief in ihrer Muschi, und sie fing an zu keuchen. Sie stöhnte, wand sich, flehte … bis ihr Orgasmus sie mit einem Schrei im freien Fall über den Rand der Klippe schickte, während Jackson lustvoll in ihr zartes Fleisch stöhnte.

Aber er ließ ihr keine Zeit, sich zu erholen. Er zog sie von der Couch und zwang sie rittlings auf seinen Schoß, wobei seine Finger ihre Hüften so fest umklammerten, dass es fast wehtat. Mit einem heftigen, tiefen Stoß drang er in sie ein, versenkte sich in ihr bis zum Anschlag. Sie sog scharf die Luft ein und rechnete damit, dass er nun seinem eigenen Verlangen nachgab. Sie war bereit, die volle Wucht des Sturms, der sich in ihm zusammengebraut hatte, in sich aufzunehmen – auch wenn sie nicht genau wusste, warum. Doch stattdessen hielt er mit bebender Brust inne, sein gesamter Körper stand unter extremer Spannung. Er hielt sich ganz offensichtlich zurück, als hätte er Angst, ihr wehzutun, wenn er sich jetzt gehen ließ. Doch das war das Letzte, was Tara wollte.

Seine Augen waren dunkle Seen des Verlangens, sein Mund glänzte feucht von *ihrer* Muschi. Ihn so zu sehen war so verdammt heiß, dass sie sich über ihn beugte, sein Gesicht in die Hände nahm und ihren Geschmack von seinen Lippen leckte. »Tu es«, flüsterte sie flehentlich gegen seinen Mund. »Nimm mich, so hart du willst. Ich gehöre dir.«

Ein animalischer, heiserer Laut entwich seiner Kehle, während er die Arme um sie schlang und sie herumrollte, sodass sie mit dem Rücken auf dem harten Holzboden lag. Dann legte er sich auf sie und versenkte sich wieder in ihr, drückte ihre Beine weit auseinander, verschaffte sich Platz und drang in sie ein, als gehörte sie nur ihm allein.

Aber selbst das schien ihm noch nicht zu genügen. Er schob die Hände unter ihren Rücken, umklammerte von hinten ihre Schultern und nagelte sie fest, während seine Hüften hart gegen ihre schlugen. Sie konnte ihm nicht entkommen, nichts tun, außer sich von ihm ficken zu lassen, so, wie es ihm gefiel. Und wie er es brauchte. Die Brust an ihren Busen gepresst, den Mund auf ihrem, demonstrierte er ihr mit tiefen, wilden, aggressiven Stößen die Herrschaft über ihren Körper.

Man hätte das Ganze für rohen, animalischen Sex halten können, aber Tara wusste es besser. Jacksons Gefühle waren fast greifbar. Er konnte einfach nicht tief genug in sie eindringen, ihr nicht nahe genug sein. Es war, als wollte er, dass ihre Körper und Seelen miteinander verschmolzen. Als hätte er Angst, sie zu verlieren … und dieses Gefühl verstand und kannte sie nur allzu gut.

Endlich, *endlich*, spürte sie, wie seine eiserne Selbstbeherrschung langsam in sich zusammenfiel. Seine Stöße wurden unkontrollierter – kürzer, härter, tiefer –, und das Zucken seiner Hüften brachte sie gemeinsam mit ihm ihrem zweiten Orgasmus immer näher. Ihr Körper krampfte sich um seinen Schwanz, umklammerte ihn, sodass er mit zusammengepressten Kiefern, die Zähne entblößt, den Kopf in den Nacken warf und mit einem langen, endlosen Stöhnen, das in ihrem Körper widerhallte, zum Höhepunkt kam.

Danach sackte er erschöpft auf ihr zusammen und vergrub das Gesicht an ihrem Hals. Ihre Hände glitten über die Wölbung seines Rückens, und sie gönnten sich beide ein paar Minuten, um sich von der Intensität ihrer Orgasmen zu erholen.

In diesem Moment zählte für Tara nur, dass sie zusammen waren, untrennbar miteinander verbunden. Alles andere hatte Zeit.

KAPITEL 13

Da du heute frei hast, könntest du doch so gegen eins bei mir im Büro vorbeikommen. Ich würde dir gerne alles zeigen und dich zum Mittagessen einladen.

Jackson schickte die Nachricht an Tara und legte das Handy zurück auf den Schreibtisch. Dann ging er weiter die Konstruktionszeichnungen für ein geplantes Geschäftsgebäude durch, dem er als Projektmanager zugeteilt war. Um drei Uhr hatte er eine Besprechung mit dem Geschäftsführer und dem Finanzchef der Firma und wollte gut genug vorbereitet sein, um die Fragen, die eventuell auftauchen konnten, beantworten zu können.

Vor dem Meeting hatte er ausnahmsweise zwei Stunden frei. Normalerweise traf er sich zum Mittagessen immer mit Kunden, doch heute stand ihm die Mittagspause zur freien Verfügung. Tara hatte sich in der vergangenen Woche fast zu Tode gearbeitet. Sie hatte mit Clay alles so weit vorbereitet, dass das Kincaid's nun auch Mittagessen anbieten konnte, weshalb ihre gemeinsame Zeit recht begrenzt gewesen war.

Sie war abends meist total erschöpft gewesen, und auch er hatte an ein paar Abenden lange im Büro gesessen. Ihre Arbeitszeiten waren noch immer nicht ganz so kompatibel, wie er das gerne hätte, und Tara war ihm in letzter Zeit ein bisschen abweisend erschienen. Andererseits war sie in persönlichen Dingen schon immer zurückhaltend gewesen – nicht körperlich, aber emotional. Und er musste gestehen, dass er sich deswegen Sorgen machte. Große Sorgen.

Wahrscheinlich lag es mit daran, dass sie überarbeitet und müde war, weshalb er hoffte, ein Date zum Mittagessen würde sie einander wieder etwas näherbringen. Aber ihm war auch klar, dass ihre Beziehung an einem Punkt angekommen war, an dem er langsam Farbe bekennen musste. Instinktiv spürte er schon seit Wochen, dass diese Frau seine Seelenverwandte war, und trotzdem hatte er zugelassen, dass Unsicherheiten und Ängste ihnen immer wieder in die Quere kamen. Tara war die Frau, die all seine Wünsche erfüllte und ihm gab, wonach er sein ganzes Leben lang gesucht hatte – ein Gefühl der Geborgenheit und die Gewissheit, bedingungslos akzeptiert zu werden.

Nun wollte er auch die letzten Unsicherheiten zwischen ihnen ausräumen und endlich für Klarheit sorgen. Nach sechs gemeinsamen Wochen war es an der Zeit, dass er sich offen zu ihr bekannte und ihr damit bewies, dass er nicht einfach so wieder aus ihrem Leben verschwinden würde. Auch er hatte so seine Probleme und kämpfte mit einer Vergangenheit, die von Enttäuschungen und Kummer geprägt gewesen war. Aber ohne etwas zu riskieren, würde er auch nichts gewinnen. Und wenn es jemand wert war, dass er sein Herz noch einmal aufs Spiel setzte, dann die zauberhafte, ehrliche und unglaublich loyale Tara Kent. Nur ein Idiot würde sich eine Frau wie sie durch die Finger schlüpfen lassen.

Sein Handy vibrierte. Die Antwort von Tara.

Klar. Klingt gut. Bin gleich da.

Lächelnd lehnte er sich in seinem Stuhl zurück. Perfekt. Er würde sie kurz durch sein Büro führen, ihr ein paar Leute vorstellen, die sie auf der Gala verpasst hatten, und dann mit ihr in dem Café um die Ecke nett zu Mittag essen. Heute Abend würde er sie dann bei sich zu Hause bekochen und spätestens wenn die Nacht vorüber war, würde sie ganz genau wissen, was er für sie empfand. Dass er sie *liebte.*

Nachdem er diesen Entschluss gefasst hatte, konzentrierte er sich wieder auf seine Arbeit, bis seine Sekretärin Georgia durch die Sprechanlage verkündete, Tara sei da und warte auf ihn. Er schloss das Dokument auf seinem Computer, schnappte sich sein Handy und stürzte zum Empfang.

Tara und Georgia hatten sich schon bei der Jubiläumsfeier kennengelernt, und als er ankam, machten die beiden bereits Small Talk. Tara trug ein cremefarbenes Kleid, das ihr bis kurz über die Knie reichte und am Saum Rüschen hatte. Das offene Haar fiel ihr in sanften Wellen auf die Schultern, und sie war nur dezent geschminkt, wodurch sie alles in allem leger, aber geschmackvoll wirkte.

Ohne über die öffentliche Zurschaustellung seiner Zuneigung nachzudenken, ging er direkt auf Tara zu und küsste sie wie selbstverständlich auf die Wange. Schon bald würde sie ganz ihm gehören.

»Hi, Süße«, begrüßte er sie und musste lächeln, als sie rot wurde.

»Hi«, entgegnete sie, und ihre sanften blauen Augen spiegelten die Zärtlichkeit wider, die sie für ihn empfand.

»Ihr beide seid ein echt süßes Paar«, bemerkte Georgia mit einem Grinsen. »Es ist schön, Jackson so verliebt zu sehen.«

»Ja, ich bin tatsächlich bis über beide Ohren verknallt«, gab er zu. Es war ihm völlig egal, wie hoffnungslos vernarrt er klang oder aussah, er *war* einfach total verrückt nach ihr. Auf Georgias Schreibtisch klingelte das Telefon, und sie entschuldigte sich bei den beiden, um das Gespräch anzunehmen.

Jackson legte Tara die Hand auf den Rücken und schob sie sanft in Richtung seines Büros. »Ich führ dich kurz herum, und dann gehen wir einen Happen essen.«

»Klingt gut.«

Da gerade Mittagszeit war, war es im Gebäude ruhiger als normal. Er zeigte ihr sein Büro, den Konferenzsaal, den sie hier nur »Einsatzzentrale« nannten, und wies sie auf Fotos in den Gängen hin, die ein paar der Projekte zeigten, an denen er mitgearbeitet hatte. Sie schien aufrichtig interessiert und von den architektonischen Aspekten seines Jobs sehr beeindruckt. Sie stellte mehr Fragen, als er erwartet hatte, und Jackson bemerkte, wie sehr es ihm gefiel, sie an diesem wesentlichen Teil seines Lebens teilhaben zu lassen. Er war hin und weg, wie aufrichtig und authentisch ihre Begeisterung war.

Sie kamen in die Führungsetage von Schmidt und Kramer, wo der Präsident und der Vizepräsident der Firma jeweils mehrere kleine Büros hatten. Ihre Sekretärin, Brynn

Howell, aß immer schon um elf zu Mittag, sodass sie bereits wieder hinter ihrem Schreibtisch saß und am Computer arbeitete. Die beiden Haupttüren zu den Chefbüros hinter Brynn waren offen, und Jackson nickte den Männern, Walter Schmidt und Phillip Kramer, freundlich zu. Die beiden Herren nickten zurück, und als sie bemerkten, dass Tara bei ihm war, lächelten sie. Auch Tara lächelte und hob zum Gruß kurz die Hand.

»Hallo, Brynn«, sagte Jackson und nahm Tara an die Hand, während sie auf ihren Schreibtisch zugingen. »Da du wegen deiner Grippe nicht bei der großen Jubiläumsfeier am Wochenende dabei warst, wollte ich dir noch meine Freundin vorstellen.«

Als Brynn von ihrem Computerbildschirm aufsah, spürte er, wie Tara unmerklich zurückwich und plötzlich versteifte, schrieb dies aber ihrem üblichen Unbehagen zu, wenn sie mal wieder einem seiner Kollegen vorgestellt wurde. Er hätte gedacht, dass sie sich nun, nachdem er sie auf der Gala mit so vielen Leuten aus seiner Branche bekannt gemacht hatte, vielleicht ein wenig wohler fühlen würde, wenn er ihr Arbeitskollegen vorstellte.

»Brynn, darf ich dir Tara Kent vorstellen?« Er deutete mit der Hand auf Tara. »Tara, das ist Brynn Howell.«

Jackson bemerkte verwirrt, wie Brynn Tara anstarrte, als stünde sie unter Schock. Für eine gefühlte Ewigkeit sprach keine der beiden Frauen ein Wort, und die Luft war zum Zerreißen gespannt. Bis Tara endlich das Schweigen brach.

»Brynn«, begrüßte sie die Sekretärin zögernd, ihre großen blauen Augen voller Unsicherheit. »Wie geht es dir?«

Brynn erhob sich, antwortete jedoch nicht. In ihren verzerrten Gesichtszügen stand pure Abneigung. Dann wandte sie sich Jackson zu. »Du bist mit *ihr* zusammen?«, fragte sie.

Die Feindseligkeit ihrer Worte ließ Tara zusammenzucken. Mit gerunzelter Stirn sah Jackson zwischen den beiden Frauen hin und her und versuchte zu begreifen, was sich da vor seiner Nase abspielte.

»Ihr kennt euch?«, fragte er. Plötzlich hatte er das Gefühl, sich auf gefährlichem Terrain zu bewegen.

»Nun, wenn man bei der Drogenabhängigen, die meinen Bruder umgebracht hat, von einer Bekannten sprechen kann, dann ja.« Brynns Stimme klang bitter. »Ich kann nicht fassen, dass jemand wie du mit *ihr* zusammen ist. Sie ist der reinste Abschaum.«

Jackson war von Brynns heftigem Ausbruch so überrascht, dass es ihm für einen Moment die Sprache verschlug. So hatte er sie noch nie erlebt.

»Brynn …« Tara fuhr sich mit zitternden Händen über den Hals. »Es tut mir so leid.«

»Es tut dir *leid*?« Ein sarkastisches Lachen platzte aus ihr heraus. »Du hättest damals sterben sollen, nicht Michael. Und nun gibst du vor, jemand zu sein, der du nicht bist, und schleichst dich in das Leben eines anständigen Mannes ein.« Sie drehte sich zu Jackson um. »Sie wird dich mit in die Gosse ziehen und dein Leben ruinieren. Merk dir, was ich dir gesagt habe.« Dann wirbelte sie herum und stürmte ohne ein weiteres Wort hinaus.

Oh, Scheiße. Jackson, dem allmählich dämmerte, woher Brynn Tara kannte, fühlte sich, als wäre er mit einem fahrenden Zug kollidiert. Aber bevor er etwas sagen oder Tara beschwichtigen konnte, kam Walter aus seinem Büro direkt auf sie zu. »Ist irgendetwas nicht in Ordnung hier?«, fragte er schroff. Er schien teils besorgt, teils ernsthaft verärgert über die Störung.

Tara schüttelte den Kopf. »Es tut mir leid«, würgte sie hervor und stürzte den Gang hinunter, bevor Jackson sie aufhalten konnte.

Er machte einen Schritt vorwärts, um ihr zu folgen, aber Walter rief ihn zurück. Jackson verstand kaum, was er von ihm wollte, versicherte ihm aber, dass alles in Ordnung sei, um das Gespräch so schnell wie möglich zu beenden. In seinem Kopf drehte sich alles. Was zum Teufel war da eben passiert? Er rannte hinter Tara her und fand sie draußen bei den Aufzügen, wo sie wie eine Irre auf den Knopf nach unten hämmerte.

»Hör auf damit, Tara«, sagte er gröber als beabsichtigt, was an der Panik lag, die von ihm Besitz ergriffen hatte.

Die Aufzugtüren glitten auseinander, aber als sie hineinstürmen wollte, packte er sie am Arm und hielt sie zurück. Er wollte nicht, dass sie in diesem Zustand ging.

»Ich muss hier weg, Jackson«, flehte sie ihn an. Ihre Stimme klang verstört, und in ihren tränennassen Augen stand die nackte Angst. »Ich muss gehen.«

»Nein, du musst mit mir reden«, sagte er fest und versuchte verzweifelt, das Pochen in seiner Brust zu ignorieren. »Was ist da gerade passiert?« Er hatte so eine Ahnung, aber ihre extreme Reaktion zusammen mit der Tatsache, dass sie davonlief, vor ihm weglief, verstörte ihn.

Sie schüttelte den Kopf. Ihr gequälter Gesichtsausdruck brachte ihn fast um. »Ich gehöre nicht hierher.«

»Was meinst du mit *hierher*?«

»Hierher zu dir«, sagte sie, und die Tränen, die sich in ihren Augen gesammelt hatten, begannen über ihre Wangen zu kullern. »Brynn hat recht. Du verdienst jemand Besseren als mich. Ich passe nicht in deine Welt und werde es auch nie tun.«

»Das ist nicht wahr, Tara.«

»Doch, ist es. Siehst du das denn nicht? Ich werde meine Vergangenheit nie loswerden und mit all den schlimmen Dingen, die ich getan habe, und ihren Konsequenzen leben müssen. Für immer. Du hast jemand Besseren verdient als mich. Jemanden, der dich vor deinen Kollegen und Chefs nicht in Verlegenheit bringt. Jemanden, der in deine Welt passt.« Während die Worte nur so aus ihr heraussprudelten, drückte sie immer wieder auf den Aufzugknopf.

Die Tür glitt zum zweiten Mal auf, und Jackson überkam die blinde Verzweiflung. »Tara …«

Sie trat genau in dem Moment in den Aufzug, als Georgia aus ihrem Büro kam. Sie schien aufrichtig zu bedauern, ihn unterbrechen zu müssen. »Jackson, es tut mir wirklich leid, aber der Anruf von Giles Patterson, auf den du den ganzen Morgen gewartet hast, ist jetzt auf Leitung zwei.«

Verdammt. Jackson biss wütend die Zähne aufeinander. Tara stand im Aufzug, und er war hin- und hergerissen zwischen dem, was er *wollte* und dem, was er *musste*. Es war ein sehr wichtiges Telefonat, in dem es um einen Fünfzig-Millionen-Dollar-Vertrag ging. Er konnte Patterson nicht einfach ignorieren oder versetzen. Einen Mann dieses Kalibers vor den Kopf zu stoßen, wäre das Ende seiner Karriere. Teufel noch mal, wenn er mit Tara gerade beim Essen gewesen wäre, hätte er sich auch entschuldigt und das Gespräch angenommen.

»Jackson?«, fragte Georgia hinter seinem Rücken und zwang ihn zu einer sofortigen Entscheidung.

Sein Magen krampfte sich zusammen, aber er musste das Telefonat annehmen. Die Aufzugtüren schlossen sich, und als er den Schmerz in Taras Gesicht sah, betete er inständig, gerade keinen riesigen Fehler gemacht zu haben, den er später bereuen würde.

»Wir sind noch nicht fertig, Tara«, brummte er. Dann war sie weg.

Was er gesagt hatte, war sein voller Ernst. Er würde sie niemals aufgeben und bis aufs Messer um sie kämpfen. Aber wer weiß? Vielleicht beruhigte sie sich auch wieder und änderte ihre Meinung.

* * *

Tara wusste weder wohin, noch wen sie um Hilfe bitten konnte. Sie wollte einfach nur weg, weg von diesem riesigen Bürogebäude, in dem Jackson arbeitete. Die Tränen, die ihr unkontrolliert über das Gesicht rannen, verschleierten ihren Blick, und ihr Herz fühlte sich an, als hätte man es in der Mitte auseinandergebrochen. Nichts würde je wieder so sein, wie es gewesen war. Dass Brynn Howell in derselben Firma arbeitete wie Jackson, war ein Schock für Tara, und die offene Abneigung und Feindseligkeit, die sie noch immer wegen Michaels Tod ihr gegenüber empfand, hatten Tara völlig aus der Bahn geworfen.

Das Schlimmste waren jedoch die boshaften Anschuldigungen gewesen, die Brynn Tara ins Gesicht geschleudert hatte und die ihre Ängste bestätigt hatten – sie würde einem respektablen Mann wie Jackson nie genügen. Sie konnte ihre unrühmliche Vergangenheit nicht auslöschen, im Gegenteil. Ihre Vergangenheit würde sie immer verfolgen, und Jacksons Entschluss, sich mit einer ehemaligen Drogenabhängigen einzulassen, schadete nur seinem guten Ruf. Sie war keine gesellschaftlich akzeptable Partnerin für ihn und würde es auch nie sein. Sie wollte Jackson oder seiner Karriere, die ihm so viel bedeutete, auf keinen Fall schaden.

Tara war völlig aufgelöst und brauchte unbedingt jemanden zum Reden. Sie musste den Kopf freibekommen und das, was geschehen war, aus einer anderen Perspektive betrachten. Sie überlegte, zu Samantha zu gehen, wollte aber nicht riskieren, an ihrem freien Tag Clay in die Arme zu laufen. Also fuhr sie in der Hoffnung, Katrina dort zu treffen, zu Masons Tattooladen.

Nachdem sie auf einem freien Platz vor dem Inked geparkt hatte, wischte sie sich die nassen Spuren von den Wangen und versuchte, die Fassung wiederzugewinnen. Ein Blick in den Rückspiegel ließ sie zusammenzucken. Sie sah beschissen aus. Ihre Augen waren rot und verquollen, die Haut gerötet, und ein Großteil ihres Make-ups war weggewischt. Aber da sie ja niemanden beeindrucken wollte, stieg sie aus, wie sie war, und ging in den Laden.

Sobald Katrina sie sah, wusste sie, dass etwas nicht stimmte. Mit gerunzelter Stirn nahm sie Taras Hände und musste nur eine einzige Frage stellen – *Was ist los?* –, um bei Tara sofort eine neue Sturzflut von Tränen auszulösen. Sie begann zu schluchzen, und all ihre Unsicherheiten kamen wieder an die Oberfläche.

»Es ist … Es ist wegen Jackson«, gelang es ihr schließlich herauszupressen, peinlich berührt, dass ein paar Kunden des Inked Zeugen ihres Zusammenbruchs wurden.

Katrina öffnete gerade den Mund, um etwas zu erwidern, als eine tiefe, kräftige Stimme ihr zuvorkam.

»Was hat das Arschloch getan?« Mason kam aus seiner Kabine direkt auf die beiden Frauen zu. Er musterte argwöhnisch Taras verzweifeltes, tränenverschmiertes Gesicht, und seine Muskeln spannten sich an.

»Er hat nichts getan«, verteidigte Tara ihn, bevor Mason irgendwelche falschen Schlüsse ziehen konnte. Aber gerade das war ja das Problem. Nichts von alledem war Jacksons Fehler. Es war alles ihre Schuld.

Mason stemmte die Fäuste in die Hüften und sah sie finster an. »Für mich sieht das aber nicht nach *nichts* aus, verdammt noch mal.«

Katrina spitzte verärgert die Lippen. »Jetzt mach mal halblang, du Alphamännchen«, pfiff sie ihren Gatten zurück. »Du musst hier nicht schon wieder den Helden spielen. Manchmal braucht eine Frau auch einfach nur eine andere Frau zum Reden. Gewaltausbrüche sind da keine große Hilfe.«

Mason schien nicht wirklich überzeugt und gab die Beschützerrolle, die er eingenommen hatte, noch nicht auf. »Ich habe Jackson gewarnt, dass ich ihn in den Arsch trete, falls er dir irgendwie wehtut. Und dass du jetzt weinst und völlig durcheinander bist, reicht mir als Beweis, dass er was angestellt hat.«

»Er hat mir nicht wehgetan. Ich schwöre es«, beteuerte Tara entschieden, damit Mason sich endlich beruhigte. Wenn überhaupt, dann hatte *sie* Jackson verletzt, oder ihn zumindest vor seinen Chefs gründlich blamiert. Inzwischen wusste wahrscheinlich die ganze Firma, dass sie etwas mit der Überdosis und dem Tod von Brynns Bruder zu tun hatte, und sie hoffte inständig, dass ihre unschöne Vergangenheit nicht Jacksons Karriere und Ruf ruinierte.

»Es geht um das, was *ich* getan habe. Nicht darum, was Jackson getan hat«, sagte sie ruhig.

Mason schüttelte verwirrt den Kopf. »Das kapier ich nicht.«

»Das musst du auch nicht kapieren«, sagte Katrina, die offensichtlich ganz genau verstand, um was es ging.

Er sah seine Frau an und verdrehte die Augen. »Frauen sind so scheißkompliziert, Mann«, grummelte er und stapfte wieder zurück an seinen Arbeitsplatz.

»Komm«, sagte Katrina sanft und hakte sich bei Tara unter. »Gehen wir ins Büro. Dort ist es ruhig, und wir können reden, ohne dass ein gewisser Jemand ständig seinen Senf dazugibt.«

»Das hab ich gehört«, tönte es aus Masons Kabine.

»Solltest du auch«, schoss Katrina unbeeindruckt zurück, während sie mit Tara das Büro ansteuerte.

Der Wortwechsel entlockte Tara ein bitter nötiges Lächeln, aber sie war auch unglaublich dankbar, mit ihrer Freundin alleine sein zu können. Sobald sie die Bürotür geschlossen hatten, setzte Tara sich auf einen der Stühle, und Katrina machte es sich direkt vor ihr auf dem Schreibtisch bequem.

»Also, was ist passiert?«, fragte Katrina mit besorgter Miene.

Und dann sprudelte alles aus Tara heraus – das grauenhafte Zusammentreffen mit Brynn, dass Jacksons Chefs alles mitbekommen hatten und nun über ihre unrühmliche und erniedrigende Vergangenheit Bescheid wussten, und dass sie mit ihm Schluss gemacht hatte, weil ein Mann wie Jackson etwas Besseres verdient hatte, als sie ihm geben konnte.

»Sekunde mal«, unterbrach Katrina sie. »Was genau gibst du Jackson denn? Einmal abgesehen von Sex«, fügte sie mit einem vielsagenden Grinsen hinzu.

»Wie meinst du das?«, fragte Tara, die versuchte, den Gedanken ihrer Freundin zu folgen.

Katrina umfasste mit den Händen die Schreibtischkante und ließ ihre Beine baumeln. »Na ja, du hast gesagt, Jackson verdiene mehr, als du ihm geben kannst. Aber ist Sex wirklich alles, was du ihm zu geben hast? Oder ist da vielleicht doch … mehr?«

Sie wusste, wovon Katrina sprach, und es versetzte ihr einen Stich ins Herz. »Da ist auf jeden Fall mehr, zumindest was mich angeht.« Sie schluckte und sprach die Worte zum ersten Mal laut aus. »Ich liebe ihn.« *Und werde ihn immer lieben. Bedingungslos.*

Katrinas grüne Augen wurden sanft. »Und hast du ihm das gesagt?«

»Nein«, flüsterte sie. Sie hasste es, zugeben zu müssen, dass die Angst, zurückgewiesen zu werden, sie bisher davon abgehalten hatte, ihm ihr Herz zu öffnen.

»Also hast du Jackson doch mehr zu geben. *Du* kannst ihm geben, wonach er sein ganzes Leben lang gesucht hat. Liebe. Und du willst sie ihm vorenthalten, weil er was Besseres verdient hat?«, fragte sie fassungslos. »Findest du nicht, dass es an der Zeit ist, die Karten auf den Tisch zu legen und Jackson selbst entscheiden zu lassen?«

Großer Gott, Katrina hatte ja recht, aber … »Und was, wenn er nicht dasselbe für mich empfindet?«

»Das kann ich mir kaum vorstellen«, sagte Katrina mit einem milden, wissenden Lächeln, »so wie er dich ansieht und sich dir gegenüber verhält. Aber wenn du ihm deine Gefühle nicht offenbarst, wirst du es nie erfahren. Er ist ein guter Mann, Tara. Wir alle wissen das. Die Jungs haben zwar mal wieder ein bisschen länger gebraucht, um das zu begreifen«, Tara lachte, »aber selbst Mason hat Jackson inzwischen zum Familienmitglied erklärt. Nicht, weil er als Kincaid geboren wurde, sondern weil er all die Eigenschaften besitzt, die einen Kincaid ausmachen.«

Tara wusste, von welchen Charaktereigenschaften sie sprach, ohne danach fragen zu müssen. Ehrlichkeit. Zuverlässigkeit. Loyalität. Leidenschaft und Verantwortungsbewusstsein. All die Dinge, die sie so an ihm liebte.

Es waren genau die Eigenschaften, die sie von dem Mann ihres Lebens erwartete.

»Aber was ist, wenn …«

»Kein Aber mehr«, schnitt Katrina Tara das Wort ab und schüttelte den Kopf. »Du darfst nicht zulassen, dass deine Vergangenheit dich so sehr beherrscht, dass du darüber vergisst, wer du heute bist. Ich hätte diesen Fehler um ein Haar auch gemacht und dadurch meinen besten Freund verloren, den Mann, den ich liebe.« Sie sprach von Mason, der Liebe ihres Lebens, mit dem sie heute verheiratet war. »Du bist nicht mehr das trotzige, wütende Mädchen, das sich mit Drogen vollpumpt, um mit seinem beschissenen Leben klarzukommen. Das bist du seit sechs Jahren nicht mehr, Tara. Was heute in Jacksons Büro geschehen ist, spielt keine Rolle. Denn das Mädchen, auf das Brynn so verbittert reagiert hat und auf das sie so wütend ist, hat nichts mit der jungen Frau gemein, zu der du geworden bist. Du bist clean, verantwortungsbewusst und unabhängig, genau die Frau, die Jackson in seinem Leben haben möchte. Da bin ich mir ziemlich sicher.«

Alles, was Katrina sagte, war richtig, und nach und nach legte sich der innere Aufruhr, der in Tara tobte, seit sie Jacksons Büro verlassen hatte. Sie fühlte sich wieder sicherer, mehr … wie sie selbst. Katrina hatte vollkommen recht. Sie konnte nicht für den Rest ihres Lebens in der Vergangenheit leben. Nicht, wenn sie die Zukunft wollte, die sie sich immer erhofft und erträumt hatte. Und wenn es nach ihr ging, war das eine Zukunft mit Jackson.

Sie würde mit ihm reden, ihm ihr Herz zu Füßen legen. Was er dann damit machte, war seine Sache.

KAPITEL 14

Als Jackson sein Telefonat beendet hatte, ging er geradewegs in Walters Büro und bat ihn, das Drei-Uhr-Meeting zu übernehmen, das er mit einem Kunden vereinbart hatte. Er sagte Walter ganz offen, weshalb er gehen musste, und der war Gott sei Dank nicht nur bereit, sich um das Meeting zu kümmern, sondern erklärte Jackson auch, wie sehr er Tara schätzte, und dass er Brynn klarmachen würde, dass derartige Auftritte im Büro nicht gerne gesehen wurden.

Jackson war ihm für seine Unterstützung überaus dankbar und fühlte sich erleichtert. Walter hatte selbst Familie und wusste, wie sehr Jackson unter seiner Ehe gelitten und wie lange er gebraucht hatte, um sich von Collettes Betrug zu erholen. Er hatte ihn mit den Worten verabschiedet: *Jeder Mann braucht eine gute Frau an seiner Seite. Also sieh zu, dass Tara dir nicht durch die Finger schlüpft.*

Genau das würde er auf keinen Fall zulassen. Er musste Tara sagen, was er für sie empfand. Jetzt sofort. Und dass ihn nichts und niemand davon abhalten konnte, mit ihr zusammen zu sein – schon gar nicht ihre Vergangenheit.

Da sie auf keine der Nachrichten, die er ihr schickte, antwortete, fuhr er an den Ort, wo er am ehesten hoffte, sie zu finden – zu ihr nach Hause. Aber als er dort ankam, war sie nicht da. Sein nächster Gedanke war Clay. Um ihr nicht weiter sinnlos hinterherzujagen, nahm er das Handy und rief vorher an.

»Du suchst Tara?«, fragte Clay kurz angebunden und ohne eine freundliche Begrüßung.

»Ja.« Der schroffen Frage nach zu urteilen, wusste Clay bereits, dass etwas vorgefallen war. »Woher weißt du das? Ist sie in der Bar?« Jackson wollte Antworten.

»Nein.« Clay blieb kalt wie ein Eisberg. »Mason hat mich angerufen, um mir zu sagen, dass sie im Inked ist, weil du irgendwas getan hast, weswegen sie völlig durch den Wind ist.«

Jackson kniff sich mit zwei Fingern in den Nasenrücken. Es war schließlich nicht *seine* Schuld, dass sie weggelaufen war. Es lag an den Umständen, aber das konnte er mit seinem Zwillingsbruder jetzt nicht ausdiskutieren. »Ist sie noch dort?«

»Das hängt ganz davon ab, warum du sie sehen willst?«

Großer Gott. Für so einen Mist hatte er jetzt wirklich keine Zeit. Er entschied sich, nicht lange drum herumzureden. »Um ihr zu sagen, dass ich sie liebe«, entgegnete Jackson. Er konnte den Zorn, der seine Stimme zum Vibrieren brachte, kaum noch unterdrücken. »Reicht dir das als Grund?«

Clay blieb für eine halbe Ewigkeit still, dann antwortete er weniger barsch und deutlich verständnisvoller. »Ja, ich denke schon.«

»Dann habe ich also deine Erlaubnis, sie zu sehen?«, fragte Jackson sarkastisch.

»Von mir aus schon«, meinte Clay spöttisch. »Vorher musst du aber noch an Mason vorbeikommen.«

»Mit dem werde ich schon fertig, da kannst du Gift drauf nehmen«, gab Jackson zurück, während er bereits Richtung Inked losfuhr. Er konnte es kaum erwarten, Tara zu sehen und Klarheit zu schaffen.

»Ja, das glaube ich auch«, meinte Clay amüsiert. Er hielt einen Moment inne und atmete tief aus, bevor er noch ernst hinzufügte. »Ich weiß, die ersten paar Wochen nach unserem Kennenlernen waren ein bisschen schwierig, aber ich wollte dir noch sagen, dass ich froh bin, dass du Kontakt zu uns aufgenommen hast und nun Teil der Familie bist.«

Jackson bog nach rechts in eine Straße ein, die zu dem Tattoostudio führte. Das Eingeständnis seines Bruders ließ seine Brust vor Dankbarkeit eng werden. Noch vor sechs Wochen war er sich nicht sicher gewesen, ob er mit seinen Brüdern je so weit kommen würde. Er war dankbar, dass sie ihn endlich als ihren Bruder anerkannten und respektierten. Mehr hatte er nie gewollt.

»Danke«, sagte Jackson. »Das bin ich auch.«

»Außerdem bist du wahrscheinlich das Beste, das Tara passieren konnte. Also versau es nicht.«

Jackson kicherte. Er fühlte sich durch Clays Ermahnung nicht angegriffen. »Na ja, sie ist in jedem Fall das Beste, das *mir* je passiert ist, und ich schwöre dir, ich werde alles tun, was in meiner Macht steht, um sie glücklich zu machen.«

»Gut«, entgegnete Clay. »Dann sind wir uns einig.«

Sie beendeten das Gespräch, und wenige Minuten später war er am Inked. Er parkte den Wagen und marschierte entschlossen in den Laden. Mason, der an der Theke stand, zog skeptisch eine Augenbraue hoch, als er Jackson auf sich zukommen sah. *Der Kerl würde es ihm nicht leicht machen, so viel stand fest.*

»Wo ist sie?«, zwang er sich sehr viel höflicher zu fragen, als er es gerne getan hätte.

»Wer?«, fragte Mason unschuldig.

Was für ein Arschloch. »Tara. Ich weiß, dass sie hier ist, Mason.«

Sein Bruder verschränkte die tätowierten Arme vor der Brust, unwillig, auch nur einen Zentimeter zurückzuweichen. »Und wenn sie dich nicht sehen will?«

»Hat sie das gesagt?«, schoss Jackson zurück.

»Musste sie gar nicht.« Mason zuckte gleichgültig mit der Schulter. »Sie kam hier rein, heulend und völlig aufgelöst. Was hast du mit ihr gemacht?«

»Ich habe *gar nichts* mit ihr gemacht«, knurrte Jackson mit zusammengebissenen Zähnen. »Und selbst wenn, würde es dich verdammt noch mal nichts angehen.«

Mason sah ihn argwöhnisch an, während er die Mundwinkel gleichzeitig zu einem schelmischen Grinsen hochzog. Es schien ihm zu gefallen, dass Jackson sich von ihm nichts bieten ließ. »Na gut, für mich hat es auch nicht danach ausgesehen.«

Jacksons Wut nahm noch ein wenig zu. »Weißt du was, Mason? Du benimmst dich gerade wie ein echter Kotzbrocken. Das ist dir schon bewusst, oder?«

Der überhebliche Mistkerl grinste nur. »Tja, so sind Brüder nun mal.«

Es war das erste Mal, dass Mason ihn seinen Bruder nannte, und damit hatte Jackson – gewissermaßen – die härteste Nuss in der Familie geknackt. Es war ein Gefühl, als hätte er Zutritt zu einem Geheimbund erhalten. Nein, es war sogar noch besser, denn genau das hatte er sich immer gewünscht und erhofft.

Masons Haltung entspannte sich, während er Jackson leicht amüsiert ansah. »Clay hat mich angerufen. Er hat mir schon gesagt, dass du auf dem Weg hierher bist und ich mich nicht wie ein *Kotzbrocken* aufführen soll. Er hat gesagt, dass du Tara wirklich liebst.«

Jackson wusste nicht, über wen er sich mehr ärgerte, über Mason, der ihn von dem Moment an, in dem er das Inked betreten hatte, verarscht hatte, oder über Clay, der überall herumerzählte, was er für Tara empfand. »Mein Gott, hat man hier denn gar kein Privatleben?«

»Was deine Brüder anbelangt nicht«, erklärte ihm Mason. »Gewöhn dich besser dran.«

Noch ein unterschwelliger Hinweis darauf, dass Mason in ihm tatsächlich einen Kincaid sah. Wahrscheinlich war das die größtmögliche Anerkennung, die er von diesem speziellen Familienmitglied je erfahren würde. »Wenn du mich jetzt nicht sofort mit ihr sprechen lässt, wird jeder in dieser gottverdammten Stadt wissen, dass ich Tara liebe, bevor sie es erfährt!«

Endlich zeigte Mason Mitleid und deutete mit dem Kopf in Richtung Büro. »Sie ist da drin und redet mit Katrina.

Und ich garantiere dir, wenn du Tara irgendwie blöd gekommen bist, reißt Katrina dir die Eier ab.«

Jackson war sich nicht ganz sicher, ob Mason das ernst meinte. »Ich kann mir kaum vorstellen, dass deine Frau noch gestörter ist als du.«

Mason lachte, als hätte er ihm ein Kompliment gemacht. »Behaupte nachher nicht, ich hätte dich nicht gewarnt.«

Nachdem er den Zweikampf mit Mason für sich entschieden hatte, marschierte Jackson direkt auf das Büro zu. Aber gerade als er nach dem Türknauf greifen wollte – *auf gar keinen Fall würde er klopfen und damit riskieren, dass Tara sich weigerte, ihn zu sehen* –, schwang die Tür auf, und Katrina stand vor ihm. Jackson konnte dem Drang, schützend die Hände auf seine Hoden zu legen, gerade noch widerstehen. *Man wusste ja nie.*

»Ich will mit Tara sprechen.« Um Erlaubnis fragte er gar nicht erst. Er musste sie sehen, *jetzt sofort.* Seine Gefühle erlaubten keinen Aufschub.

»Geht in Ordnung«, willigte Katrina sofort ein und trat zur Seite. Dann verließ sie das Büro, in dem jetzt nur noch Tara war.

Das war ja einfacher als erwartet, dachte Jackson.

Er trat ein, zog die Tür hinter sich zu und schloss ab. Er wollte mit Tara alleine sein und nicht unterbrochen werden. Für einen Moment hielt er inne und musterte sie skeptisch. Er hätte zu gerne gewusst, was sie fühlte. Sie hatte die Finger fest ineinander verknotet und sah ihn mit großen Augen an. Er erwiderte ihren Blick, aber so sehr er es auch versuchte, er konnte nicht erkennen, was in ihrem Kopf vor sich ging.

Es war ihm unmöglich zu sagen, wo er im Moment bei ihr dran war. Aber letztendlich war das auch egal, denn er würde dieses Büro erst wieder verlassen, wenn *sie* wusste, wo sie bei *ihm* dran war.

Ohne den Blickkontakt auch nur für eine Sekunde zu unterbrechen, ging er langsam auf sie zu.

Sie schluckte, und während sie beobachtete, wie er näher kam, trat sie nervös von einem Fuß auf den anderen, sodass ihr hübsches Kleid ihr um die Beine schwang. »Jackson …«

Er erreichte sie in exakt dem Moment, in dem sie seinen Namen aussprach, brachte sie aber zum Verstummen, indem er ihr die Finger auf die Lippen legte. »Sag jetzt kein einziges Wort«, befahl er ihr barsch und ließ ihr keine Möglichkeit, ihn zurückzuweisen. »Nicht bevor ich mit dem, was ich dir zu sagen habe, fertig bin.«

Sie blinzelte ihn mit ihren fantastischen blauen Augen an und fügte sich schweigend. Es war unglaublich schwer zu ignorieren, wie weich und warm sich ihr Mund anfühlte. Und genauso schwer war es, die Finger auf ihren Lippen nicht durch seinen Mund zu ersetzen und sie zu küssen, bis sie sich an ihn schmiegte und all die Ängste, wegen derer sie davongerannt war, verflogen waren. Am liebsten hätte er sie geküsst, bis es nur noch sie beide gab und nichts von der Anspannung mehr übrig war.

»Du sollst mir einfach nur zuhören, okay?«, sagte er etwas sanfter.

Als sie nickte, nahm er die Hand weg und konzentrierte sich auf den Grund, aus dem er hier war. »Ich liebe dich, Tara«, sagte er und beobachtete, wie ein leicht verwunderter

Ausdruck über ihr Gesicht huschte. »Ich liebe alles an dir. Schon als ich das erste Mal die Bar betreten habe, habe ich mich sofort zu dir hingezogen gefühlt, und es hat nicht lange gedauert, bis ich auch gewusst habe, warum.«

Sie trat auf ihn zu und legte ihm die Hand auf die Brust, direkt über sein klopfendes Herz. »Sag es mir«, flüsterte sie.

Er legte seine Hand auf ihre, und als sie das Gesicht hob und zu ihm aufsah, hatte er das Gefühl, in ihrem offenen, empfänglichen Blick zu versinken. Er wusste nicht, was diese Änderung in ihrem Verhalten bewirkt hatte, aber er zog allen Nutzen daraus. »Du bist meine andere Hälfte, Tara. Du bist die Frau, die ich gesucht habe, die einzige, bei der ich mich geborgen fühle und ganz ich selbst sein kann. Mein Leben lang habe ich mich in meiner eigenen Familie als Außenseiter gefühlt und jahrelang nach einem echten Zuhause gesucht. Und nun habe ich es gefunden. Bei dir, und ich hoffe inständig, dass du genauso fühlst.«

Glückstränen schimmerten in Taras Augen. »Das tue ich. Ich liebe dich, Jackson. So sehr, dass es mir Angst macht.«

Als sie das sagte, durchflutete ihn pures Glück, und er seufzte erleichtert. »Es gibt keinen Grund, Angst zu haben, Süße. Niemals. Ich werde immer für dich da sein.« Und dieses Versprechen gedachte er, bis in alle Ewigkeit zu halten.

»Ich weiß. Aber was heute in deinem Büro passiert ist, tut mir so wahnsinnig leid.«

»Du musst dich nicht entschuldigen. Du hast nichts getan. Brynns Reaktion auf dich war das Problem. Nicht du.«

Sie stieß langsam die Luft aus. »Ja, inzwischen ist mir das auch klar.«

»Gut. Deine alten Fehler haben nichts damit zu tun, wer du heute bist, Tara. Du bist eine mutige und entschlossene Frau, die trotz aller Widrigkeiten die Kraft hatte, sich ein besseres Leben aufzubauen. Du bist die Frau, die ich heiraten möchte.«

»Heiraten?«, fragte sie erschrocken. Ihre Stimme klang unnatürlich hoch.

»Ja, heiraten.« Er lächelte sie an, umschloss ihr Gesicht mit den Händen und streichelte mit den Daumen über ihre Wangen. »Tara Kent, willst du meine Frau werden? Du bist die Liebe meines Lebens. Ich will den Rest meiner Tage mit dir verbringen, dich lieben, achten und ehren, in guten wie in schlechten Zeiten, bis dass der Tod uns scheidet.«

»Ja«, hauchte sie mit einem strahlenden Lächeln. »Du machst mich glücklicher, als ich es je für möglich gehalten hätte. Ich habe so lange gekämpft, und du bist das Happy End meiner Geschichte.«

»Dem Himmel sei Dank«, sagte er, legte seinen Mund auf ihren und küsste sie, erst langsam und zart, dann immer intensiver, heißer und fordernder. Verflucht noch mal, diese Frau war sein Ein und Alles, und er wollte dafür sorgen, dass sie das jeden einzelnen Tag ihres Lebens wusste.

Als er sich schließlich von ihren Lippen löste, verzogen sich seine Mundwinkel beim Anblick ihrer vor Verlangen funkelnden Augen nach oben, und er grinste anzüglich. »Eigentlich sollte ich dich übers Knie legen und dir den Hintern versohlen, dass du einfach abgehauen bist. Ich habe Höllenqualen gelitten.«

Sie biss sich auf die Unterlippe und unterdrückte ein Lächeln. »Oh ja, ich war sehr, sehr böse. Du solltest mich jetzt sofort mit nach Hause nehmen und bestrafen.«

Großer Gott. Er schnappte sich ihre Hand und zog sie zur Tür. Das musste sie ihm nicht zweimal sagen. Er wusste, was sie beide wollten und brauchten. Und er hatte vor, es ihr zu geben. Immer.

EPILOG

Bei dem Gedanken, Onkel zu werden, musste Jackson grinsen. Er trat mit Tara an der Hand in den Wartesaal des Krankenhauses, wo schon der Rest des Kincaid-Clans auf die Ankunft von Samanthas und Clays Baby wartete. Die letzten Monate waren recht turbulent gewesen: zwei Hochzeiten – erst Levi und Sarah, dann Jackson und Tara –, und nun kam das erste neue Familienmitglied zur Welt.

»Gibt es Neuigkeiten von Baby Charlotte?«, fragte er mit Blick auf seine beiden Brüder.

»Noch nicht«, entgegnete Levi, der neben seiner Frau Sarah auf einem Tweedsessel saß. Die beiden hatten vor Kurzem bekannt gegeben, dass Sarah ebenfalls schwanger war, und freuten sich riesig. »Samantha liegt schon seit sechs Stunden in den Wehen. Wir hoffen, die Kleine kommt bald.«

Jackson grinste und nutzte die Gelegenheit, seinen anderen Bruder ein wenig aufzuziehen. »Nun, dann müssen wir wohl damit rechnen, dass Charlotte genauso dickköpfig sein wird wie ihr Onkel Mason.«

Die Frauen lachten, während Mason verächtlich abwinkte. »Wart's ab. Ihren Onkel Mason wird sie am allermeisten lieben. Der coolste Onkel in dieser Familie bin immer noch ich.«

»Mach dir da mal keine Sorgen, Jackson«, mischte sich Katrina ein, rückte mit einem schelmischen Schimmern in den Augen näher an Mason heran und nahm seine Hand. »Da ist noch eine kleine Nichte oder ein kleiner Neffe unterwegs, und ich werde persönlich dafür sorgen, dass das Kind seine Onkels alle gleich gerne mag. Da gibt's keine Lieblingsonkels.«

Mason sah Katrina mit gerunzelter Stirn an. »Wovon redest du?«

Katrina schenkte ihm einen liebevollen Blick und ein unglaublich süßes Lächeln. »Du wirst Papa.«

Als Mason klar wurde, was sie da gerade gesagt hatte, schaute er so verdutzt aus der Wäsche, dass es fast schon komisch war. »Heilige Scheiße«, rief er entsetzt, und alle beobachteten gespannt, wie sich dieser emotionale Moment entwickeln würde. »Wir bekommen ein *Baby*?«, fragte Mason ungläubig.

Katrina nickte langsam. »Ja«, bestätigte sie überglücklich. »Deshalb war mir die letzten Wochen auch immer so schlecht. Es war doch keine Magen-Darm-Grippe.«

Mason schlang die Arme um seine Frau und drückte sie ganz fest an sich. »Ich kann's nicht glauben, verdammt! Wir bekommen ein Baby!« Er ließ sie wieder los und schüttelte, scheinbar noch immer fassungslos, den Kopf. »Wie ist das denn passiert? Wir haben doch gar nicht versucht, schwanger zu werden.«

»Wahrscheinlich lag's an deinem Supersperma«, sagte sie lachend.

»Na klar, woran denn sonst?« Er drückte Katrina einen heißen, leidenschaftlichen Kuss auf die Lippen, der keinen Zweifel daran ließ, was er für seine Frau und den baldigen Neuzugang in seiner Familie empfand.

»Großer Gott, Mason«, sagte Levi, als der Kuss nicht enden wollte. »Am besten ihr lasst euch hier gleich ein Zimmer geben.«

»Ach, halt doch die Klappe«, erwiderte Mason mit stolz geschwellter Brust. »Meine Frau bekommt ein Baby, und ich küsse sie so lange und wo ich will.«

Während Tara und Sarah einen riesen Wirbel um Katrina machten, ging Jackson zu seinem Bruder und schüttelte ihm die Hand. Die beiden empfanden inzwischen einen aufrichtigen Respekt füreinander, was ihr kräftiger Händedruck nur unterstrich. »Glückwunsch, Mason. Ich freu mich für dich.«

»Danke, Mann.«

In diesem Moment öffnete sich die Tür zum Kreißsaal, und Clay stürzte heraus, ein breites, freudestrahlendes Grinsen auf dem Gesicht. »Charlotte ist endlich da«, verkündete er aufgeregt. »Sie ist gesund und wunderschön, und Samantha und dem Baby geht es großartig.«

»Wann können wir zu ihnen?«, fragte Tara ungeduldig.

»Ihr könnt mit mir rein, aber immer nur zwei auf einmal, damit es im Zimmer nicht zu voll wird und Samantha sich womöglich überfordert fühlt.«

Mason trat mit Katrina an der Hand einen Schritt vor. »Charlottes Lieblingsonkel ist natürlich der Erste.«

»Wenn's sein muss«, Clay verdrehte die Augen, ließ seinem Bruder aber seinen Willen.

Nacheinander bekamen alle die Chance, Mutter und Baby zu sehen, und als Jackson und Tara an der Reihe waren, stürzte Tara direkt zu Samantha und dem Baby in ihrem Arm. Jackson blieb mit seinem Bruder ein paar Schritte zurück und beobachtete gerührt, wie die beiden Frauen sanft auf den strampelnden Säugling einredeten.

Dankbar, diesen besonderen Moment miterleben zu dürfen, klopfte Jackson seinem Zwillingsbruder auf den Rücken. »Herzlichen Glückwunsch, Clay. Du musst ein glücklicher Mann sein.«

»Das bin ich.« Clay grinste ihn an, und sein Blick wanderte zu Tara. »Du aber auch.«

Jackson nickte zustimmend. Er hatte in vielerlei Hinsicht Glück, aber am meisten bedeutete ihm, dass Tara nun seine Frau und er endlich Teil der Familie war, von der man ihn als Kind getrennt hatte. Er konnte sich ein Leben ohne Tara und seine Brüder gar nicht mehr vorstellen.

Er sah zu, wie Samantha Tara Charlotte übergab und diese das Neugeborene in den Armen hielt. Taras Gesicht wurde ganz sanft, und eine unübersehbare Sehnsucht schimmerte in ihrem Blick. Jackson ging das Herz über vor Liebe, und er verspürte wieder diesen Drang, ihr alles zu geben, was sie sich wünschte, einschließlich eines eigenen Babys.

Als ihre Besuchszeit um war, ging er Hand in Hand mit Tara zum Auto.

Leise seufzend sah sie ihn an. »Kaum zu glauben, dass Katrina und Mason nun auch ein Baby bekommen«, sagte sie.

»Ja, kaum zu glauben«, stimmte er zu und blieb neben der Beifahrertür des Porsches stehen. Er beugte sich über sie und strich ihr mit den Lippen über den Hals. Das Zittern, das er damit auslöste, brachte ihn zum Lächeln. »Ich muss sagen, ich fühle mich ein bisschen außen vor. Was halten Sie davon, nach Hause zu gehen und auch ein Baby zu machen, Mrs. Kincaid?«

Mrs. Kincaid. Das klang einfach großartig. Bevor er Tara geheiratet hatte, hatte er mit der Zustimmung und Unterstützung seiner drei Brüder seinen Nachnamen zurück in Kincaid ändern lassen – der finale Akt seiner Anerkennung als volles Mitglied der Familie.

Tara wich ein wenig zurück und suchte seinen Blick. Ihre Augen schimmerten hoffnungsvoll. »Ist das dein Ernst? Du willst Kinder?«

Zärtlich zupfte er ihr eine seidige Haarsträhne von der Wange. »Natürlich. Seit wir geheiratet haben, will ich ein Kind mit dir. Ich wünsche mir nichts mehr als eine eigene Familie. *Unsere* Familie.«

»Das wünsche ich mir auch«, flüsterte sie. »Sehr sogar.«

Lächelnd legte er seine Lippen auf ihre. »Na dann, nichts wie los. Machen wir unsere Wünsche wahr.«

Werkverzeichnis der im Heyne Verlag von Carly Phillips erschienenen Titel

© Yolanda Perez Photography LLC,Yolanda Perez

› Bonusmaterial

Werkverzeichnis

HEYNE ‹

1. Die Chandler-Trilogie

Der letzte Kuss
(The Bachelor)

Wer von ihnen als Erster den Herzenswunsch ihrer Mutter nach Hochzeit und Enkelkindern erfüllen soll, entscheiden die drei Brüder Rick, Chase und Roman durch das Werfen einer Münze. Ausgerechnet Auslandskorrespondent Roman muss sich der Herausforderung stellen.
Seine Traumfrau macht es ihm jedoch nicht leicht.

Der Tag der Träume
(The Playboy)
Die Frauen von Yorkshire Falls werfen sich Rick Chandler reihenweise an den Hals. Doch der attraktive Polizist will nach einer missglückten Ehe nie wieder heiraten. Als ihm eines Tages Kendall, eine waschechte »runaway bride«, über den Weg läuft, knistert es heftig auf beiden Seiten. Doch auch Kendall liebt ihre Freiheit über alles.

Für eine Nacht
(The Heartbreaker)
Nachdem Roman und Rick unter der Haube sind, ist nun Chase als Letzter der drei Chandler-Brüder an der Reihe, endlich die Frau seiner Träume zu finden. Dies stellt sich als äußerst schwierig heraus, denn seine Auserwählte ist nach der ersten gemeinsamen Nacht spurlos verschwunden. Chase kennt nicht einmal ihren richtigen Namen.

2. Die Hot-Zone-Serie

Mach mich nicht an!

(Hot Stuff)

Annabelle, attraktive und erfolgreiche PR-Beraterin in der Hot-Zone-Agentur, verliebt sich konsequent immer wieder in die falschen Männer. Nach der letzten verheerenden Beziehung hat sie sich deshalb strikte Enthaltsamkeit geschworen. Als sie ihrem neuesten Klienten, dem Ex-Football-Star Brandon Vaughn, gegenübersteht, hält sie ihn zunächst für den typischen oberflächlichen Sportler …

Her mit den Jungs!

(Hot Number)

Micki, Annabelles burschikose Schwester, ist bis über beide Ohren in den lebenslustigen und charmanten Baseball-Profi Damian verschossen. Doch der stadtbekannte Herzensbrecher scheint sie bisher noch nicht einmal wahrgenommen zu haben. Ihr Onkel Yank, der Gründer und Chef der Hot-Zone-Agentur, sorgt dafür, dass Damian und Micki gemeinsam auf einer romantischen Insel landen. Und wirklich: Die beiden verleben leidenschaftliche Tage voller Glück und Harmonie. Doch kaum wieder in New York, zieht Damian sich zurück. Micki ist verzweifelt: Wie konnte sie nur glauben, ihn dauerhaft an sich zu binden?

Komm schon!

(Hot Item)

Sophie, die kontrollsüchtige der drei Jordan-Schwestern, verliert genau das, was ihr am wichtigsten ist: den Überblick. Denn

Spencer, der PR-Berater der Hot-Zone-Agentur, ist plötzlich untergetaucht. Damit ihre Klienten nicht verrückt spielen, muss Sophie ihn um jeden Preis in die Agentur zurückbringen. Als der sexy Football-Spieler Riley Nash sich in Sophies Leben drängt, gibt es noch mehr Unordnung …

Geht's noch?

(Hot Property)

Die quirlige Eventmanagerin Amy Stone ist frisch nach New York gezogen, um für die Hot-Zone-Agentur zu arbeiten. Dank der Vermittlung ihrer Freundin – und Geschäftspartnerin – Micki zieht Amy schon bald einen lukrativen Auftrag an Land: Sie soll John Roper, einem bisher sehr erfolgreichen Baseball-Profi, aus seiner Lebenskrise helfen. Er hat nicht nur berufliche und gesundheitliche Probleme, sondern auch familiären Dauerstress. Amy stürzt sich voller Tatendrang in diesen Auftrag und versucht, ihre eigenen Gefühle zu ignorieren.

3. Die Corwin-Trilogie

Trau dich endlich!

(Lucky Charm)

Schon als junges Mädchen weiß Gabrielle, dass sie ihren Mr. Right, den attraktiven Derek Corwin, bereits gefunden hat. Doch dann lässt der sie sitzen und heiratet eine andere. Die Begründung: Ein Fluch lastet auf seiner Familie, der es ihm unmöglich macht, mit seiner wahren Liebe glücklich zu werden. Gabrielle bleibt nichts anderes übrig, als sich damit abzufinden. Als sie ihren Ex nach Jahren wieder trifft, lässt sie sich erneut auf eine heiße Affäre mit ihm ein.

Spiel mit mir!
(Lucky Streak)
Las Vegas macht's möglich: In einer heißen Nacht heiratet der sexy Cop Mike Corwin nicht nur die umwerfende Trickbetrügerin Amber, sondern gewinnt darüber hinaus 150 000 Dollar. Als er am nächsten Morgen aufwacht, ist Amber verschwunden – und das Geld auch. Hat sie ihn reingelegt? Oder entfaltet der Fluch, der auf den Corwin-Männern lastet, tatsächlich seine Wirkung?

Mach doch!
(Lucky Break)
Der Corwin-Fluch besagt, dass kein männliches Familienmitglied jemals mit seiner großen Liebe glücklich werden kann. Derek und Mike Corwin sind zwar inzwischen mit ihren Traumfrauen verheiratet, doch nun scheint das Übel auf ihrem Cousin zu lasten: Der smarte Jason fühlt sich unwiderstehlich zu der verführerischen Lauren Perkins hingezogen. Doch es war ausgerechnet Laurens Urahnin, die einst den Fluch über die Corwin-Familie brachte. Ist ihre Liebe stark genug, den unheilvollen Bann endgültig zu brechen?

4. Die Single-Serie

Küss mich doch!
(Kiss me if you can)
Coop gilt als der begehrteste Single in ganz New York, seit er einen Juwelenraub verhindert hat. Plötzlich kann er sich vor Verehrerinnen nicht mehr retten, doch wirklich fasziniert ist er nur von der unkonventionellen Lexie. Die hat allerdings nur

eines im Sinn: an den antiken Ring zu kommen, den er vom Juwelier als Belohnung erhalten hat. Denn er birgt ein dunkles Familiengeheimnis. Kann Coop ihr vertrauen?

Verlieb dich!
(Love me if you dare)
Der Polizist Rafe rettet seiner Kollegin Sara das Leben – ein gefundenes Fressen für die Medien, die die Geschichte aufbauschen und ihn zum begehrtesten Junggesellen New Yorks machen. Er flieht vor der Klatschpresse, nachdem er zugegeben hat, dass die attraktive Sara weit mehr als eine Kollegin für ihn ist. Die macht sich auf die Suche nach Rafe und verliebt sich in ihn und seine ungestüme, aber liebenswerte Großfamilie. Wenn nur alles so einfach wäre …

5. Die Barron-Serie

Ich will doch nur küssen
(Serendipity)
Von Männern hat Faith genug! Frisch geschieden kehrt sie in ihre Heimatstadt zurück. Dort begegnet sie ausgerechnet dem Mann, den sie seit zehn Jahren nicht vergessen kann: Ethan. Er stellt ihre Gefühlswelt gehörig auf den Kopf und lässt sie wieder auf die große Liebe hoffen. Doch Ethan hat ein dunkles Geheimnis, und als seine Halbschwester auftaucht, geht das Chaos erst richtig los.

Ich will nur dein Glück

(Serendipity 2)

Als Nash Barron die attraktive Kelly auf der Hochzeit seines Bruders kennenlernt, funkt es gewaltig zwischen ihnen. Nash ist fasziniert von Kellys Schönheit und Warmherzigkeit, doch für ihn steht fest, dass sie ihrer Leidenschaft nicht nachgeben dürfen. Dadurch würde er das Vertrauensverhältnis zu seiner Halbschwester Tess gefährden, die die Barron-Familie erst kürzlich aufgenommen hat. Doch Tess ist nicht das einzige Hindernis zwischen den beiden. Auch Kelly hat ihre Gründe, auf Distanz zu gehen: Sie verheimlicht Nash etwas, das er ihr nie verzeihen würde ...

Ich will ja nur dich!

(Serendipity 3)

Mehr als ein paar knappe Worte hat der Polizist Dare Barron noch nie mit der unnahbaren Liza McKnight gewechselt. Dabei begehrt er sie seit seiner frühen Jugend. Als Liza jedoch in Schwierigkeiten gerät, beschließt Dare kurzerhand, für ihren Schutz zu sorgen – und die beiden kommen sich plötzlich näher, als sie es je für möglich gehalten hätten. Doch Dare ahnt: Wenn er Liza nicht verlieren will, muss er ihr sein dunkelstes Geheimnis anvertrauen und sich seiner eigenen Vergangenheit stellen …

6. Die Marsden-Serie

Küss mich später

Als sein Vater an Krebs erkrankt, kehrt Mike zurück nach Serendipity und vertritt ihn als Polizeipräsident der kleinen Stadt. Bisher hat Mike als verdeckter Ermittler in Manhattan ein rastloses Leben ohne feste Bindungen geführt. Auch die Begegnung mit seiner neuen Kollegin Cara bildet zunächst keine Ausnahme, und die beiden beginnen eine leidenschaftliche Affäre ohne große Erwartungen. Doch allmählich erkennen sie, dass sie sich perfekt ergänzen und tiefere Gefühle füreinander entwickeln …

Liebe auf den ersten Kuss

Als Erin Marsden, Tochter des ehemaligen Polizeichefs von Serendipity, feststellt, dass sie schwanger ist, steht ihre heile Welt Kopf. Denn Vater ihres ungeborenen Babys ist der mysteriöse Ex-Cop Cole Sanders, den ein dunkles Geheimnis umgibt. Aber während Erin tiefere Gefühle entwickelt, geht Cole auf Distanz. Erst als Erin von einer Unbekannten wiederholt attackiert wird und Schutz braucht, erkennt Cole in ihr die Frau, die ihn glücklich machen kann - und stellt sich seiner Vergangenheit …

Ein Kuss zu viel

Nachdem er ausgerechnet am Tag seiner Hochzeit sitzen gelassen wurde, hat Sam Marsden aus Serendipity eigentlich der Liebe abgeschworen. Doch schon bald lernt er die geheimnisvolle Nicole kennen und erlebt mit ihr ein Wechselbad der Gefühle. Erst als Nicole in Gefahr gerät, offenbart sie sich Sam. Doch sucht sie nur seinen Schutz, oder will sie ihn als Mann fürs Leben?

7. Die Dare-Serie

Wer nicht wagt, der liebt nicht

Riley Taylor behält gerne die Kontrolle über alles und würde ihre Unabhängigkeit niemals aufgeben wollen – bis sie auf einer Party dem charismatischen Ian Dare begegnet, der sie auf der Stelle umhaut. Ian hat seine eigenen Dämonen, und seit er herausgefunden hat, dass sein Vater jahrzehntelang ein Doppelleben geführt und eine zweite Familie mit einer anderen Frau hatte, hat er sich geschworen, sein Herz für niemanden mehr zu öffnen. Doch die sinnliche Riley erweckt seine dominante und beschützerische Seite, er möchte diese Frau unbedingt haben ...

Einmal berührt ist fast gar nicht verführt

Quarterback Alex Dare hat alles: Nicht nur, dass die Frauen ihm reihenweise zu Füßen liegen, er ist auch noch ein gefeierter Footballstar bei den Tampa Breakers – bis ihn eine Verletzung in den Vorruhestand zwingt. Als ihm ein Job bei der konkurrierenden Mannschaft angeboten wird, ist er geschmeichelt, aber die Sache hat einen Haken – er müsste mit Madison Evans zusammenarbeiten, der Frau, die ihm seit vielen Jahren nicht mehr aus dem Kopf gegangen ist ...

Gelegenheit macht Sehnsucht

Nachdem sie die Beziehung zu einem herrschsüchtigen Fremdgänger beendet und sich in ihrem geleasten Mercedes davongemacht hat, wird Isabelle Masters kurzerhand wegen schweren Diebstahls verhaftet und auf die Wache geschleift. Zu ihrer Überraschung rettet sie genau der, mit dem sie am wenigsten gerechnet hätte – Gabriel Dare, von dem sie sich schon viel zu lange angezogen fühlt. Gabe ermöglicht Isabelle die Freiheit und lädt sie in das exklusive Inselresort Eden ein, einen Ort der unbegrenzten Möglichkeiten ...

Keine Verpflichtungen, nur Liebe

Decklan Dare weiß, wie es ist, mit einem Schlag einen geliebten Menschen zu verlieren. Deswegen ist es ihm wichtig, in allen Lebensbereichen die Kontrolle zu behalten. Amanda Collins genießt die Freiheit, die ihr zwanglose Treffen bieten. Decklan fasst zuerst Vertrauen, doch kann er Amanda vergeben, als er hinter ihr Geheimnis kommt? Oder wird er wieder Mauern um sich errichten, bevor sie ihm alles erklären kann?

Lieben und lieben lassen

Olivia Dare und Dylan Rhodes teilen nicht nur die Leidenschaft für Football – zwischen ihnen knistert es gewaltig, und sie haben tiefe Gefühle füreinander. Dennoch hat Olivia die Beziehung zu ihrem Traummann Dylan beendet, bevor diese überhaupt richtig loslegen konnte. Doch Dylan ist kein Mann, den man so einfach los wird. Bei einem Businesstrip nach Arizona versucht er mit allen Mitteln, Olivia für sich zu gewinnen. Doch wird seine Liebe zu ihr auch anhalten, wenn er ihre dunkelsten Geheimnisse und Ängste erfährt?

Im Zweifel für die Liebe

Manche Frauen machen immer alles richtig. Kindergärtnerin Meg Thompson hingegen trifft andauernd die falschen Entscheidungen – und jetzt ist sie Single, schwanger und allein. Meg ist entschlossen, ihr Leben zu verändern, eine bessere Mutter zu sein als ihre eigene es war. Ihr Vorhaben wäre jedoch einfacher einzuhalten, wenn da nicht der heiße Cop Scott Dare wäre. Als er sich in ihr Leben stiehlt, will Meg nur zu gerne glauben, dass am Ende immer alles gut wird, obwohl die Vergangenheit sie etwas anderes gelehrt hat ...

Aller Anfang ist Küssen

Avery Dare führt als Videobloggerin für Mode und Make-up ein beschauliches Leben in Miami. Sie hat gute Freunde und ein enges Verhältnis zu ihrer großen Familie. Dass in der Liebe bei ihr nicht viel los ist, findet sie eigentlich ganz gut. Doch als einer ihrer Exfreunde sie zu einem Konzert und auch hinter die Bühne einlädt, will sie das Risiko eingehen … und wird mit der Realität seines Rockstar-Lebens konfrontiert – der Presse, den Massen und den halb nackten Groupies.

Einmal und immer wieder

Der Milliardär Max Savage weiß, dass es Zeit ist, Lucy Dare davon zu überzeugen, dass sie zu ihm gehört – obwohl sie am Arm eines anderen Mannes auf einer Feier auftaucht. Seine einzige Chance ist es, sie zu verführen und ihr zu zeigen, wie sehr sie füreinander bestimmt sind, wie ihre Körper aufeinander reagieren. Aber wird Lucy es wagen, ihrem Verlangen nachzugeben?

Liebe nicht ausgeschlossen

Es gibt Typen, von denen man besser die Finger lässt – das weiß auch die unschuldige und unerfahrene Ella Shaw. Als Tyler Dare, der beste Freund ihres Bruders, jedoch zu allem bereit ist, kann sie ihm nicht länger widerstehen. Zu lange hat sie sich nach ihm gesehnt ...

8. Die Sexy Dirty-Serie

Sexy Dirty Touch

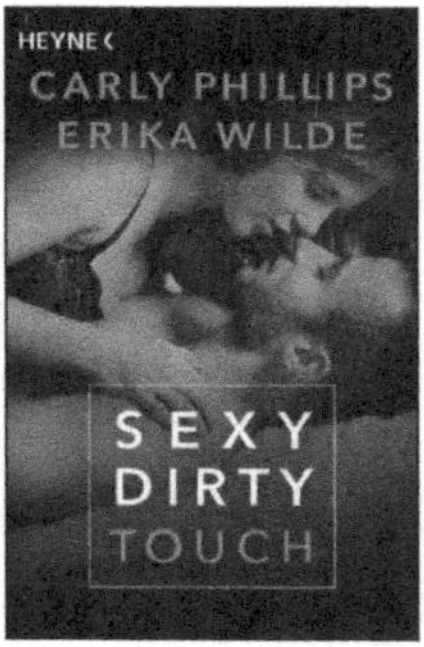

Clay Kincaid weiß, dass er mehr Sünder als Heiliger ist. Besonders bei Frauen. Die Verletzungen aus seiner Vergangenheit haben ihn ausgelaugt, feste Beziehungen sind nicht sein Ding. Aber er mag Sex – je heißer und leidenschaftlicher, desto besser. Deshalb weigert er sich, jemanden so liebenswerten und unschuldigen wie Samantha Jamieson auch nur zu berühren. Bis er herausfindet, dass sie nicht nur das brave Mädchen aus besserem Hause ist...

Sexy Dirty Pleasure

Herzen zu brechen, das ist es, was der wilde und rebellische Mason Kincaid am besten kann. Mit seinem Bad-Boy-Image und seinen Tattoos hat er immer genügend Frauen. Doch dann verbringt er eine heiße Nacht mit der einen Frau, der er vollkommen verfällt. Katrina Sands war jahrelang seine beste Freundin, aber jetzt weiß er, wie sie sich anfühlt und er kann auf keinen Fall zurück. Leidenschaftliche Nächte haben sich noch nie so gut angefühlt … oder so richtig.

Sexy Dirty Desire

Für den Polizisten Levi Kincaid geht es immer um Disziplin und Kontrolle … im Schlafzimmer und außerhalb, und er war immer sehr sorgfältig bei der Auswahl der Frauen, die seinen Regeln gehorchen. Heißer Sex und intensive Leidenschaft? Kein Problem. Emotionale Bindungen? Auf keinen Fall. Aber er hätte nie erwartet, dass er sich in einen blauäugigen Engel verlieben würde. Seine ganze Kontrolle? Chancenlos gegen Sarah Robins, die eine Frau, der er nicht widerstehen kann …

Sexy Dirty Game

Nach einem Leben voller Lügen und Verrat ist Jackson Stone kein Mann, der leicht jemandem vertraut – und Frauen schon gar nicht. Für ihn geht es in jedem Bereich seines Lebens um Kontrolle. Besonders im Bett. Aber die sexy Barkeeperin Tara Kent hat etwas Besonderes an sich, das er unwiderstehlich findet. Etwas, das ihn dazu bringt, seine Prinzipien zu untergraben und seine Regeln etwas lockerer zu sehen. Mögen die Sünden beginnen.

9. Einzeltitel

Küss mich, Kleiner!

(Under the Boardwalk)

Ariana Costas nutzte vor fünf Jahren die erste Gelegenheit, um ihrer schrulligen griechischen Familie zu entfliehen. Doch nun verlässt die junge Psychologieprofessorin ihr geregeltes Leben in Vermont, denn ihre Zwillingsschwester Zoe ist verschwunden. Dass allerdings gleich am ersten Tag auf sie geschossen wird, hätte Ariana nicht erwartet. Genauso wenig wie die Rettung durch den gut aussehenden Detective Quinn Donovan. Nun steckt Ari wirklich in der Klemme. Genauso wie Quinn: Denn wie soll er dieser sinnlichen Frau widerstehen und gleichzeitig seine gefährliche Mission erfüllen, die sie beide das Leben kosten könnte?

Auf ein Neues!

(Perfect Partners)

Nach dem tragischen Unfalltod ihrer Schwester kämpft die erfolgreiche Anwältin Chelsie Russel um das Sorgerecht für ihre geliebte Nichte Alix. Doch Griffin Stuart, Alix' Onkel und ebenfalls Anwalt, gewinnt den Fall und beschließt, von nun an ganz für die Kleine da zu sein. Chelsie wiederum will sich nicht einfach aus dem Leben ihrer Nichte drängen lassen. Schon bald merken die beiden, dass sie ihren Zwist begraben und gemeinsam für das Mädchen da sein müssen. Während sie versuchen, dem Kind eine Ersatzfamilie zu bieten und mit ihrer Trauer fertigzuwerden, kommen sie sich näher …

Noch ein Kuss

(The Right Choice)

Die Kolumnistin Carly Wexler ist überzeugt: Liebe und Leidenschaft bringen nichts als Enttäuschung, und so führt sie eine eher leidenschaftslose Beziehung mit dem ehrgeizigen Peter. Die Vernunftheirat der beiden steht kurz bevor, als sie Peters attraktiven Bruder Mike kennenlernt. Er ist das genaue Gegenteil von Peter: rau, männlich, selbstbewusst, und Carly fühlt sich stark zu ihm hingezogen. Die Begegnungen mit ihm verwirren sie und bringen ihre Prinzipien ins Wanken. Will sie weiter auf Nummer sicher gehen oder die Liebe – mit all ihren Risiken – in ihr Leben lassen?